「はい、お疲れ様」
いきなり敗者とされただけで
も混乱していた生徒たちは、
さらに自分たちの後ろから聞こ
えてきた俺の声に驚いていた。
生徒たちに驚かれている俺は
というと、エイミィとティーダ
の肩に腕を回し、さらに二人の
首を優しく摑んでいる。
異世界転生の
冒険者
11

「むん！」

私の攻撃で大きく吹き飛んだ。

「失敗した。槍《やり》じゃなくてバルディッシュかハルバードだったら、今ので終わっていた」

ここのところ槍ばかり使っていたのでとっさに槍を取り出してしまったけど、今の状況だと叩き切ることのできる武器の方がよかったかもしれない。

でも、

「あまり強くなさそうだから、大丈夫」

そこそこ強いみたいだけど、いつも通り戦えばまず負けることはない。

異世界転生の冒険者

ISEKAITENSEI NO BOUKENSYA

11

㊢ケンイチ　㊂ネム

contents

第一章

第一幕

「いよっしゃぁ――――！　食うぞ！　飲むぞ！」

「焼いて焼いて、焼きまくれ――――！」

ジンとガラットが、大声を上げながらワイバーンの肉を網にのせている。二人に負けじと、リオンやテイマーズギルドの面々も肉を置き始めた。

「あいつら、遠慮というものを知らないな……」

「まあ、それが許される状況だと判断してのことだろう」

焼けた肉を奪い合うように食べているジンたちを見ながら呟《つぶや》くと、離れた所で食べていたアグリが呆《あき》れながらやってきた……が、そのアグリも、しっかりと自分の皿に焼けたワイバーンの肉を大盛で確保していた。

何故《なぜ》焼肉大会が行われているかというと、セイゲンに着いてまずは知り合いに挨拶を、と思って最初にカリナさんの所へ向かい少し話していたところ、そこにジンたち『暁《あかつき》の剣《けん》』がやってきたのだった。タイミングが良すぎると怪しんでいると、ギルドに行く途中で俺たちが来ているという話を聞いたので探していたとのことだった。何でも、相談したいことがあるのだとか。

それなら場所を移して話そうということになり、ギルドで個室でも借りようとしたところ、テイマーズギルドの面々がたむろしていたのだった。ジンたちの相談の前に、テイマーズギルドの面々と挨拶を交わしていると、その中でワイバーン討伐の話題が出て、大量にあるのなら肉を食わせろという話になり、相談があると言っていたジンたちも肉の話が先だと言いだした為《ため》、セイゲンの外で焼肉大会が行われることになったのだった。

「ワイバーンの肉って、一応高級品なんだけどな……」

「おう、ありがたく頂いてるよ」

「ええ、感謝しながら食べてます」

アグリに続いて俺の呟きに言葉を返したのは、メナスとリーナだった。二人とも、アグリと同じように自分の皿に焼肉の山を築いている。

「まあ、感謝しているのは本当だって。そのお返しというわけじゃないけど、ダンジョンの最新情報を教えるから、勘弁してくれよ」

「ギルドも知らない、最新情報ですよ」

「そういえば、最下層まで到達したんだったな。でも、ギルドにも知らせていない情報を勝手に教えていいのか？」

「冒険者が単独で得た情報は、その冒険者の財産だ。緊急性の高い情報なら問題になるかもしれないが、ダンジョンの情報をギルドが知らなくても、大した問題にはならない」

「ギルドが売ってくれと言うのならともかく、何も言ってこない以上は、私たちが気を使う必要はありませんしね」

売ればかなりの金額になるだろうが、それをすると他の冒険者が『暁の剣』より先にダンジョンを攻略してしまうかもしれない。もっとも、『暁の剣』の次に潜っている冒険者はすでに引退しており、その次も引退目前と言われているくらいの年齢なので、あまり心配していないようだが……

「俺も結構、深く潜っているんだが……それでもいいのか？」

現在、俺は六〇階層あたりまで潜っているので、情報次第では一気にジンたちに追いつく可能性がある。ちなみにジンたちがいる場所は九八階層らしく、ギルドでは最下層近くなのに攻略速度が早すぎると話題になったのだ。

「まあ、嘘《うそ》は言わないけど……全てを教えるわけじゃないから大丈夫だろ。それに、たとえ追いついたとしても、苦戦している私たちを横目に抜け駆けするほど性格は悪く……ないよな？」

「ですよ……ね？」

「ワイバーン肉の相場は、一体いくらだったかな？」

そう言うと、二人はすぐに「調子に乗りました！」とか言って頭を下げていたが……いくらワイバーンの肉が高級品とはいえ、『暁の剣』くらいのレベルになれば楽に払えるはずである。なので、実際には反省していないということである。まあ、俺もよくふざけるので、どっちもどっちではあるが。

「まあ、ふざけるのはここまでにして……確かにそんなことをするつもりはないが、されても文句は言えないと思うぞ」

「そこは相手を見てやっているから大丈夫さ！」

「信用できない人には、それこそ命取りになる可能性もありますからね」

そういうわけで、遠慮なく情報を頂戴することにした。もっとも、基本的にどの階にどんな魔物がいて、どういった鉱物がどの階層にあったとかどんな雰囲気だったとかで、下の階への道などは訊《き》かなかった。なので、これで追いついたら笑い話になってしまうだろう。

「それで、ここからが本題なんだが、その前に……ジン！　ガラット！　いい加減こっちに来い！　私たちが、何の為にテンマを探していたのか忘れたのかい！」

メナスに怒られたジンとガラットが、アムールとの大食い競争を中断して俺たちの所へやってきた。

「すまん……ワイバーンがうますぎて、つい夢中になった」

ジンとガラットは、メナスとリーナに謝ってから俺の方に向き直った。

「実は……俺たちがテンマを探していたのは、相談したいことがあったからなんだ」

ジンが真面目な顔でそう言うが、

「うん、知ってる……アパートの前で会った時に、ジンが最初に言っていただろ？」

「……そうだったな」

ジンのまじボケにガラットたちは必死に笑いをこらえていたが、俺がじいちゃんを呼ぶとすぐに気持ちを切り替えていた。

「それで、わしたちに相談とは何じゃ？」

「相談っていうのは、最下層にいるボスのことなんです」

ジンの話によると、最下層にいたボスと思われる魔物はヒドラだそうで、何度か挑んでみたものの突破口が見つけられず、早期撤退を繰り返しているのだそうだ。しかも厄介なことに、ヒドラの回復力が高すぎるせいで、ジンたちのダメージが抜ける前にヒドラの方が完全回復しているのだとか。

「ヒドラか……懐かしいのう。それで、そのヒドラの首は何本じゃ？」

「九本です」

九本という答えに、じいちゃんは驚いていた。何せ、じいちゃんが昔倒したことのあるヒドラの最高が八本首で、その個体が確認されている中では最高と言われているからだ。

「九本か……わしが倒した八本首でも苦労したというのに」

「なので、八本首を倒したことのあるマーリン様と、非常識な戦い方に定評のあるテンマに、何かヒントになるような話が聞けないかと思いまして」

ジンの話の中で、納得のいかない所があったので抗議したのだが、ジンたちどころかじいちゃんまで不思議そうな顔をした。

「まあ、その話は置いといて……わしの場合は、魔法による力押しと魔道具に頼って勝ったのじゃが……一番の勝因は、『運がよかったから』じゃからな。魔法がいい所に当たりまくったり、魔道具が思った以上の働きをしたりと、今思い返してみてもよく勝てたものじゃ……と思うくらいじゃからのう」

「その時使ったという魔道具は……」

「今はほとんど見かけないのう。それにその魔道具は、前にテンマが大会で戦った……何という名だったかは忘れたが、その奴《やつ》が使った『爆発するナイフ』の威力を増したような物だったのじゃ。あれですら珍しい魔道具だったのに、それ以上の威力が込められる物はナイフ以上に珍しいからの。その上わしが使ったのは改造されたもので、今では禁止されておるからのう」

じいちゃんの言葉に、ジンたちはがっくりと肩を落としていた。じいちゃんが言った『爆発するナイフ』は、ケイオスが使って自分の腕を吹き飛ばしたやつだろう。あれは状況と使い方によっては、かなり便利な道具だとは思うが、あの程度の威力なら一〇本二〇本当てたとしても、九本首のヒドラに対して効果があるとは言い難いだろう。

じいちゃんの話の中で、『今では禁止されている』という所に引っかかったので訊いてみるとその理由は二つあり、大きさの割に威力が高いので要人の暗殺に使われる危険性が高いのと、改造などで無理に威力を出せるようにすると、小さな衝撃でもいきなり爆発する恐れがあるからだそうだ。

じいちゃんの場合は運がよかったのと、ほとんどマジックバッグに入れていたから無事だったみたいで、そのことを知った時は冷や汗が止まらなかったとか。

「逆に言えば、マジックバッグに入れっぱなしにしていれば、爆発する恐れは極めて低くなるということか」

「じゃからといって、作ってはならんぞ！」

思ったことを呟いたところ、じいちゃんに強い口調で釘《くぎ》を刺されてしまった。

「わかったよ。それで、魔道具が駄目なら、ゴーレムによる物量作戦はどうだ？」

「それなりの代金を頂くが、必要な数を用意するぞ」……と提案したが、それだと自分たちの力で攻略したと言えないからと断られた。

「まあ、確かにそうか……」

「ありがたい話ではあるけど、それをしたら周りも……というか、自分たちが納得できないと思うからな」

ジンの言葉に、ガラットたちも頷《うなず》いていた。確かに自分たちが納得できないのなら、冒険者などやる意味がない。余計なことを言ってしまったと、心の中で反省しながら他の方法を考えていると、

「回復力が高いという話じゃが、どれくらいなのじゃ？」

「たとえば、一時間くらい頑張って抉《えぐ》った傷が、一時間くらいで塞がる感じですね」

「それは、確かに厄介じゃな」

一時間頑張っても、頑張った時間と同じくらいで塞がってしまったら、確かに倒すのは難しいだろう。ヒドラとて、体力や回復力には上限があるだろうが、ジンたちの攻撃力と同等かそれ以上の回復力があるということは、疑似的に無限の体力と回復力を持っているのと変わりがない。しかし、

「それなら、継続的にダメージを与えればいいんじゃないか？　ジンたちが休んでいる間も、ヒドラにダメージを与え続けることができたら、いくら九本首のヒドラでも死ぬだろう」

「それができたら苦労しねぇって！」

ジンは俺がふざけているとでも思ったのか、キレ気味に怒鳴ったが、

「ジン、ちょっと待て！　テンマがそんなふざけたたとえ話を出したということは、何か思いついたのかもしれない！　何せ、非常識には定評のあるテンマだぞ！」

「そうだよ！　こんな時にふざけるほど、テンマは鬼畜じゃないはずだ！」

「そうですよ！　そこまでテンマさんは、腐っていません！」

「お前らこそちょっと待て！」

聞き捨てならないといった感じで怒鳴ると、三人は自分たちの失言に気づき、ものすごく慌てだした。

「テンマ！　こいつらのことは終わった後でどんな目に遭わせてもいいから、何か思いついたのなら教えてくれ！」

ジンは、三人のフォローをすることなく、俺の両肩を掴《つか》んで激しく揺らしだした。

「わかったから落ち着け……俺が思いついたのは、ヒドラの体に銛《もり》のようなものをいくつも打ち込むことだ。打ち込んだ銛が抜けない間は、ヒドラにダメージを与え続けることが可能なんじゃないかな？」

たとえば人であっても、指先に小さい棘《とげ》が刺さって肉に食い込み、継続的な痛みを感じることがある。そういった感じで、太くて殺傷力の高い銛のような武器で意図的に行えば、ヒドラに継続的なダメージを与えることも可能ではないかと考えたのだ。

「確かにその理屈だと、継続的なダメージを与えることも可能だな」

「もしかすると、回復する過程で銛が抜けるかもしれないが、工夫次第では体内に残すこともできるだろうし、何もやらないよりはましだろ」

「確かにそうだね。もともと攻めあぐねているんだ。やってみて駄目なら、その時に違う方法を考えればいい」

これまで何度か戦ってみて、その都度逃げ出すことに成功しているのだ。俺の考えた方法を、一度試してみるのも悪くはないだろう。

「そうなると、刺さった後で抜けない、もしくは穂先だけが残るようにする工夫がいるな」

「銛に限らず、刺さるのなら弓矢を使ってもいい。その方が遠くから攻撃できるしな」

その他にも、素潜り漁などで使う『チョッキ銛』の存在も教えた。これは刺さると穂先が外れ、大きな返しになる仕組みだ。この仕掛けは、穂先と本体を紐《ひも》で繋《つな》げることで刺さった獲物を逃がさないようにする為だが、穂先と本体の紐の結びを緩くし、本体に別の長い紐をつければ、投げた後でも回収しやすくなる。あとは、予備の穂先を装着すれば、何度でも攻撃することが可能だろう。

「よしっ！　まずは武器の調達だな！」

「おお！」

ジンとガラットは、興奮気味に武器を探しに行こうとしたが……二、三歩足を進めたところで焼肉の匂いに体の自由を奪われ、回れ右で最初に焼肉を食べていた場所へと駆け出していった。

「さて、私たちも戻ろうか」

「そうですね。ワイバーンの肉を思いっきり食べられるなんて、滅多にないことですからね」

メナスとリーナも、ワイバーンの肉を求めて元の場所へと戻っていった。

「テンマ、わしたちも早く戻らんと、肉を食い尽くされてしまうぞ！」

「いや、まだまだワイバーンはあるから……」

とは言いつつも、その可能性は捨て切れないと思えるくらいの食事風景が広がっているので、今出している分を食べ終えたら、次はオーク肉を出そうと決めたのだった。

「そういえば、王都に帰ったらすぐに王様たちと打ち合わせしないとね」

「そうじゃのう」

実は、相談をしてきたのはジンたちだけではなかったのだ。それは、カリナさんとアリエさんで、その内容はエイミィに関するものだった。何でも近々、王都の学園で保護者も参加できるパーティーがあるとのことだった。その招待状がカリナさんたちにも届いたのだそうだが、参加するとなると移動時間を含め半月近く留守にしなければならず、かなり難しいらしい。それ以外にも、貴族だらけの所へ行くことに気が引けるそうで、どうしたらいいのかという話だった。

そこで、学園の卒業生であるクリスさんと三馬鹿に話を聞いたところ、エイミィの王都における保護者はオオトリ家となっているので、代わりに出席しても問題ない……というか、出なければならないだろうとのことだった。

普通のパーティーなら出席しなくても問題はないが、今回のものは中等部全体のパーティーであり、その中でも三年生が主役となるものらしい。三年生の中には高等部に上がらずに学園を去る生徒、もしくは高等部の入学試験に落ちる生徒もいる為、卒業パーティーという側面があるのだ。まあ、去ったり落ちたりするのは基本的に平民の生徒なので、貴族の生徒にはあまり卒業といった意識はない。しかし、その代わりに貴族の生徒は、このパーティーで婚約者を見つけようと考える者もいるのだとか。

「わしの時代にも、そういう側面があったのう……昔すぎて、参考にならんとは思うが」

そう言うじいちゃんは、学生時代は優秀だという評価は受けていても、子爵家の三男で継承の可能性が低かった上にその頃から変人という評価を受けていた為、全くモテなかったそうだ。ちなみに、同学年の中で一番モテたのはアーネスト様だったらしい。

「あ奴も変人と言われておったが、腐っても王族で金を持っておったからの」

アーネスト様がモテていたというのが今でも気に食わないのか、かなり不機嫌になっていた。

「まあ、そんなことは置いといて……クリスさんと三馬鹿の予想だと、貴族の生徒にとって今回一番の目玉はエイミィだろうという話だけど……確かに俺たちや三馬鹿との関係を考えれば、平民ということを踏まえてもうまみの多い相手だよな」

エイミィを落とすことができれば、もれなくオオトリ家に三馬鹿たちと縁ができるのだ。もっとも、俺たちと縁を持てたとしても、王家……というか、ティーダとの関係が悪くなるとは思うが、ティーダもフラれたからといってエイミィの相手に対して手を出すことはできないだろうし、そもそもそんなことをすれば、今の地位を失う可能性がある。

「こうなってくると、エイミィはティーダとくっついてくれた方が、色々と助かるということなのかも……」

「テンマがそれを言ったら色々な所から突っ込まれるじゃろうから、他所《よそ》では言わんようにの」

「とにかく、無理にでもエイミィに近づこうとする生徒もいるだろうから、そのあたりをマリア様と話さないとね」

これ以上話していると俺に矛先が向きそうだったので、多少強引だったがこの話を打ち切ることにした。

「それもそうじゃが……先にエイミィの家族に話さんとな。それが筋というものじゃし、何よりエイミィの家族の方に手を回そうとする輩《やから》が現れんとも限らんからのう」

じいちゃんの言う通り、カリナさんたちを無視して進めていい話ではないのですぐに相談に行くことにした。相談に行く前にジンたちからお肉のお代わりの要求があったので、当初の予定通りオーク肉を出したところ……ブーイングの嵐が巻き起こった。まあ、「文句を言うのなら、出す分と食べた分を合わせた代金を請求するぞ」と脅すと素直にオーク肉を焼きだしたので、その様子を見てからアパートへと向かった。

アパートに着いてすぐにパーティーの話をすると、カリナさんたちはかなり驚いていた。だがそれ以上に、「エイミィが王族の方と仲がいいのは聞いていましたが、最後にはテンマさんの所に嫁ぐと思ってました」というカリナさんとアリエさんの言葉に、俺の方が驚かされてしまった。

何でも、稼ぎのいい冒険者が複数の女性と結婚することは珍しい話ではないし、何よりも身分的に王族よりは俺の方が、結婚相手の可能性が高いと思っていたのだとか。

笑うカリナさんたちに、エイミィに対しそういった考えを持ったことがないと言うと今度は、「身近に綺麗《きれい》な人が大勢いますものね」と返されてしまった……皆に知られてはいけない話ができた瞬間であった。

「ようやく帰ってこられた」

「本格的に雪が降る前でよかったのう」

数か月ぶりに王都に帰ってきた俺たちは、先ほどギルドに直行して依頼完了の知らせをしてから、屋敷へと戻ってきたのだった。屋敷に帰ってきたのは『オラシオン』のメンバーとレニさんで、クリスさんとアルバートたちとはギルドで別れた。それぞれ旅に出ていた間の確認などがあるらしく、帰ってきたばかりとはいえ、やらなければならないことがたくさんあるだろうと愚痴っていた。

「ん？　誰か来ているみたい」

「まあ、留守中に馬車を使って来るのは、アレックスたちのうちの誰かじゃろう」

そんな話をしながらライデンを玄関前に着けると、タイミングよくドアが開かれた。いつも通りアイナが開けたのかと思ったら、ドアの向こうにいたのはクライフさんだった。

「お帰りなさいませ、テンマ様、マーリン様。本日は少し用事がありまして、お邪魔しております」

クライフさんの用事ということなので、王様でも来ているのかと思ったが違うと言われた。一体

何なのかと思いながら屋敷に入ると、

「お帰りなさいませ」

「「お帰りなさいませ」」

玄関付近で待機していたアイナたちが出迎えてくれた……いつもとは違う所があったので驚いたが、アイナの目が何も言うなと訴えているように見えたので、突っ込まずにそのまま通り過ぎた。

「ただい……ひっ！」

「ちょっと、アウラ……ひゃっ！」

「たっだい……ぶふっ！」

「レニ・タンタンと申します。短い間ですが、よろしくお願いします」

四者四様ともいうべき反応を見せた女性陣だったが、最初の三人はアイナに睨《にら》まれて急いで俺の後をついてきた。ただ、レニさんだけはその場に残り、丁寧にアイナとクライフさんに挨拶している。そして、俺のすぐ後ろにいたじいちゃんはというと、「うむ」と言っただけで特に変わった反応は見せずに足早に俺を追い抜かし、そのまま食堂へと向かっていった。そして食堂に入ると同時に、大きな声で笑い始めた。

「我慢していただけか……まあ、気持ちはわからんでもないけど」

「うむ。わからんでも……ぶふっ！」

食堂の手前で吹き出しているアムールに比べれば、じいちゃんは我慢した方だろう。そして、先ほどから大人しいジャンヌとアウラはというと、先ほど驚きすぎて悲鳴を上げそうになった時に睨まれた恐怖が抜けていないようで、青い顔をしながらゆっくりと進んでいた。

「とりあえず、おじさんたちがいつ来てもいいようにお土産《みやげ》の仕分けをして……って、その前にジュウベエたちを見に行かないと」

そう思って廊下に出ようとしたところ、

「めぇえええええ――――！」

ドアを開けた瞬間、黒い塊《メリー》が勢いをつけて飛び込んできた。

「ほいっと！」

「へっ？　ぎゃあ――――！」

メリーの足音が聞こえていた俺は、ドアを開けた瞬間を狙っていたらしいメリーの体当たりを簡単によけることができたが、全く気がついていなかったアウラはメリーの体当たりをもろに背中で受けてしまい、数メートルほどメリーと一緒に転がっていった。

「め～」

「モ～」

「ただいま、アリー。タマちゃん、ただいまー」

メリーが飛び込んできた少し後に、今度はアリーがやってきた。タマちゃんも、食堂から一番近い窓までやってきて鳴き声を上げていた。

「今回は、アリーたちにもお土産があるぞ」

その言葉を聞いたアリーは、いまいち意味がわかっていないのか首をかしげていた。なので、シェルハイドで購入した干し草の一部をマジックバッグから取り出して目の前に持っていったところ、喜んで食べ始めた。

「おいしいか？　じゃあ、ジュウベエたちの所で食べようか。メリー、来ないと食べ逃すぞ」

「めっ！　めめめ、め――――！」

「アムール、そろそろメリーを放してやってくれ」

「ん」

　メリーは、アウラに体当たりした後でアムールにも体当たりをしようとして、逆に捕まってもがいていた。アムールから解放されたメリーは、駆け寄ってきたついでに俺にも体当たりをしてきたが、強くしすぎたら干し草がもらえないと思ったのか、いつもより威力がかなり弱かった。

「ほれ、ここに置いておくからな。シェルハイド産の高級品だぞ」

　高級品というのは嘘だが、シェルハイド周辺では馬が特産というだけあって、餌も質のいいものが多いとのことで辺境伯に販売元を紹介してもらい、大量買いしてきたのだ。

「さてと……そろそろ、クライフさんに理由を訊いてくるか」

　話を聞く為に食堂に向かっているとその途中でアイナが待っていて、応接間の方へと案内された。そこでしばらく待っていると、

「お茶請けでございます」

「お、お茶、お茶でござ……あっ！」

「うぉあっつ！」

　ぎこちない笑顔でお菓子を俺の前に置いたライル様は、後ろからルナにお茶を浴びせられて悲鳴を上げていた。

「ルナ様！　紅茶はなみなみと注いではいけません！」

「そ、その前に、俺の心配を……」

アイナはルナを叱りながら、撒《ま》き散らかされたお茶を手早く拭いていた。代わりのお茶はすぐにクライフさんが入れてくれたが、お茶をかけられたライル様はほったらかされたままだった。

「それで、二人がそんな格好をしてうちにいる理由を、そろそろ教えてほしいのですが？」

「かしこまりました……その前に、少々お待ちください。ライル様、どこに行かれるのですか？今からご主人様に説明しなければならないのです。私の後ろで、静かに立って待っていてください」

服を着替える為か、ライル様は応接間を出ていこうとしたが、クライフさんに呼び止められていた。

「実はこのお二人、マリア様の命により、執事とメイドの研修を受けていたのです。まあ、お二人とも、仕事と学業がありますので、毎日というわけではありませんでしたが……そして、テンマ様たちが帰ってきた日がテストの日で、研修を延長するかどうかの判断を下す予定だったのです」

二人が何をしたのかは知らないが、マリア様の堪忍袋の緒が切れるぐらいの悪さをしたのだろう。もしくは、日頃の行いが積み重なったかのどちらかのはずだ。

「それで、どんな感じですか？」

「とても出来が悪いですね」

俺の質問に、クライフさんは間髪入れずに評価を下した。クライフさんに一刀両断にされた二人はそれなりに自信があったみたいで、真逆の判定を食らってかなり落ち込んでいた。

「まあ、出来が悪くとも、お二人の頑張りは認めなければなりません。頑張りだけですが」

しかし、クライフさんの言葉の続きを聞いた二人は揃《そろ》って笑顔を見せたが、

「もっとも、最終判断はマリア様が下すので、私はありのままを伝えるだけしかできません」

落として持ち上げられ、最後にまた落とされた二人は、絶望の表情を浮かべていた。

「色々と大変ですね。まあ、二人のことはわかりました。それで、帰ってきたのでお土産を持っていきたいのですが……」

「その前にテンマ様、マリア様に報告しなければならない、重要な話があるのではないですか？」

「確かにそうでした。とても重要なことがあります」

俺は辺境伯の依頼の中で経験した、とても重要な話を王家にしなければならないのだった。

「その話は、テンマ様から直接マリア様にした方がいいでしょう。お疲れでなければ、今から報告に行った方がいいかもしれません。マリア様も、報告を待っているでしょうし」

「それじゃあ、ちょっと準備してきます」

そう言って俺はじいちゃんとジャンヌに説明をして着替えさせ、俺自身も汚れた服を着替えてお土産をマジックバッグに入れた。

準備を終えてクライフさんに声をかけると、クライフさんはジャンヌがいることに少し驚いた様子を見せたが、ジャンヌも当事者の一人だと説明すると納得していた。

「テンマ、私も行く！」

「アムールは次の時に頼む。多分、マリア様たちもアムールの話を聞くとは思うけど、先にジャンヌの話からした方がいいと思うから」

「むう……わかった」

アムールが引き下がったところで、俺たちはクライフさんに先導されて馬車へと向かった。

アイナは一緒に王城に戻らず、もう少しルナとライル様の指導の為に残るということだったので、今日のところはアウラを休ませて、明日から仕事をさせる予定だと伝えた。アイナは俺の指示に頷いていたが、本心ではすぐにでもアウラを働かせたかったみたいで、喜びの声を上げるアウラを何度か横目で見ていた。

そんなアイナの近くでは、ルナが何か言いたそうにしていたが、今はメイド見習いの立場だからなのか、言いたそうにするだけで近寄ってこなかった。

「ルナ、さっきの失敗に関しては俺の方からマリア様に言ったりしないから、心配しなくていいぞ」

と声をかけたがそのことではなかったようで、首を振っていた。

「違うのか……ああ！　お土産の方か！　ワイバーンの肉を確保しているから、明日くらいには王城のコックが調理してくれるはずだぞ」

「ほんと！　やっ……じゃなくて！」

ルナは喜びかけたが、訊きたいのはお土産のことではなかったようだ。ヒントの少ないクイズだなと思っていると、ふとクライフさんを待たせているのを思い出したので、ルナに軽く謝ってから馬車に乗り込んだ。

そしてそのままクライフさんの操る馬車で移動していると、

「マーリン様、テンマ様、前の方にクリスがいます」

とのことだったので窓を開けてみてみると、確かにクリスさんがいた。しかも男性と。……まあ、言い争っているみたいだったけど。

「無視しますか？」

厄介ごとのにおいしかしないので、クライフさんの言う通りにしようと思ったのだが……運悪く、クリスさんがこちらを向いた。そして、窓から様子を見ていた俺と目が合った。

「クライフさん、全力で離脱してください」

「無理ですな。すでにクリスは気がついておりますし、何よりもこちらに向かってきております」

直線で速度を出していいのなら、クリスさんを振り切ることは可能だろうが、街中で小回りができない上に正面から向かってきているのだ。どうやっても転回中に乗り込まれてしまう。

「それじゃあ、ここで停《と》まってください。せめて、ここまで歩いてきてもらいましょう」

そして、待つこと三〇秒……クリスさんは競歩のような歩き方で馬車までやってきた。

「近衛隊所属、クリス。ただいまより任務に復帰します！」

「了解しました。では、お客様の護衛任務に就いてください」

クリスさんはクライフさんに報告し、馬車に乗り込もうとしたが、

「クリスティーナ、まだ話は終わってないぞ！」

追いかけてきた男性がクリスさんを呼び止めた。だが、

「近衛隊の任務に復帰すると言ったのが聞こえていなかったのですか？　この馬車に乗っているのは、王家への客人です。その護衛に就くという近衛の任務を邪魔するということは、王家への不敬罪に当たる可能性が出てきますが、覚悟の上でのことなのでしょうか？　それと、私の名はクリスであり、クリスティーナなどではありません。それに、あなたは準男爵の位を持っているようですが、近衛兵は最低でも男爵相当の肩書を陛下より授かっております。その意味を、ご理解しているのでしょうか？」

クリスさんは、これまでに見たことがないくらいの冷たい目で男性を見ている。いや、冷たいどころか、これ以上男性が食い下がれば、即座に斬り捨ててしまうのではないかという怖さがあった。

「クリスさん、マリア様を待たせているので、早く王城に向かいたいのですが？」

「お待たせして申し訳ありません。すぐに参りましょう」

男性はクリスさんが本気で怒っているのに気がついたのか、それともマリア様の名前が出たからなのかはわからないが、それ以上クリスさんを引き留めるようなことはしなかった。ただ、クリスさんを睨むように見ていたので、納得はしていないのだろう。

そしてクリスさんは、男性の存在などなかったかのように無視し、馬車に乗り込んだ。


「いや、本当に助かったわ。あいつ殺したいくらいにしつこくて……テンマ君たちが通りかからなかったら、本当に殺していたかもしれないわね」

クリスさんは馬車が発進するなり、いつもの雰囲気に戻っていた。

「それでクリスさん、先ほどの人は誰なんですか？　それと、クリスティーナというのは？」

俺の質問に、クリスさんは心底嫌そうな顔をしながらも、助けてもらった手前黙ったままでいることはできないと思ったのか、

「元父親よ。そしてクリスティーナというのは、昔名乗らされていた名前ね」

そっぽを向きながらそんなことを言った。前に聞いた話では、クリスさんは実家と縁切りをしていて、その理由がクリスさんを利用してうまい汁を吸おうとしたからだと聞いたことがあるが、実際はもっとひどい話だそうだ。

「私が一二歳の頃に、あの男が縁談を持ってきてね。まあ、貴族の子女なら、一二歳で婚約者がいるというのはよくある話ではあるけど……婚約じゃなくて結婚よ！　しかも、相手は四〇過ぎのおっさん！」

クリスさんは話しているうちに腹が立ってきたらしく、かなり興奮していた。

「子供ながらにあり得ない話だろうと思ったのに、あの男だけでなくその妻の方も乗り気でね！　怪しかったから二人の部屋に忍び込んで調べてみたら、あの男は四〇過ぎのおっさんに大金を借りていたらしく、その借金のかたに私を渡そうとしていたのよ。そして妻の方は、どう考えても私の方が長生きするから、そのおっさんの家を乗っ取ることができると考えたそうね。ちなみに、そのおっさんは子爵だったわ」

一二歳だったクリスさんは、どうやっておっさんとの結婚を回避するか考えた末に、家出を決意したそうだ。そして、次の日には王都に向けて出発したとのことだった。その時の旅費は、家にあった父親と母親のへそくりだそうだ。

王都に到着したクリスさんは、真っ先に兵士たちの詰所に駆け込み、自ら家出の理由を説明。そこから、クリスさんの扱いに困った兵士が王都騎士団の本部へと報告。しかし騎士団も扱いに困り、結局王様に報告したそうだ。

さすがの王様も前例のないことに驚いたらしいが、すぐにクリスさんの保護を決め、実家と子爵のおっさんに警告し、クリスさんの希望通り縁切りを認めたらしい。その後、クリスさんは孤児院に行くことになりかけたが、試しに受けた学園の入学試験の結果がかなりの好成績だった為、次の年の入学試験に挑戦し、見事に推薦枠を獲得したそうだ。ちなみに、それまでの生活費は元家族からの賠償金（無理やり結婚させようとしたことが虐待と認められた）であり、足りない分は王城でクリスさんの世話をした騎士に保証人となってもらい、王都の金貸しから借金したらしい。ちなみにその騎士とは、ジャンさんのことだそうだ。

「最近までその存在を忘れていたというのに、私が武闘大会で優勝したことと、まだ結婚してないことを知って、恩着せがましく縁談を持ってきたのよ。本当に学習しない奴ね。そもそも、陛下が直々に縁切りを認めている以上、今の私はあいつより上の権力を持つ貴族なのだし、そもそも私に干渉してくるということは、陛下の決定に逆らうような行為だということを理解していないのよ」

その後も俺は、馬車の中でクリスさんの愚痴を聞かされ続けた。その間、じいちゃんとジャンヌは、寝たふりをしてやり過ごしていた。

「クリス、そろそろおしゃべりをやめなさい。一応、近衛隊の任務に復帰したのでしょう？」

ずっとしゃべり続けていたクリスさんは、クライフさんの言葉で静かになった。

「王城の門か……」

あの男から逃げる為とはいえ、人の目がある所でクライフさんに任務に復帰すると言ったのだ。そう宣言した以上、門をくぐる前に気持ちを切り替えたのだろう。

馬車は門を通過し、そのまま玄関前まで進んだが、クリスさんは玄関に到着する少し前に馬車を降りた。何でも、緊急時以外は騎士団の制服を着ていないと王城の中へは入ることができないという決まりがあるらしく、先に宿舎にある自室で着替えてくるそうだ。

「マリア様、テンマ様を連れてまいりました」

クライフさんにマリア様のいる部屋まで案内してもらうと、中にはマリア様と王様、シーザー様とイザベラ様、ザイン様にアーネスト様がいた。

「マリア様、依頼は無事に完了しました。お土産の方は、後で厨房《ちゅうぼう》に運んでおきます」

「ええ、ありがとうテンマ。それと、お帰りなさい」

マリア様たちと挨拶し、報告があると言うと空いている席を勧められたので三人とも座った。マリア様たちは、いつもは後ろで立っているジャンヌを座らせたことに疑問を持ったみたいだったが、ジャンヌも関係のある話だと言うと頷いていた。

「それで、報告というのは何かしら？」

どことなく嬉《うれ》しそうなマリア様だったので、旅の感想だと勘違いしているのかもしれない。

「報告があったかもしれませんが、大老の森で厄介な魔物が現れました」

「そっちの話！」

「ええ、リッチです。リオンが詳しい情報をギルド経由で流すと言っていましたが、俺の方から直接感じたことを報告した方がいいと思いまして。ジャンヌを連れてきた理由ですけど、ククリ村に行ったメンバーの中で、唯一リッチの罠《わな》にかからなかったのがジャンヌなんです。ですから、俺よりはその時の詳しい状況を説明できるかと思ったので連れてきました……って、何かおかしい所でもありましたか？」

マリア様たちの反応がおかしかったので少し心配になってしまったが、マリア様たちは「何でもない」と言って首を振った。

その後、リッチとの交戦結果に感想、ジャンヌから見たその時の俺やじいちゃんたちの様子を伝えた。その中で、魔法が得意で人より耐性が高いと思われる俺とじいちゃんですら知らずのうちにリッチの罠にかかってしまったのに、何故ジャンヌだけが正気のままで自由に動くことができたのかという話になったがはっきりとした理由はわからず、最終的にたまたま罠のかかりが浅かったのだろうということになった。ただ、『鑑定』が使える身としては、ジャンヌの持つ『聖女』の称号が関係していると思うのだが、『鑑定』が使えること自体秘密にしているし、何より『聖女』の称号がどういう風に影響していたのかわからないので、『たまたま』という結論に賛成したのだった。

「それじゃあ、ちょっとお土産を厨房に運びますね」

「テンマ、それはクライフにやらせるから、クライフにお土産を渡すといいわ」

話が落ち着いたところでワイバーンの肉を厨房に運んでおこうと立ち上がると、マリア様から待ったの声がかかった。まあ、客として来ている状態なので、俺に運ばせるのはおかしいと判断したのだろうと思い、クライフさんの持つマジックバッグに肉を移してそのまま席に座り直した。

「テンマ、まだ私たちに報告することがあるんじゃないかしら？」

マリア様がそんなことを言うので少し考えて、

「辺境伯領の国境線で、魔法で砦《とりで》を作りました」

軍事的なことに協力したことかと思ったのだが、それも違った。

「辺境伯領のスパイの件ですか？」

「それは、すでにハウスト辺境伯から知らせが来ている。そしてその件は、辺境伯家に一任した」

マリア様の代わりに、王様が答えた。マリア様が口を開かないということは、この答えも違うようだ。

「カノンのこと……ではないですね。もしかして、結婚式でゴルとジルの糸を使ったことですか？」

セルナさんのウエディングドレスについて、貴族から何らかの問い合わせがあったのかとも思ったが、首を横に振られた。ただ、結婚式の所には反応していたので、そのあたりの話のようだ。

「じゃあ、仲人をしたことですか？」

「それよ！」

ようやく正解を導き出したのだが……どうやら、この話がマリア様の本命だったようだ。

第二幕

現在、俺たちはマリア様に正座をさせられた上で怒られていた。

いつもは王様やライル様やルナが怒られているのを横から見ていただけだったが、いざ自分がその立場になってみると、あの三人（たまにアーネスト様を入れた四人）が身を縮こませていた理由がよくわかる。そして、『美人は怒ると怖い』という言葉は本当だったのだと知った。

そんなマリア様に怒られている俺たちを見ているのは、先ほどリッチの報告を終えた時に部屋にいたマリア様を含む六人と、俺と一緒に来たじいちゃんとジャンヌに加え、クライフさんにサンガ公爵だ。その中で男性陣は俺のことを呆れた、もしくは同情的な目で見ているが、イザベラ様は完全にマリア様と同じように怒っていて、ジャンヌは話を聞いているうちにマリア様寄りの考えになったようだった。


（どうしてこうなった……）

今の状況を説明するには、マリア様が本当に聞きたがっていた報告をした所まで戻らなければならない。

「それで、テンマは結婚式の仲人をする時に、サンガ公爵家のプリメラをパートナーに選んだということだけど、何故なのかしら？」

マリア様の質問を聞いた時、やはり女性は結婚式の話なんかが気になるんだな……程度に、仲人をプリメラと一緒にやったことに関しては、冷やかす気なんだろうな……程度に考えていた。なので、なるべく簡潔に、

「アルバートに言われたからです。新婦に関することを男がするのはまずいだろうということになり、身分的にも問題がなく、身内の許可がすぐに出せる女性ということで、プリメラにお願いしました」

と答えた……いや、答えてしまった。

この俺の答えに、理由を知っていたじいちゃんとジャンヌは表情を変えなかったが、マリア様とイザベラ様は無表情となり、王様たち男性陣は俺のことを残念な生き物を見るような顔をしていた。

「あなた！　すぐにサンガ公爵とアルバートを呼びなさい！」

「う、うむ！　クライフ、手配を頼む！」

「はっ！」

マリア様の怒声に、王様は驚きながらもクライフさんに指示を出していた。

「テンマ……あなたはそこに座りなさい」

「は？」

もう椅子に座っているんだけれど……とか思っていたら、マリア様は床を指差しながら、

「ここに、座りなさい」

と、今度は床を指差して言った。正直、意味がわからなかったので、マリア様の隣に座っていた

王様を見たが、目が合った瞬間にそらされた。それは、シーザー様とザイン様も同様だ。そしてイザベラ様はというと、鋭い目で俺を見ながら、

「お義母様の言う通り、そこに座りなさい」

怒気をはらんだ声で、マリア様と同じようなことを言った。

「わ、わかりました……」

理由はわからなかったが、マリア様とイザベラ様がこれまで見たことがないくらい怒っているのは理解できたので、指示通りマリア様の指差したあたりの床に正座した。

「それで、テンマ。何故、私が怒っているのか理解……できていないようね」

本当にわからなかったのが顔に出ていたのか、マリア様は言葉の途中で質問を止めた。

「それじゃあ、テンマ。仲人とは何かしら？」

マリア様の質問に、「結婚の仲立ちをする人のことです」と答えると、マリア様は頷きながら、

「そうね、意味は合っているわ。ただし、本来仲人とは、既婚者が受け持つものよ」

「いえ、一応プリメラには、仲人みたいなものと言ってますし、彼女もそれに納得してましたから」

「そういうことを言っているんじゃないの！」

俺の言い訳は、一刀両断の如《ごと》く斬り捨てられた。

「それが小規模……身内しか参加しないような、本当に小規模の結婚式ならば、その言い訳も通用したでしょう。でも、テンマとプリメラが関わったのは、外部からも参加者を呼び、さらには貴族まで参加したことで街中が知っているような規模になった結婚式よ。しかも、テンマ主催の……その言い訳は通用しないわ」

「そうだとして、一体何が問題になるのでしょうか？」

何故怒られなければならないんだという思いもあったので、つい感情的な反論をしてしまったが、マリア様は俺を見ながらため息をつき、

「テンマは冒険者で男性だから、問題はないと言えばないわ。あったとしても、大したことではないわね。それに比べて、プリメラは貴族で女性よ。言い方は悪いけど、女性としての評価は下がるわね」

それくらいで何故？　と思っていると、

「理解しがたいかもしれないけれど、貴族の女性には貞淑が求められるの。それは、貴族社会において女性は、確実に伴侶の子を産むということが求められるからよ」

イザベラ様の言っている意味はわかる。仮に結婚した相手以外の子を産んでしまうと最悪の場合、旦那側の血筋が途切れてしまう恐れもあるからだ。

「その理由はわかります。けれども、俺はプリメラと仲人のようなことをしたというだけで、実際に肉体関係を持ったわけではありません」

「それでも、よ。プリメラは普通なら既婚者がしないといけないことを、恋人でもない男性と簡単にやってしまうような、軽い女と思われるかもしれないのよ。それに、そんなこと実際にはないとわかっていてもプリメラの、サンガ公爵家の評判を落とそうと、わざと尾鰭をつけて噂《うわさ》を流す輩も出てくるかもしれないわね」

軽く考えて頼んだことが、プリメラとサンガ公爵家の評判を下げることになりかねないと知り、背中に嫌な汗が流れた。その時、

「マリア様、サンガ公爵様とアルバート様をお連れしました」

「あら？　早かったわね？」

予想以上の早さで、クライフさんがサンガ公爵とアルバートを連れてきた。もしかして、俺の怒られているところを見たくて急いだのかと、一瞬失礼な考えが頭をよぎったが……

「門の所で王城に向かってくるサンガ公爵家の馬車が見えましたので、そのままお連れいたしました」

「そう、公爵も同じ心配をしたのね。サンガ公爵はこちらへ、アルバートはテンマの横に座りなさい」

マリア様は、サンガ公爵に自分の隣側（イザベラ様の反対側）を勧め、アルバートには俺の横に正座するように命令した。渋い顔をしたサンガ公爵は、クライフさんの用意した椅子に黙って座った。その間も、俺のことは見ていないようだった。そして俺の横には、青い顔をしたアルバートが正座したが、体が震えていたせいで座る時につんのめりかけていた。

「ふむ……さて、アルバート。あなたは、サンガ公爵家を貶《おとし》めたいのかしら？　それとも、プリメラを犠牲にしてでも叶《かな》えたい野望でもあるのかしら？」

マリア様はサンガ公爵に一度視線を向けてから、アルバートに質問した。その声は、俺を責めている時よりも静かではあったが、目が全く笑っていないせいで逆に怖かった。

「テンマにも言ったけれど、プリメラに仲人をやらせたせいで、今後のプリメラの評価は下がるでしょうね。尻軽女として」

先ほどよりも表現が悪くなっているが、今のアルバートにはその方が効果的のようで、顔色がさらに悪くなっている。

「アルバート……あなたは、サンガ公爵家の嫡男として、プリメラが仲人をするのを許可したのよね？　それも、テンマの口から頼ませるような形で。それって、卑怯《ひきょう》じゃないかしら？　指名したのはテンマで、受けたのはプリメラ。アルバートは許可を出しただけで、評判を落とすのはテンマとプリメラ。まあ、テンマの方は貴族でないから大したことはないでしょうが、女性であり貴族でもあるプリメラはそうはいかないわよね？」

アルバートは、俺が説明してもらわないと理解できなかった所の意味を一度で理解したようで、明らかに慌て始めた。

「あの、それは本人が結婚願望はないと言っていたからであって、その……」

「願望がないのと縁がないのは違います。今はなくても、結婚願望も縁も突然生まれることもあります。しかし、今回アルバートがプリメラを利用したせいで、確実に縁が薄くなったでしょう。もしくは、安く見られるようになるでしょうね」

俺と同じように、アルバートもマリア様に完全に論破されていた。そんなアルバートを、サンガ公爵は鋭い目で見ているが、俺と目が合うとすぐにそらして咳《せき》払いをしていた。その間、じいちゃんをはじめとする男性陣は、完全に空気と化していた。むしろ、進んで空気になっているようにも見える。ジャンヌはマリア様の話を聞いて思う所があったのか、怒られても仕方がないという感じで俺を見ていた。

（どうしてこうなった……）

いやまあ、その元凶は俺自身にあるわけだけど、アルバートのアドバイスを受け入れたことも原因の一つなので、あの時間に戻って俺とアルバートを殴ってでも止めたいくらいだ……などと考えたのが悪かったのだろう。

「テンマ？　あなた、いまいち反省が足りていないようね？」

「いえ！　あの、その……反省は、しています」

「反省はしているとして、責任はどうとるつもりなのかしら？」

「責任……ですか？」

こういった場合の女性に対する責任と言えば、一つしか浮かばなかった。つまり、

「プリメラと結婚する気があるのかと訊いているのよ」

だった。確かに、プリメラやサンガ公爵家への評判を考えると、結婚以上のわかりやすい責任の取り方はないだろう。

「確かに、プリメラは公爵家の出ということで貴族的な身分は高く、一冒険者ではとてもじゃないけれど釣り合いの取れるものではないけれど、幸いテンマの養父養母のリカルドとシーリアは貴族の出であるし、テンマ自身のこれまでの功績と公爵家との関わりを考えたら、おかしなものではないでしょう。それで、どうするの？」

条件も問題ない。サンガ公爵がマリア様の提案に口を挟まないということは、サンガ公爵もこの提案には賛成なのだろう。そうなると、俺の返事次第ということになるわけだけど……このまま流れに任せて話を進めると、何も学んでいないということになる。

「テンマ？」

「自分にできることなら何でもやりますが、結婚となるとプリメラの気持ちが一番大事です。そのプリメラのいない所でする話ではありませんし、してはいけない話だと思います」

「貴族の結婚となると、本人の意思よりも当主の意向が重要よ。サンガ公爵がプリメラに、『結婚しろ』と言えばそれで済む話なのよ？」

「それだと、アルバートがしたことと同じです」

「プリメラに不満があるのかしら？」

「いいえ、結婚相手として考えれば、プリメラの性格と人柄は好ましいと思いますが、その話とこの話は別です」

しっかりと考えた上で、はっきりと答えた。これまで考えたことはなかったが、結婚するとなるとプリメラはかなり優良な相手と言えるだろう。

「とのことだけど、公爵家としてはどうするのかしら？」

マリア様がサンガ公爵に意見を求めたのでそちらに目を向けると、サンガ公爵は先ほどよりも渋い顔をしていた……が、

「ぶっ！　も、もう我慢できない！」

いきなり笑い始めた。爆笑といっていい笑い方だ。その様子に、俺とアルバートは何が起こったのかわからないといった感じで顔を見合わせたが、その様子にマリア様たちが笑い始めた。よく見ると、シーザー様にザイン様も口元を押さえながら笑っている。

この場でこの部屋の雰囲気の変化についていけていないのは、俺とアルバートにじいちゃんとジャンヌの四人だけだった。

「いやいや、申し訳ない。実は、少し前にプリメラから手紙が届いたんだよ。その中に、テンマ君と一緒に結婚式の仲人をしたことと結婚式の感想、それにアルバートが何か企《たくら》んでいるみたいだけど、そのことにテンマ君は一切関係ないとも書かれていてね。これはテンマ君の窓口を自負するマリア様に報告せねばと思ってね」

マリア様に報告した結果、今回の騒動となったようだ。そのことを知って、俺とアルバートは気が抜けてしまったのだが、

「ただ、アルバート。私は、君に対してはとても怒っているんだよ。何せ、勝手に公爵家の名前を使ってプリメラを利用したどころか、テンマ君を巻き込んだんだからね」

「そうね、そこはいただけないわね。以前王家から貴族に向けて、『テンマを利用しないように』と通達を出したはずだけど……それを破ったということなのだからね」

プリメラが事前に手紙で説明していたことで、俺への怒りはなかったみたいだが、アルバートに対してはそうではなかったようだ。

サンガ公爵は、マリア様の話が終わったタイミングでアルバートに手紙を渡していた。おそらくあれが、プリメラから送られてきたという手紙なのだろう。

「まあ、その話に関しては屋敷に戻ってからするとして……今日はいい話が聞けた！」

サンガ公爵の喜びように、今日の俺の発言をよくよく思い返してみると……

「確かに、テンマがプリメラのことを、『結婚してもいいくらいには好ましく思っている』なんて、私としても嬉しい話ね。これは、テンマの子を抱くことも遠い話ではないわね！」

少し脚色されているような気もするが、おおむねそんな感じだった。

（めちゃくちゃ恥ずかしい！）

特に、王様たち男性陣の視線が恥ずかしかった。そんな視線を向けるくらいなら、いっそのこといじってくれと言いたくなるくらいだった。まあ、いじられたらいじられたで恥ずかしいのだろうが……

「おっと、マリア様。プリメラの子を抱くのは、順番的に私が先ですよ！」

「その次くらいが、わしの番かのう」

サンガ公爵は、マリア様に釘を刺しながらはしゃいでいる。そして、そこにじいちゃんも加わった。もう、色々ときつい……。

助けを求めようと王様たちの方を見たが、王様とアーネスト様は三人の話に交ざるタイミングを見ていたし、シーザー様とイザベラ様とザイン様は、三人で昔話をしている。そしてジャンヌは、クライフさんにお茶の準備を手伝わされていた。

したがって、残されたのはアルバートのみとなるのだが……そのアルバートは、プリメラの手紙を読んで固まっていた。

（プリメラ、手紙を何枚も書いたんだな）

横から軽く数えただけでも、軽く五～六枚はある。あの量からすると、全てが結婚式の報告や感想、アルバートの企みに関するものだとは思えないので、何枚かはアルバートの悪口や非難する手紙なのかもしれない。だとしたら、少し読んでみたい気もする。

「あら？　テンマ、もう椅子に座っていいわよ」

マリア様は、ようやく俺のことを思い出したようで、サンガ公爵たちとのおしゃべりを中断して

椅子に座る許可を出してくれた。そして、俺と同時にアルバートも手紙から目を離さずに、のろのろと立ち上がったのだが、

「アルバート、君はまだ座っていなさい」

というサンガ公爵の言葉で椅子に向かうのをやめて、のろのろと元の場所に座り直した。

「テンマ、お茶！」

「あ、ありがとう？」

椅子に座るとジャンヌがお茶を出してくれたが、何故か機嫌が悪いようで、少しばかりカップを置くのが乱暴だった。

「まあ、気持ちはわかるので、アイナには黙っておきましょう」

クライフさんは乱暴にカップを置いたジャンヌを見て、そんなことを言っていた。

「それにしても、テンマ。今回はプリメラのフォローのおかげで事なきを得たけれど、本来ならば即結婚するなり婚約するなりして誠意を見せなければならない所よ」

「はい」

「マリア様、そのあたりで。こちらとしては、テンマ君がプリメラに好意を持っているとわかっただけでも、収穫があったわけですし……でも、テンマ君。もう、こういったことをプリメラ以外の女性としないでくださいね。プリメラが納得した上でしたとはいっても、同じことを他でやられるといい気はしないでしょうし、父親としても穏やかな気持ちでいられるとは限りませんし……ね」

「は、はい！」

今のサンガ公爵は、怒っている時のマリア様と同等かそれ以上の怖さがあった。武力とは違う、

貴族の持つ怖さを初めて知った気がした。ちなみに、マリア様の怖さは逆らってはいけないという本能に訴えるようなものだ。なお、王様からは怖さを感じたことはない。何故なら、ふざけている所か情けない所か、もしくはだらしない所しか記憶にないせいで、国王というよりは親戚のおっさんという感じしかしないせいだ。それは、アーネスト様とライル様にも言えることで、俺の中にある王家の優先度ランキングでは、マリア様が頂点でその三人が最下層である。

「マリア様、扉の向こうでこそこそとしている者を、そろそろ呼び寄せてはいかがでしょうか？」

「そうね。ちょっと注意しないといけないこともあるわけだし」

「……ステイルの他に、誰かいるのですか？」

クライフさんの提案に、マリア様は軽く笑いながら答えた。サンガ公爵は、最初護衛のステイルのことかと思ったみたいだが、二人の話から違う人物だと判断したようだ。

「クリス、入ってきなさい。マリア様がお呼びです」

クライフさんは足音を立てずに近づき、扉を開くと同時に入ってくるように言った。開けた時に、扉に何かがぶつかる音と悲鳴が聞こえたが、クライフさんは何事もなかったかのようにマリア様の後ろに戻っていった。

中に入るように言われたクリスさんは、額を押さえながらどこかばつの悪そうな顔でマリア様の前へと進んだ。そして、

「クリス、こうならないように、あなたをつけたのだけど？」

「あの……暇しているなら、テンマ君を手伝えって感じの命令だったはず……」

「何か？」

「申し訳ありませんでした！」

アルバートの横で怒られた。

クリスさんへの説教はしばらく続きそうだったので、俺はマリア様のそばをこっそりと離れた。

アルバートを見捨てた形だが、当の本人はいまだに手紙のショックが抜けていないようで、離れていく俺に気がついていないみたいだった。

「テンマ、大分疲れたようだな」

「あれは仕方がないですよ。テンマが悪いんですし」

「まあ、冒険者に貴族のことを当てはめるのもどうかと思うが……」

「それでもです！　女性に恥をかかせるような真似は、貴族だろうとも冒険者だろうとも許されるものではありません！」

「それでは、これで帰らせてもらいます」

シーザー様のフォローにイザベラ様が反論している。そんな二人を横目に見ながら、ザイン様はそそくさと部屋を出ていった。

「ザインは相変わらずだな」

「夫婦仲が良好なのは、義姉として喜ばしいことです」

シーザー様は少し呆れ気味ではあったが、イザベラ様には好ましいものという認識があるようで、微笑《ほほえ》んでいた。

「シーザー様、申し訳ありませんが、そろそろ私たちもお暇《いとま》させていただきます。このたびは、アルバートがご迷惑をおかけして、誠に申し訳ありませんでした。テンマ君、申し訳なかった」

サンガ公爵はシーザー様と俺に挨拶をすると、マリア様と王様にも挨拶をしてアルバートを回収した。アルバートは長時間の正座で足がしびれているのか、非常にのろのろとした動きではあったけれど、早くここから離れたいのか、一生懸命に足を動かして部屋から出ていった。

「そういえば、エイミィのことで相談があるんですけど」

「ティーダが何かしたか？」

公爵とアルバートを見送った後でエイミィの名前を出した瞬間、シーザー様が食い気味に警戒した。ティーダは関係ないと言うと、ほっとした顔になって警戒を解いていたが、その様子がよほどおかしかったのか、イザベラ様は声を出して笑っていた。

「イザベラ、どうかしたのか？」

「何やら、楽しそうじゃのう」

イザベラ様の笑い声を聞いたアーネスト様とじいちゃんが、俺たちの所へやってきた。この人数で立ち話もどうかということで、クリスさんを説教中のマリア様に気がつかれないように、少し離れたテーブルへと移動したのだが、クリスさんは遠ざかる俺たちに気がついて目を向けたみたいで、マリア様に叱られていた。マリア様の隣にいる王様は、立場上クリスさんが怒られているのを放っておくことができないようで、楽しそうな俺たちをうらやましそうに見ていた。

「それで、相談というのは何だ？」

「今度、学園でパーティーがあるとのことですが、エイミィの家族が仕事の都合で来ることができないそうで、その代理を受け持つつもりなんですが……」

「そのことなら問題はない。そもそもオオトリ家が王都での保護者となっている以上、たとえ親御さん方が参加するとしても、テンマにも別口で招待状が届くはずだ」

招待状が届いていなかったのは、遠隔地の保護者と王都の保護者では、招待状を出す担当者が違うからだろうとのことだった。距離にもよるが、遠隔地への招待状の方が、王都の招待状よりも早く出されるとのことらしい。

「それとアルバートたちの予想では、エイミィに婚約を申し込む生徒が出てくるとのことではないか、とのことなのですが？」

「それは十分にあり得る話だ。テンマが後ろにいるとはいっても、多少強引に行けば平民のエイミィは断れないだろうと考える生徒がいてもおかしくはない。王家としては騒ぎを起こしてほしくはないが、エイミィがティーダの恋人ではない以上、エイミィ本人が決めたことに手出しはできないからな。そのことをティーダが心配して、少々過敏になっている所があってな……」

そういった事情からシーザー様は俺の口からエイミィの名前が出た時に、てっきりティーダが何かやらかしたかと思ったそうだ。

「それに最近のティーダを見ていると、父上の姿と被る時があるし……」

「それは心配ですね」

俺の言葉に、その場にいた全員が頷いた。

「まあ、色恋で少しおかしくなるのは仕方がないじゃろう。同じ年くらいのアレックスなど、年中おかしかったからのう」

「そうじゃったな……何度あやつの尻を叩《たた》いたことか……」

じいちゃんはかなり失礼なことを言っている（ただし、誰一人として否定しなかった）し、アーネスト様は自分の手のひらを見ながら呟いていた。

「まあ、変なのに引っかかるくらいなら、エイミィに夢中になっていてくれた方がいいんですけど……フラれた時のことを考えると……ねぇ」

イザベラ様の心配もわかる。このまま二人がくっつけばいいが、そうでなかった場合、ティーダが暴走しないかが心配なのだ。

「エイミィはティーダのことを嫌いではないようですから、焦らなければチャンスはあると思いますけどね」

「そう願いたいな。もっとも、付き合ったとしても平民という身分が問題になるかもしれないが……その時は、テンマも手伝ってくれるのだろう？」

「ええ、エイミィは俺にとって大事な弟子ですから、できることはするつもりです」

教え子という言葉では、馬鹿から守るには少し弱いと思って弟子という言葉を使ったが、その言い方にシーザー様は満足そうに頷いていた。

「その時になったら、テンマを頼らせてもらおう。まあ、その前に色々と条件はあるが……年齢を考えれば、そう遠い未来の話ではないだろう」

とりあえずティーダが動き、エイミィがそれを受け入れた時の協力態勢はできたという感じだろう。そう思った時、ふとマリア様とした話の中で気になる所が出てきた。

「シーザー様、マリア様は『貴族の結婚は、本人より当主の意向が大事』と言っていましたけど、そうなるとクリスさんはどうなるんですか？」

クリスさんは、借金返済と財産目当ての結婚が嫌だったから家出したと言っていたが、そんなクリスさんを助けた王家の行動と、先ほどのマリア様の言葉には矛盾があるように感じた。なので、シーザー様に質問してみると、シーザー様だけでなく、イザベラ様とアーネスト様まで気まずそうな顔をしていた。

「その話だが……さすがの母上も、一二歳の少女をバツ三で四〇過ぎの男に嫁がせるのはかわいそうだと思ったそうだ。それに、その男は前々から問題になっていたのでな」

「問題っていうのは、最初の奥さんこそ同い年くらいの女性だったのだけど、二番目が成人したての一五歳で、三番目に至っては成人前で当時のクリスと同じくらいの女の子ね」

シーザー様はぼかそうとしたみたいだが、イザベラ様が暴露した。さらに、

「最初の奥さんと結婚している時に、二番目の奥さんと浮気していてね。それがバレて離婚して、その後すぐに再婚したんだけど……三人目の時も同じ理由だったのよ。どうも最初の奥さんは性癖を偽装する為の結婚で、本当は女性ではなくて女の子が好きだったみたいね。そして、二番目も三番目も、成長して好みから外れたから別れたそうよ」

最初の奥さんに性癖がバレてからは一切隠そうとしなくなり、二番目と三番目の奥さんの時は離婚というよりは捨てたといった感じだったそうだ。

「テンマにはああ言ったが、母上はそんな男に女の子を嫁がせるほど鬼ではない」

その言い方だと、シーザー様はマリア様のことを、そこまでではないにしろ鬼に近いと思っているとも言えそうだが……言葉の綾《あや》ということにしておこう。まあ、これがライル様だったら遠慮せずに突っ込むところだけどな。

「そういうことでしたか。つまりクリスさんの男運のなさは、生まれた時から始まっていたという

ことですね」

「それもあるけど、クリスは理想が高すぎるのよ。子供の頃に父親で苦労したせいで、妥協したくないという気持ちが強いんでしょうね」

イザベラ様の言葉に俺たちは頷き、揃ってマリア様に怒られているクリスさんの方を見たのだった。

「そういえば、何でうちの屋敷でライル様とルナが試験をさせられていたんですか？」

ついでにこれも訊いておこうと、軽い気持ちで質問したのだが、シーザー様たちはとても渋い顔をしていた。

「早い話が、母上を怒らせたからだな。まあ、私たちも怒ってはいるが……ついでに言うと、テンマも多少関係しているぞ」

何が関係しているのか訊くと、ライル様が俺とマリア様とルナでいやらしいことを考えていたというのだ。ただ、その告発者はルナとのことなので、それ自体は出まかせだろうということになったそうだが、

「普段からあの二人は問題だらけだったからな。一度罰を与えようという話になって、王城の荷物置き場の掃除をやらせたのだが……そのついでに、テンマの屋敷のゴミも運ぼうという話になってな。クライフとアイナに二人を監督させていたのだが、その時にルナがどこからか手袋を見つけて使っていたらしい。ルナは、二組見つけたと言ってライルにも渡したそうだ」

屋敷にあった手袋と聞いて、何となく嫌な予感がした。シーザー様は続けて、

「テンマの屋敷では何事もなかったのだが、その後で王城のゴミ置き場で火事が起こったのだ。原因は、ルナとライルが使っていた手袋だった」

幸いすぐに消火されたので、ゴミが燃えた以外にほとんど被害はなかったそうだが、一時土城内は騒然としたそうだ。

「それって、俺の責任ですか？」

「いや、ルナとライル、そして監督をしていたクライフとアイナの責任だろう。あとは、ルナの親ということで、私とイザベラだな」

だよな……と思っていると、シーザー様は居住まいを正し、

「申し訳ないが、ルナとライルが勝手に使用した手袋は破損し、私たちでは修復が不可能だった。そして、勝手なことを言うが、あの手袋を誰かに譲渡したり、製法を公開したりしないでくれ。あれは、使いようによってはかなり危険だ」

あの手袋は魔力を流せば魔法が簡単に発動するので、テロ行為……あまり考えたくないが、子供のように標的があまり警戒しない相手を使って自爆テロを実行させることも可能なのだ。しかも手袋でなくても、ハンカチのような布でも応用可能なので、知らないうちにテロ要員に仕立てられるということもあり得る。そしてルナのように知らずに着用して、事故を起こす可能性も高い。

「わかりました。あと二〜三組予備があったはずなので、全て処分しておきます」

シーザー様は、広めたり譲渡したりしなければ、そのまま持っていても構わないと言ったが、今回のように知らないうちに誰かの手に渡る可能性もあるので、使わないのなら処分しておいた方が安心なのだ。

そのことを言うと、シーザー様が何故使わないのかと訊いてきたが、

「ぶっちゃけて言うと、あの手袋は使い勝手が悪いんです。少なくとも、俺にとっては」

昔セイゲンのダンジョンで遊び半分で作った手袋だが、あれ以降一度も使用していない。おそらくだが、多少でも魔法に自信がある人は、同じような感想を抱くと思う。

「あれって、魔力を流せば誰でも使えますけど、魔法自体は火を出すくらいしかできないんですよ。しかも、手袋に魔力を流す、手袋で魔力を魔法に変換する、魔法を放つという手順になるんですけど、普通のやり方だと、その三工程が二工程なんです。しかも、慣れるとほぼ一工程の時間で魔法を放てます」

体内の魔力をそのまま魔法に変換すれば、最初の工程を省くことになるというわけだ。しかも、慣れれば魔力の変換から放つ動作までほぼ同時進行できたり、変換の時間を短縮したりすることも可能なので、時間的には手袋の一工程くらいだろう。まあ、時間といってもコンマ何秒くらいだろうが、その時間が命取りになることもあるので、馬鹿にはできない。そして何より、

「手袋だと、あらかじめ決められた魔法しか放てませんから、自由度が低いんです」

魔力を流せば魔法が使えるという使用上、他の魔法を使おうとする時にも発動してしまう可能性がある。同時に発動するならまだいいが、下手すると両方不発で失敗になったり、最悪魔法が暴発したりするかもしれない。便利に見えるかもしれないが実際のところ、あの手袋は失敗作なのだ。

「なので、処分する方がいいんです」

持っていることで心配されるくらいなら、いっそのこと処分した方がすっきりする。それが使わないものならなおさらだ。

そのことでシーザー様から製作費などを補償すると言われたが、遊び半分で作った試作品であり、材料も市販の手袋やゴブリンなどの魔核なのでいらないと断った。王族からの補償となれば、材料

費に技術料を足した程度ではないだろう。それこそ、その何十、何百倍の金額を提示されるはずだ。さすがの俺も、遊び半分で作った失敗作で大金を渡されるのは躊躇《ためら》われる。それが知り合いとなればなおさらだ。

シーザー様は納得しなかったみたいだが、イザベラ様が間に入って説得したので、最後にはシーザー様がもう一度謝罪するという形でこの話は終わった。

その後、しばらくの間談笑を続けたが、マリア様の説教がループしていることに気がついたので、そこで解散することになった。

屋敷に帰る前に、じいちゃんとジャンヌに『プリメラとの結婚話』は今後しないようにと釘を刺したのだが……

「お兄ちゃん！　プリメラと結婚するって、ほんとなの！」

まだ屋敷にいたルナにより、秘密にしたかった話が早々にばらされることになった。

その後の屋敷の騒がしさはすごかった。何がすごいかというと、屋敷で待機していたアムールとアウラの追及（ジャンヌだけを連れていったのは、ジャンヌとも結婚する気だったからではないかといった感じのもの）がしつこかった上に、俺たちが帰ってきたという話を聞きつけたマークおじさんたちが来ていたので、アムール・アウラ組とククリ村組の二つから逃げることになってしまったのだ。まあ、逃げ込んだ先は自分の部屋なので、ドアの前で騒がれる羽目になってしまったが……そこは、ディメンションバッグに逃げ込み、さらにそこに馬車を出して一日ほどやり過ごした。

だが、一日くらいやり過ごせば、多少は大人しくなるのではないかという俺の期待は裏切られ、出てきて早々にアムールに捕まり、アウラからマークおじさんたちに連絡が行き、結局皆に囲まれて説明することになった。まあ、おじさんたちは一日の間に、結婚話はマリア様が俺を注意する為に仕組んだことだったという話がじいちゃんから説明されていたみたいで、俺を一通りからかうだけ（それでもウザかったが）だったので、酒を渡しておけば離れていったが……アムールはかなりしつこかった。注意する為だけだったとしても、その場に自分が同席できなかったのが引っかかっていたようだ。ただ、いつもなら機嫌が直るのに長引くところだが、今回はレニさんがいたので割と早く元に戻ったのが救いだった。

第三幕

『結婚話』の騒動から二週間後、学園のパーティーの日がやってきた。

屋敷からはエイミィの保護者代理と関係者ということで、俺とじいちゃんが参加する。最初はエイミィの護衛という名目でアムールも参加するという話が一部から出たが、子爵家の令嬢が平民の護衛というのはおかしいという流れになり、その話は流れた。アムールは非常に残念そうだったが、おかしいと指摘したのがマリア様だったということもあり、大人しく引き下がっていた。なお、レニさんはギリギリ間に合うと言って、騒動の数日後には南部に帰っていった。王都では軽く雪が積もる日もあったが、たとえ強く降るようになっても、南部に近づくにつれて雪の量は少なくなっていくので大丈夫だろうとのことだった。

「それじゃあ、行こうか。おじさん、お願い」

「任せろ」

学園までは馬車で移動するのだが、これはいつも通りライデンで行くことにした。ただ、最初は俺が御者をしようとしたのだが、冒険者としてならともかくオオトリ家の当主として参加するのだからやめた方がいいとのアイナのアドバイスに従い、急遽《きゅうきょ》マークおじさんに頼むことになった。

これも最初はアムールがやると言ったり、マリア様から近衛《このえ》の誰かを送るという話も出たりしたが、護衛と同じ理由でアムールはよくないとなり、さらに近衛兵が御者をするのは、他の貴族から批判が出るだろうということでこれもよろしくないとなり、オオトリ家の関係者で誰からも文句が出ない人ということでマークおじさんが選ばれた。

ただ、おじさんも宿の仕事が忙しい（パーティーの参加者の関係者などが大勢王都にやってきた為、それが原因でおじさんの宿もお客が増えた）ので、学園まで御者をしてもらった後はライデンと馬車はディメンションバッグとマジックバッグに入れ、おじさんは帰ることになっている。

学園に近づくにつれて、参加者と思われる馬車がかなり増えたが、他の参加者の馬がライデンを怖がったせいで何度も道を譲られた為、思った以上に早く学園に着くことができた。

学園に着くと最初に門の手前で招待状を確かめられ、そのまま馬車置き場に案内されるはずだったが、その前にライデンをバッグに入れたので、控室の方に行き先が変更になった。おじさんとはそこで別れ、代わりにやってきた案内係から移動中に控室での注意事項を聞かされた。案内された部屋は生徒の成績順で分かれているらしく、成績がトップだったエイミィとその関係者は、会場から一番近い部屋になるそうだ。その部屋は、上から一〇番目までの成績だった生徒の関係者が使用する場所とのことだが、俺たち以外はまだやってきていないそうだ。ちなみに、二番目の成績優秀者はティーダだそうだが、王族の場合は専用の部屋を用意することが多いらしく、今年はルナもいるのでこの部屋には来ないだろうとのことだった。

案内された部屋で待っていると、エイミィはすぐにやってきた。平民でトップの成績というのはこれまでなかったそうで、パーティーの前はやっかみを受けることもあったそうだが、次席のティーダをはじめ、クラスの友人たちのおかげで、直接的な被害はほとんどなかったらしい。あと、選民思想がないので教師の受けも良く、三馬鹿の影響力もいい方向に向かったそうだ。

しばらくの間、エイミィの学園や寮生活の話などを聞いているうちに、続々と他の学生たちの関係者が部屋にやってきた。思った通りではあったが、エイミィ以外に平民で成績上位に入った生徒はいないらしく、それぞれ豪華な服を着ていた。一応、生徒は制服の着用とされているそうだが、素直にルールを守るつもりはないようだ。それどころか、時折露骨に制服姿のエイミィを見て笑みを浮かべている生徒もいるので、成績でかなわない分、財力で勝負をとでも思っているのかもしれない。まあ、そういった感じの目つきをしているのは、入ってきた八人の生徒のうち三人。いずれも女子だ。他にも、もう一人女子生徒がいるが、その生徒は一緒に入ってきた男子生徒といい感じの雰囲気で談笑しているので、エイミィを敵視する必要がないのかもしれない。他の関係者に聞こえないようにエイミィに確認してみたが、敵視している感じの女子生徒はティーダ狙いだそうで、事あるごとにエイミィと張り合っていて、残りの一人は談笑している男子生徒が婚約者なのだそうだ。

「そういえば、エイミィにプレゼントがあるのを忘れてた！」

わざと周囲に聞こえるように言うと、一斉に俺の方に視線が集まったのがわかった。あまりこういった場に物を持ち込むのはよくないが、事前に係員に確認してもらって許可を取っている。

「このマントだ。大体のサイズは合っていると思うけど、一応着てみてくれ」

用意していたのはフード付きの黒マントで、ボタンもついているので胸の前あたりで留められるようになっている。

「えっと……ちょっと大きいみたいですけど、大丈夫です。ありがとうございます」

「成長期だから、すぐにちょうど良くなるよ。そのマントの表は走龍の革で裏がワイバーンの飛膜、ボタンは地龍の鱗《うろこ》を加工したもので、ボタンは関係ないけど、走龍の革のおかげで耐火性と耐水性

に優れて、おまけに多少の魔法耐性もあるから便利だよ。あとついでに、オオトリ家の家紋も端の方に小さく入れておいた」

表側の左下に家紋を入れているが拳くらいの大きさなので、ぱっと見では気がつきにくいかもしれない。まあ、でかでかと入れるのもどうかと思うので、俺が贈ったものだとわかればそれでいい。

マントに使われている素材を聞いた生徒たちと関係者は、皆揃って驚いていた。何せ、ここ数年どころか、一〇〇年の間に公式記録に残っている討伐された龍種は、全部で五頭。そのうち、地龍が三頭、走龍が一頭、そしてドラゴンゾンビが一頭だ。その中で、まともに素材が売り出されたのは八〇年前の地龍のみ。他は俺とじいちゃんの討伐したもので、王家や知り合いに売ったり譲ったりしたものを除けば、ほとんど自分のものにした。つまり、市場に出回っていないのだ。

龍種の近い魔物では、ワイバーンが年に数回は市場に出回るが、最近素材を手に入れたのは俺の関係者とハウスト辺境伯家だけだし、ヒドラも数年に一回程度は討伐されるが、龍種並にレア度が高いので、大抵討伐した人が確保していることが多い。

その為、エイミィにプレゼントしたマントは金を出せば買えるというものではなく、この部屋にいる生徒やその関係者がどれだけ欲しがっても、現状では絶対と言っていいくらい手に入れることができない品物なのだ。

「じいちゃん、誰か来る。多分、王族の誰かだと思う」

「みたいじゃな」

生徒の関係者で気がついているのは少ないみたいだが、遠くの方からこちらに近づいてくる鎧《よろい》の音が数人分聞こえてくる。おそらくは近衛兵だろう。念の為使った『鑑定』でも、近衛兵と出ている。ただ、その近衛兵に守られているのは、予想通り王族ではあるのだが……予想していたよりも数が多い。その王族の先頭にいるのが、

「陛下！」

王様だった。こと前に聞いていた話では、今回のパーティーに王様とマリア様は参加せず、参加者は学園生のティーダとルナ、そして二人の親のシーザー様とイザベラ様とのことだったのだが、何か事情が変わったのかもしれない。

「跪《ひざまず》かなくともよい。せっかくの衣装が汚れるではないか」

王様に気がついた親たちが即座に跪き、それに続いて生徒たちも膝をつきかけたが、王様がそれを止めた。ちなみに、俺やじいちゃんは椅子に座ったままだった。一応、皆が跪こうとしたのを見て腰を一度浮かせたが、王様がやめさせると思っていたので、口を開きかけた瞬間に腰を下ろしたのだ。

エイミィはというと、他の関係者や生徒たちにつられて膝をつこうとしていたが、椅子を立った瞬間に俺がエイミィの肩に手を置いて、同じように椅子に座らせた……のだが、エイミィの肩に手を置いた瞬間、ティーダの目つきが鋭くなった。手を放すと元に戻るので、面白がって何度か同じことをすると、じいちゃんや王様たちにバレてしまい呆れられ、エイミィには不審な目で見られた。

そんなことをしているうちに王様たちが俺の近くにやってきて、

「ティーダが面白いから、ほどほどならからかっても構わんが……テンマ、少し頼みがあってな」

「それは断ってもいいですか？」

「いや、話くらいは聞いてくれても……」

王様の頼み事を聞く前に、ろくなことではなさそうなので断ろうとした俺だったが、

「テンマ、真面目な話なのよ。話だけでも聞いてもらえないかしら？」

「わかりました。立ち話も何ですので、どうぞお座りください」

マリア様の頼みということで、俺は近くにあった椅子を三脚持ってきた。それぞれ、マリア様とシーザー様とイザベラ様の分だ。マリア様に用意した椅子を軽く引くと、マリア様は軽く礼を言って座った。イザベラ様の椅子は、シーザー様が同じようにしていた。ティーダとルナは学園の生徒なので、休み時間にでもしているような手慣れた感じで、自分で近くの椅子を持ってきて座った。

ただ、ティーダはさりげなくエイミィの隣に座ろうとしていたが、ルナが強引に割り込んでエイミィの隣を確保していた。そしてそのままエイミィの着ていたマントを褒め、エイミィもまたマントの話をし始めたので、ティーダは大人しくルナ越しにエイミィに話しかけていた。

「ほれ、アレックス。そんな所でボケっとしとらんで、はよ座らんか」

「は、はぁ……ん？　おお、すまない」

王様は、じいちゃんに言われて椅子を自分で用意しようとした。それを見たエイミィが立ち上がって椅子を取りに行こうとしたが、エイミィが立ち上がったすぐ後にティーダも立ち上がり、エイミィを椅子に座らせて自分が代わりに椅子を用意した。その様子に、マリア様やシーザー様たちは満足そうに見ていたが……ティーダが席を立って背を向けた瞬間に、ルナがティーダの椅子を遠ざけた為、戻ってきたティーダは自分の椅子を見失っていた。まあ、慌てる様子のティーダを見たルナが笑っていたので、すぐにいたずらに気がつき、椅子を元の位置に戻していた。

そんなティーダを見て、ルナはますます笑っていたが……今は怒られなくても、絶対に王城に

戻った後で大目玉だろうなと、ティーダとマリア様の目を見てそう思った。

「ルナ、ここにいるのは我々だけではないのだ。いい加減にしなさい」

「ごめんなさい……」

ルナはシーザー様が本気で怒っているのがわかったのか、かなり落ち込んでいた。

「頼みたいのは……いや、これはシーザーから話した方がいいわね」

「ええ、母上……テンマ、我々が頼みたいのは、今年の成績上位の生徒たちとの試合だ」

「はぁ……それくらいなら構いませんが、ルールはどうするのですか？」

シーザー様……というか王家の頼みだし、日頃お世話になっているのでそれくらいなら問題はないと思い即答で了承したら、王様たちはちょっと驚いた顔をしていた。しかし、了承したのはいいがルールが少し面倒臭かった。

「一対一〇の変則試合ですか……」

「駄目か？」

「駄目ではないですが、怪我人《けが》が出ませんか？　いえ、俺が手加減できないというわけではなく、生徒たちの同士討ちが心配という意味で」

集団戦で怖いのは、複数で戦うことに慣れていない者同士による足の引っ張り合いだ。エイミィとティーダにも確認したが、学園の生徒は武闘大会と同じルールの一人から五人までの練習試合はやるそうだが、一〇人一組で戦ったことはないそうだ。

そういった考えからシーザー様に確認したのだが、これが数人の生徒や関係者たちには挑発と取られたようで、控室の空気がピリピリし始めた。

「ふむ。確かに、テンマの心配はもっともだ。だが、生徒たちもそれなりに実戦経験は積んでいる。それに、この様子だと、怪我くらい覚悟の上なのだろう。まあ、できる限りの手加減はしてほしいところだが」

「できる限りは気をつけますが……試合というからには自己責任が基本だということを、各々に覚悟させてください」

その条件なら受けると言うと、シーザー様はその場にいた生徒たちとその関係者に確認を取り、その場で条件を飲ませた。後で聞いた話では、元々この試合の話は成績上位者の生徒の関係者から出た話だそうで、それに何人かの教師も賛同し、学園側からの頼みということで朝早くに王様に話が行ったそうだ。ちなみに、試合の話は一部の生徒しか知らないらしく、この部屋にいる生徒の半数以上は今知った感じだった。

「ところで、マリア様。この話を持っていったのは改革派の貴族と、俺にいい感情を持っていない貴族や学園の関係者ですよね？」

小声でマリア様に訊くと、マリア様は小さなため息をつきながら頷いた。王様を動かすことのできる貴族であり、さらにその中で俺に敵意を向けそうな貴族となれば、おのずとその人物は限られてくる。

「ダラーム公爵ですか？」

名前を出すと、マリア様はまた頷いた。俺が王族派だと国民に知れ渡るにつれて王族への支持率は増え、改革派は減った。さらに、ジャンヌを保護していることから中立派の中核を担っている貴族たちとも縁ができ、俺を通して王族派と中立派は友好的な関係となっている。

そういった事情や、改革派に所属していた貴族の一部が離反して他の派閥に移ったことにより、改革派の発言力は大幅に減り、それと同時に改革派の中心であるダラーム公爵の力も落ちた。

「それで、嫌がらせに試合を……ですか？」

「ええ、いくらテンマでも、怪我をさせずに生徒たちを相手にするのは難しいと考えたのでしょうね」

俺が生徒を怪我させれば、それを口実に少しでも王族派の力を削《そ》ぐつもりなのだろう。もし計画が失敗しても、ダラーム公爵側にダメージはない。ローリターンだがノーリスクといった感じなのだろう。

「まぁ、とりあえず頑張りますね。と、いうことで……ティーダ、エイミィ、お手柔らかに……な」

他の生徒たちは意気軒高といった感じで盛り上がっていたが、俺の笑顔を見た二人は顔色が悪いように見えた。


「それじゃあ、ルールの確認だ。そっちのチームの大将はティーダで、ティーダが戦闘続行不能の判定を受ければ俺の勝ち。生徒のうち、誰か一人でも俺に有効打を当てられればそっちの勝ち。俺は攻撃魔法と武器を使わない。そっちは魔法も武器も好きに使っていい」

「本当に、そのルールでいいんですか？　それと、テンマさんの装備は……」

このルールなら最悪ティーダ一人の怪我で済むので、俺としても王家としてもそのルールの方が色々と都合がいい。それ自体はティーダも納得しているのだが、それとは別に心配しているのが俺の装備だ。

ルールにもある通り、生徒たちはそれぞれの武器を持ち、今からダンジョンに潜るかのような出《い》で立ちだが、対する俺は武器を持っておらず、さらに防具も着けていない。

「何か変か？」

「いえ、まあ……その服でいいのでしょうか？」

「ああ、さすがに上着くらいは脱いだ方がいいか。まあ、攻撃を食らうことはないだろうけど、砂《すな》埃《ぼこり》で汚れるとパーティーまでに綺麗にするのが面倒だからな」

上着を脱いでジャンさん（審判）に渡すと、ティーダもジャンさんも呆れた顔をしていた。ティーダの後ろの方では、エイミィが苦笑いをしており、その他の生徒はいらだったような顔をしている。

「テンマ、挑発はほどほどにな……では、双方離れて！　……始め！」

ジャンさんが開始の合図を出したが、俺はその場で屈伸運動やアキレス腱《けん》を伸ばしていた。

「先手は譲るから、いつでもいいぞ～」

挑発が効いたのか、ティーダとエイミィを除いた生徒たちは、一斉に魔法を放ってきた。しかもここで決める気なのか、それぞれ思いっきり連発している。

しばらくの間、生徒たちの魔法が続いていると突然ジャンさんが、

「勝負あり！　勝者、テンマ！」

俺の勝利を告げた。

「はい、お疲れ様」

いきなり敗者とされただけでも混乱していた生徒たちは、さらに自分たちの後ろから聞こえてき

た俺の声に驚いていた。

生徒たちに驚かれている俺はというと、エイミィとティーダの肩に腕を回し、さらに二人の首を優しく摑んでいる。

「余裕を見せている相手に対し、最大級の火力で攻めるというのは悪くない作戦だが……今回は、悪手だったな。君たちの勝利条件は、テンマに何でもいいから一撃入れることで、敗北条件はティーダ様がやられないことだ。一番に考えるのは、ティーダ様の守りを固めることだったな」

審判として全体を見ていたジャンさんは、生徒たちに駄目出しをしている。生徒たちも、ジャンさんが近衛兵ということもあって、真剣に話を聞いていた……が、

「テンマさん、いつまでこの状態でいればいいんですか？」

「まあ、ジャンさんの話が終わるまでかな？　生徒たちが負けに納得できなければ、もしかすると戦闘続行ということもあり得るからな。ああ、標的のティーダだけいればいいから、エイミィは話を聞きに行っていいよ。ジャンさんは新人とかの指導で慣れているから、為になる話が聞けるはずだ」

「はい！」

エイミィは元気よく返事をすると、駆け足でジャンさんの話を聞きに行った。

「今回の試合でテンマの動きに対応できていたのは、エイミィただ一人だけだったぞ。もっとも、ティーダ様とテンマの間に割り込んだまではよかったが抵抗できず、最終的には一緒に無力化されてしまったがな。それでも力量差を考えれば、テンマの奇襲に間に合うだけでも上出来だ」

ジャンさんも、エイミィの動きはよかったと褒めている。確かに、付き合いが長いおかげである

程度行動を読めたというのも関係しているだろうが、それを差し引いてもいい動きだった。

「それに比べて君たちは、色々と焦りすぎだ。あれだけ魔法を打ち放てば、砂煙で標的を見失ってしまうし、音のせいで連携も取りづらいだろう。テンマはそれを利用して、気配を消しつつ低空飛行でティーダ様を狙ったわけだ。せめてティーダ様を中央に配置し、その周囲に警戒する者を最低でも三人つけていれば、もう少し抵抗できただろう。テンマに一撃入れることができれば、周りに自慢できるというのは理解できるが……テンマはなかなか性格が悪いからな。それを知った上で、君たちを挑発し続けていたんだ」

確かにジャンさんの言う通りで、あれだけ挑発したら俺の想定通りに動いてくれるだろうと思ってやったことだが……あまり人聞きの悪いことは言わないでほしい。

「まあ、テンマの手のひらの上だったからといって、そこまで気にすることはない。何せ、テンマがそこまでしたということは、そういった戦い方もあると教えると同時に、君たちのことを対等な相手として戦ったからだ。それと、テンマ。そろそろ魔法を解いてもいいんじゃないか？」

「そうですね」

生徒たちは、試合が始まってすぐに俺が使った魔法に気がついていないようだ。ティーダも気がついていないようで、至近距離で驚いた顔を向けてきた。

「試合中とはいえ、周囲の変化にも気を配った方がいいかもな」

魔法を解くと、途端に観客席から歓声が聞こえてきた。つまり俺が使った魔法とは、風魔法で観客席の声が生徒たちに聞こえないようにするものだったのだ。こうすることで、俺が生徒たちの背後に回り込むのを観客席からの声で知られないようにしたのだった。他にも、生徒たちの魔法をそらしたり土煙を広範囲に広げたりする為に、同じく風魔法を使っている。

俺の使った魔法がわかり、さらにジャンさんのフォローがあったおかげか、生徒たちの目は試合前までの敵を見るようなものから尊敬交じりのものに変わっていた。

「ちなみに言っておくけど、今回一番駄目だったのはティーダだからな。ちゃんとした指示を出せず、さらには攻撃もできずに無力化されたんだから」

ティーダにしか聞こえないくらいの小声できつめに言うと、ティーダは少し泣きそうになっていた。しかし、試合開始前にちゃんと作戦を立てて、その作戦を生徒たちに徹底させるか、挑発に乗りかけていた時に声をかけて落ち着かせていれば、もう少しまともに戦えたはずだ。それがなくても生徒たちの大将はティーダなのだから、チームがボロ負けした責任は大将であるティーダの責任なのだ。

「将来、騎士団を率いて戦場に出ることがあるかもしれないんだ。今回のことを王様やシーザー様、それとライル様に相談してみるのもいいかもな」

学生時代の王様とシーザー様も、戦場での指揮について考えていたかもしれないし、ライル様は実際に指揮を執ったことがあるかもしれないから、ティーダの参考になるような話が聞けるだろう。

解放するついでに、髪の毛をくしゃくしゃにかき乱すようにティーダの頭を撫《な》でると、恥ずかしそうに手を払われた。

「ティーダ様、テンマ！　こちらに来てもらわないと、締められないのですが！」

いつの間にかジャンさんの話は終わっていたようで、俺とティーダ待ちの状態だった。

駆け足で向かい、改めて勝利宣言を受け、生徒たちと握手をして俺の為に用意された控室に戻ると、控室の前で満足そうな顔をしたマリア様とシーザー様の出迎えを受けた。どうやら、生徒たちを傷つけずに勝負を終えたことに満足しているようだ。そして、それとは別の理由で礼を言われることになった。

「パーティーだが、開始時間を少し遅らせることになった。疲れてはいないだろうが、この部屋で時間を潰すといい。今戻ると、生徒やその関係者に囲まれるかもしれないからな」

「そうね。元々あの部屋にいた者たちだけならともかく、他の部屋にいる生徒や関係者も見に来るかもしれないわね。マーリン様の相手はあの人がやっているから、安心して避難するといいわ」

王様がいないと思ったら、じいちゃんの相手をしているからだそうだ。じいちゃんもこちらに来たがっていたみたいだが、じいちゃんが移動すると誰かがついてきそうだったので、渋々留守番しているらしい。王様がじいちゃんの相手をしている理由は、じいちゃんはマリア様やシーザー様にはどこか遠慮してしまうみたいだが、王様相手なら昔家庭教師をしていたということもあり、気楽にできるからだとか。もっとも、それはマリア様とシーザー様も同じらしく、じいちゃんと話をするのは少し緊張するそうだ。

そういった理由から、虫よけとして王様を置いてきて、二人でこちらにやってきたそうだ。そして、この後でティーダたちの所に向かうらしい。先に俺の所に来たのは、無理を言って俺に試合をさせたので、次代の国王として謝罪と礼を言いに来た……ということらしい。

今回の試合は改革派の貴族から提案された試合なのに、頼んだだけのはずのシーザー様が俺に頭を下げるということは、改革派はシーザー様に貸しを作ったことになる。少なくとも、王族派や中立派といった改革派以外の貴族はそう思うはずだ。もしかすると、改革派の貴族の中にもそう思う者が出てくるかもしれない。

「やられたからには、やり返さないとな」

「倍返しではぬるいわね。これを機に、もう少し改革派の勢力を削らないと……ねぇ？」

シーザー様とマリア様が揃って悪い顔をしている。やはりシーザー様は、王様ではなくマリア様似のようだ。

「まあ、そっちの方は私たちの領分だから、テンマは気にせずに休んでいるといい。パーティーの時間が近づいてきたら、近衛の誰かを呼びに行かせよう」

そう言って、シーザー様とマリア様は元いた控室の方へと戻っていった。

「休んでいいと言われても……やることないから暇だな……」

生徒たちに囲まれたり、見世物にされたりするよりは、暇な方が多少ましといった感じだった。

こんなことになるのなら、何か暇潰しの道具でも持ってくるんだったと後悔してしまった。ちなみに、スラリンたちは屋敷で留守番しており、ライデンはディメンションバッグの中でじっとするのが嫌みたいで、学園に着いてからずっと活動を休止《寝て》させている。今回持ってきているマジックバッグには馬車しか入っておらず、馬車の中なら何かあるかもしれないが、この部屋に馬車を出すスペースがない。神たちからもらった腕輪型マジックバッグ（普段は見えないが、ちゃんと腕に装着してある）もあるにはあるが、中には武器と食料しか入っていないので、暇潰しができるものがない。

「さすがに武器を持っていることが何らかの拍子にバレたら、シーザー様たちに迷惑をかけてしまうかもしれないしな……」

『探索』もあるので、そう簡単に部屋の中を覗《のぞ》かれるということはないだろうが、リスクはあるよりない方が絶対にいい。

そういったことから、暇潰しにはあまりならないだろうが、お菓子でもつまもうかと準備を始めた時、何者かが近づいてきているのに気がついた。最初は近衛の誰かが呼びにでも来たのかと思ったが、気配を殺し足音を立てないようにしていることから、近衛ではないと判断した。まあ、判断した瞬間に使った『探索』でその正体がわかったわけだが……暇潰しになりそうなので、ドアの近くで気配を殺して来客を待つことにした。

「多分この部屋のはず……あれ？」

「わっ！」

「わきゃぁあああ！」

静かにドアを開けて中に入ってきたルナを背後から驚かすと、ルナは思っていた以上に驚いて大きな声を出した。

「は、はは……は～……もう！　驚かさないでよ！」

ルナはひとしきり俺に文句を言った後で、目ざとく準備中のお菓子を発見して席に着いた。

「ルナはこんな所にいていいのか？」

「いいの！　お兄ちゃんの試合の前に、ずっとお母さまの仕事に無理やり付き合わされてたから！」

イザベラ様の仕事というのが気になったので内容を訊くと、挨拶回りとのことだった。王族派の貴族や友好的な貴族の所には世間話や情報交換、敵対的な貴族の所には牽制《けんせい》を……といった感じのものに付き合わされたのだそうだ。途中で試合が始まったので一時中断となったそうで、終わって再開する前に自分の教室に戻ると見せかけて逃げてきたとのことだった。

「それにしても、よくお菓子とジュースを持ち込めたね」

「まあ、隠そうと思えばできないことではないからな。でも、食べた以上はルナも共犯だからな」

共犯という言葉がちょっと悪いことをしているという感じで気に入ったのか、ルナは楽しそうに頷きながら新しいお菓子に手を伸ばしていた。バレても大事にはならないだろうが、たまにはこういう風にちょっとしたスリルを感じながらのおやつも面白いかもしれない。

「そういえばエイミィちゃん、馬鹿な男子からも大人気みたいだね。勉強ができて魔法がうまくて、お兄ちゃんの弟子だけど平民出身ってことで、私の学年にも狙っているのがいるよ」

ルナの言う馬鹿な男子の大半は男爵以下の新興の貴族か貧乏貴族で、エイミィを側室か妾《めかけ》にすれば俺やアルバートたちとの縁ができると考えているようだ。

「一発逆転を狙うつもりなのに、正妻じゃないってのが将来性のなさを表してるよね〜……って、女子の間では話題になってるよ！　それに、『将来性』の所は、『誠意』とか『度量』とか『魅力』とかになったりもするね！」

女子の間でと言っているが、その女子はルナの知っている女子か同学年の女子といった感じだろうが、それでも評判はかなり悪いと考えていいだろう。

「女子は怖いな」

「お金目当てで話しかけてくるのもいるから、気をつけないといけないしね」

なので、ある程度仲がいい生徒同士では、そういった情報を共有するのだそうだ。

「なら、評判のいい男子生徒の情報はどうやって仕入れるんだ？」

「う～ん……それはもっと仲のいい友達が教えてくれるか、自分で集めるみたいだよ」

ルナは評判のいい方の情報にはあまり興味がないようで、悪い生徒ではないとわかるくらいのものでいいそうだ。ただ、自分で集めたことはないが集め方は知っているそうで、方法は大きく分けて二つだと教えてくれた。

「一つ目が『金を使う方法』……つまり、情報を売ってくれそうな人に金を渡すか、集めてくれそうな人を雇うということか。二つ目が、『足を使う方法』……ストーカーだな」

「だね。二つ目は、うまくいけば自分しか知らないような情報が手に入るみたいだけど……集めている途中でバレて、問題になることも多いみたいだよ」

一つ目の方は、プロか信頼のおける人物を使えば、バレたとしてもシラを切り通せるもしれないが、ストーカーの方は犯罪かそれに近い行為だからな。もし好意を抱いている相手にバレでもしたら、致命的な失態だろう。

「そういえば、前にリオンたちにストーカーされたことがあったな……」

懐かしい思い出だと、何となく呟いた言葉だったのだが、ルナの興味を引くには十分なものだったらしく、俺はその時のことを面白おかしく話す羽目《はめ》になった。まあ、リオンのヘタレが原因のストーカー行為だった為、基本的には笑い話なので問題はないだろう。あるとすれば、リオンのイメージが少しばかりマイナスになるくらいだろうが……学園生の中ではリオンのヘタレエピソードは割と有名らしいので、逆に面白いとプラスになるかもしれない。少なくとも、ルナは話を聞いて笑ってはいるが馬鹿にしたような笑い方ではないので、悪くなったという感じではない。

「そろそろ誰か来る頃だと思うけど……ルナは、俺を心配してここに来たんだよな？」

「ん？　それもあるけど、一番はお母様から逃げる為だよ」

本人を目の前にして本音を話すのはどうかと思うが、それだけ気心が知れているということなのだろう。だが、今回ばかりは嘘でも頷いておけばいいのに……と思いながら、心の中でルナに向かって合掌した。何故なら、

「くっ……くふっ！」

外で部屋の様子を窺《うかが》っている人物がいたからだ。それも複数。笑いをこらえきれなかったのは、その中心にいた人物……王様だ。王様が部屋のドアを開けると、ドアの向こう側で覗き見をしていたメンバーの姿が現れ、ルナは驚き固まってしまった。

王様はにやにやと笑っているが、その横にいるイザベラ様は無表情でルナを見ているし、二人の後ろにいるジャンさんたち数人の近衛兵は、我関せずといった感じであさっての方向を見ていた。

「あ、あああっ！　お兄ちゃん、間違えた！　逆逆！　お兄ちゃんが心配だったから来ただけで、結果的にお母様から逃げるみたいになっただけだよ！」

ルナは慌てて、先ほどの発言は間違えただけだと俺たちに言いだしたが、さすがにその言い訳は苦しく、誰一人として信じていなかった。まあ、ルナがあまりに必死になって言い訳を続けるので、最後にはイザベラ様も諦めたようだ。ただ条件として、『俺を心配して様子を見に行ったことを、周囲にそれとなく話す』というものを出されていた。こうすることで、改革派が提案したことなのに王族が罪悪感を覚えていると強調し、情報操作をするとのことだった。実際には、全然と

言っていいほど俺は気にしていないが、改革派を悪者にすることでその他を味方につけるという作戦らしい。その作戦の核として俺は使われているが、それに対する俺への報酬といえば、他の貴族に対して『俺に無理を言えば、王族の評価と国民からの評判が下がるかもしれないぞ』……といった脅し（とも言えないようなもの）で牽制するというものだそうだ。

「いや～テンマに対する国民の人気が高いからできるような技だな！」

「そうだね！　おじい様じゃ、こうはいかないかもね！」

ルナの言葉に王様は笑っていたが、冗談とはいえ多少は傷ついたらしく、ルナの頭をかなり乱暴に撫で回していた。

「陛下、時間が近づいてきておりますので、そろそろ控室に戻った方がよろしいかと」

ジャンさんの言葉で王様たちはこの部屋に来た目的を思い出したようで、少し慌てて控室に戻ることになった。戻る際、イザベラ様はルナの腕を引っ張り、王様は片付け途中のお菓子をいくつか確保し、移動中に食べていた。

「あら、テンマ。少し遅かったわね」

「すいません、マリア様。思ったより気が高ぶっていたみたいで、ルナと世間話で気を紛らわせていました」

俺の言葉に、ルナは何度も頷いている。それを見たマリア様は、ルナが俺の所にいた本当の理由に気づいたみたいだがあえてそのことには触れず、代わりに、

「そう、ルナも大変だったわね。まあ、王族の中でも、ルナはテンマとはとても仲がいいから、話し相手としては適任ね」

そう控室にいる改革派にも聞こえる声で、ルナを褒めた。その他にも、さりげなく改革派の責任だということを言いながらも、断り切れなかったことを謝罪するなどして、改革派をねちねちと攻めていた。そんな中、

「皆様、パーティーの準備が整いました。順番に会場にお越しください」

パーティーの時間が来たのだった。

第四幕

「本当によかったんですか？」

「構わん。全てはティーダの力不足だ」

パーティー会場に向かうと、入口の手前で待たされることになった。会場には成績順で入場するのだが、王族が在籍している時は順番が変わることがあるそうだ。今回、王族であるティーダは全体で二番目の成績だった為、エイミィが順番を譲ろうかと提案したのだが、ティーダより先にシーザー様が断ったのだった。もっとも、ティーダも最後を譲られるのは嫌がっていたので、順番に関して問題はなかったのだが……その後で言ったイザベラ様の、

「でも本当は、ティーダに頑張って一番を取ってもらいたかったのよね。昔、最後に入場する生徒にあこがれていたけれど、私は一番を取れなかったし……ティーダで無理なら、ルナは……ねぇ？」

その言葉でルナが腹を立てて抗議した……が、

「怒るくらいなら、せめて勉強くらいは真面目にやりなさい。真面目にやって駄目なら仕方がないけれど、さぼってばかりなのに、文句はだけは一丁前ね」

と、逆に怒られて不利を悟り、そそくさと自分のクラスに退散していった。ちなみに、王様たちの中等部での最終成績はというと、王様が三番、マリア様が一番、シーザー様も一番、イザベラ様が五番、ザイン様が二番、ミザリア様が一二番、ライル様が三番、アーネスト様が二番なのだそう

だ。思ったよりもライル様の順番が高いが、軍務大臣になれるだけあって、割と勉強ができる方だったらしい。なお、アーネスト様を抑えて一番だったのはじいちゃんだそうで、楽しそうに当時の様子を俺に語っていた。ちなみに、母さんは二番で、父さんは八番だったとのことだ。

「今年度次席、ティーダ・フォン・ブルーメイル・クラスティン。入場です」

じいちゃんの話を聞いている最中に生徒たちの入場が始まった。そして、話が終わる前にティーダの名前が呼ばれ、ティーダを先頭にして三人が会場へと入っていった。

「ティーダが呼ばれたということは、あと少しか……準備はいいか？」

「はい！」

「今年度首席、エイミィ。入場です」

エイミィが返事をするのとほぼ同時に、エイミィの名前が呼ばれた。シーザー様とイザベラ様のように、俺とじいちゃんもエイミィの少し後ろに並んで入場しようとすると、何故かじいちゃんがいつもの杖《つえ》を取り出した。さすがに武器になりそうなものは持ち込ませないと、近くに待機していた職員が注意しに来たが、じいちゃんは、

「年寄りに杖なしで歩けというのか？　そもそも、武器となりそうな杖は危険じゃと言うが、それ以上に危険な『魔法』を使える者が、会場にはごろごろおるではないか。それに、武器になりそうというのなら、先に入っていった生徒の親などは、武器として使われたこともある髪飾りや腕輪といった装飾品を身に着けておったぞ」

などとまくしたて、杖を持ち込むことを無理やり承諾させた。そんなじいちゃんを見て俺は、

（装飾品は武器じゃないと誤魔化せるけど、じいちゃんの使っている杖はワイバーンを殴り倒した

やつだから、武器ではないと言うのは無理だよな……そもそも、ここまでじいちゃんは、杖なしで歩いてきているし……どう考えても、必要ないよな）

などと思ったが、エイミィを狙っている生徒がパーティーで何らかの動きを見せる可能性があるので、威嚇にはちょうどいいとも思い、あえて黙っておくことにした。

改めてエイミィの後ろに並び、扉が開かれて会場に入ると、案の定じいちゃんの杖に気づいた参加者からざわめきが起こった。だが、じいちゃんに直接文句を言う者はおらず、近くにいた教員などを呼び寄せたりしていたが、その教員も俺たちの歩みを止めてまで詰問することはできなかったようで、エイミィの為に用意されていた場所まですんなりと到着することができた。

「それでは、パーティーを開始する。陛下、乾杯の音頭をお願いします」

「うむ。諸君らの輝かしき未来に、乾杯！」

王様の乾杯で、パーティーが始まった。王様とマリア様はこの後すぐに戻るらしい。本来、二人は参加する予定ではなかったのだが、せっかく来たのだからとパーティーの開始まで残ることにしたそうだ。最後まで残らない理由は、二人まで参加するとなると王族が多くなりすぎる為、それにより楽しめない生徒が出てくるかもしれないし、何よりティーダやシーザー様が目立たないからだそうだ。

「じいちゃん、さっきから俺たち注目を集めているね」

「じゃな。わしら目当ての者もおるし、エイミィ目当ての男子生徒もおるの……とりあえず、端の方で飯でも食うとするかの」

「だね……エイミィ、端の方で食べようか？　ここだと、目立ちすぎるからね」

エイミィも注目を集めているのがわかっているみたいで、俺の提案に賛成した。移動する俺たちに、あからさまについてこようとする者はいなかったが、行き先だけは確認しているみたいだった。

「どうやら、互いに牽制しておるみたいじゃな。先頭を切って接触して、わしらの機嫌を損ねるのは嫌なようじゃ」

「そのまま、ずっと牽制し合ってくれると嬉しいけどね。あっと、これも持っていこ」

「わしのも頼む」

移動しながらおいしそうな食べ物を集めていたら、皿いっぱいになってしまった。それを見た何人かの貴族があからさまに笑っていたが……

「お兄ちゃん、これもおいしいよ！」

俺とじいちゃん以上に皿をいっぱいにしたルナの登場で、すぐに俺たちから見えない所へと逃げていった。

「売店にはそんなにおいしいものがなかったけど、今回はパーティー用の料理だけあって、どれもおいしいな」

「わしのいた頃は、売店のやつも食堂の料理も大したものがなくてのう。よく学園を抜け出して、街の料理屋に食べに行ったものじゃ」

「へ～食堂の料理も、結構おいしいけどね。でも、お兄ちゃんの料理の方がおいしいよ」

「食堂の料理って、少し高めのものが多いんですよね。毎日は大変ですけど、自分で作った方が安く済みます」

平民とはいえ、くーちゃんの糸や冒険者活動でそれなりに稼いでいるエイミィでも、毎日食堂の

料理ではないらしい。金銭的に厳しいのかと訊くと、

「いえ、安い料理もあるんですけど……あまりおいしくありません」

だそうだ。おいしい料理を頼もうにも、おいしいだけあってそれなりの値段がするので、たまにしか食べないそうだ。そして、安くておいしくない料理を食べるくらいなら、それよりも安く済んで自分の好きなものを食べることができる自炊を選ぶとのことだった。

「おっと！」

エイミィたちと話していると、突然大きな音がすぐ近くから聞こえた。犯人はじいちゃんだ。じいちゃんが持っていた杖を落としたのだ。

「これは申し訳ない」

じいちゃんは、周囲に対して謝罪の言葉を口にしたが、あまり反省しているようには見えなかった。何故ならじいちゃんは、わざと杖を落としたからだ。

じいちゃんがわざと杖を落とした理由は、エイミィに近づこうとする男子生徒が複数いたからだった。多分、ルナが一番にエイミィに接触し、その後和やかに話をしているのを見て、今ならルナに挨拶をするふりをしてエイミィに近づくことができるとでも思ったのだろう。その出鼻をくじく為に、じいちゃんは杖を落として大きな音を出したのだ。

「ハエというか何というか、臆病者が多いのう。少し脅しただけで萎縮しおって……根性がある者はおらんのかのう？」

じいちゃんの呟くような声が聞こえたわけではないだろうが、堂々とした足取りで男子生徒が一人近づいてきた……と思ったら、それはティーダだった。

「テンマさん、こちらに交ぜてもらっても構いませんか？」

「エイミィがいいなら、俺は構わないよ」

そう言うと、ティーダは若干心配そうな顔でエイミィを見た。エイミィは苦笑しながらティーダを話に交ぜたが……エイミィの後ろでは、ルナが必死に両腕でバツを作って反対していた。まあ、エイミィには背後の出来事だったので見えていなかったし、ティーダは当然の如く無視していたので、ルナの反対運動は空振りに終わった。

ティーダが参加したことで他の男子生徒はさらに近づきにくくなったようで、諦めて他の女子生徒の所に向かった生徒もいた。しかし、諦めた男子生徒のおかげで減ったと思われた見物人は、新たに現れたティーダ狙いの女子生徒のせいで増えており、さらには女子生徒間での牽制も始まったので、雰囲気が若干悪くなりかけていた。

そんな雰囲気の中ルナは誰かを見つけたようで、手招きし始めた。だが、手招きしても目的の知り合いは来ないようで、直接呼びに走った。そして連れてきたのは、

「お兄ちゃん、私のお友達だよ」

数人の女子生徒だった。ルナの友人たちはかなり緊張しているようで、落ち着きがなかった。

「大丈夫だよ。お兄ちゃんとおじいちゃんと、エイミィちゃんは優しいから」

ルナはわざとティーダの名前を出さなかったが、ティーダはここでルナを怒るということはできないとわかっているようで、表面上は笑顔でルナの友人たちを迎えていたが、友人たちが見ていない所でルナを見る目が一瞬だけ鋭くなっていた。

「私たちも交ぜてもらってもいいかな？」

ルナの友人たちとしばらく話を……というよりも、質問に答えていると、今度はシーザー様とイザベラ様がやってきた。さらには護衛の近衛兵もやってきた為、俺の周辺は一気に人口密度が上がることとなった。そういったこともあり、せっかく緊張の解け始めたルナの友人たちは、再度落ち着きをなくしていた。その後、ルナの友人たちの親が子供の様子がおかしいのに気がつき、シーザー様に挨拶をした後で自分の子供を回収していった。その様子を見ていた他の生徒たちは、自分の親と一緒にシーザー様へと挨拶に来て、エイミィやティーダ、それと俺に声をかけてくるようになった。

俺に話しかけてくる生徒のうち、先ほどの試合や武闘大会などの感想や質問といったことを訊いてくる分にはなるべく丁寧に答えるようにしたが、エイミィやティーダに自分を薦めてほしい、いいように紹介してほしいという依頼を持ってきた生徒は、全てを話し終える前に追い返した。

俺の方にすらエイミィやティーダに紹介してくれというのが来たくらいだから、本人たちの所には俺に来た数倍の生徒が入れ代わり立ち代わりやってきて話しかけていた。

ティーダは慣れた様子で話していたが、エイミィはどことなくぎこちなかった。そんなエイミィの様子に気づいたのか、話しかける男子生徒はやや強引に何らかの約束を取り付けようとしていた。だが、

「ちょっとエイミィちゃんを借りますね。エイミィちゃん、行こ」

ルナがエイミィと男子生徒の間に入り、エイミィをどこかに連れ出そうとした。男子生徒は、話の途中で横から勝手に連れ出すのは失礼だと、注意する感じでルナを止めようとしたが……

「女の子が話の途中で抜ける理由を問い質《ただ》す方が、失礼ではないですか？　それに、無理に話に付

き合わせるのもどうかと思います」

と言って、そのままエイミィをパーティー会場の外へと連れていった。

残された男子生徒は他の生徒から笑われた上に、慌てた様子の親によりどこかへと連れ去られていた。親の方はシーザー様と話している最中に慌てだしたので、シーザー様かイザベラ様に何か言われたのだと思う。ルナがエイミィを連れ出した理由は……トイレに連れていく為だろう。もっともそれは建前で、本当はあの男子生徒から引き離す為の嘘の理由だっただろうが、それでも周りからすれば、『女性に恥をかかせた』とか、『嫌がられているのに気がつかない鈍い男』とかいう風に思われただろう。

「ふむ……そういえば、いつの間にかこんなに時間が過ぎているな」

「そうですね」

男子生徒とその親がいなくなったタイミングでシーザー様がイザベラ様に話しかけ、二人で話を始めた為、遠巻きに様子を窺っていた生徒やその親たちは、シーザー様に話しかける機会を見失っていた。

「お疲れ様です。何か取ってきましょうか？」

「私はいつものことだが、テンマの方こそ疲れたのではないか？　ああ、飲み物はウェイターに持ってこさせるから、わざわざテンマが行くことはない」

「そうね。私たちよりも、テンマの方が慣れない分大変だったのではないかしら？　ちょっと空気の読めていない子が、テンマの所に行っていたものね」

生徒の親たちがいなくなったので、シーザー様とイザベラ様の所へ行き話しかけると、二人は気さくに応じてくれた。それにイザベラ様に至っては、周囲にギリギリ聞こえるくらいの声で、俺にエイミィかティーダを紹介してほしいとの依頼を出してきた生徒とその親に対して牽制した為、心当たりがある生徒とその親は、俺たちのいる所とは反対側の方へと離れていった。

「大体これで、馬鹿な者たちは離れていったかな？」

「だといいわね」

「まだいるとは思いますけど、少なくなったはずですね。ところで、ティーダとじいちゃんは……」

二人と話している間、ティーダとじいちゃんが話に加わってこなかったのでどうしたのかと思うと、二人もそこで話に加わってこなかったことに気がついたようで、俺と一緒になって周囲を探してみると、

「じいちゃんは食べ物と飲み物を見に行っているだけか。でもティーダは……」

「何をしているんだ？」

「あっちは、ルナとエイミィが向かった方向よね？」

ティーダは難しい顔をしながら、エイミィとルナが向かった方向をじっと見ていた。

「まあ、今はうっとうしい連中はいないから、放っておいても大丈夫だろう」

シーザー様がそう言い、しばらくの間好きにさせておこうとイザベラ様も同意したので、俺も放っておくことにした。それからしばらくして、食べ物を山盛りに持って帰ってきたじいちゃんが戻ってきたので、シーザー様たちと一緒にじいちゃんの持ってきたものをつまみながらたわいもない話を続けた。

「ん？　エイミィとルナが戻ってきたみたい」

エイミィとルナがいなくなってから一時間くらいたった頃、ようやく二人は戻ってきた。ティーダは二人が戻ってきたのを見て安心したようで、深く安堵《あんど》のため息をついていた。

「ルナ、遅かったわね」

「ちょっと、お友達とお話してたから」

ルナは、やはりエイミィをトイレへと連れていったのではなく、あのしつこかった男子生徒から逃がす目的だったらしいが、それ以外にもシーザー様が来る前に話していた友人たちに、どこかのタイミングで会いに行くと約束していたそうだ。最初はルナだけで抜け出すつもりだったそうだが、抜け出す寸前になってエイミィの方も気になったので、「それなら一緒に連れていけばいいや！」……と考えたらしい。

エイミィが言うには、抜け出した先で待っていた友人たちは、エイミィが一緒だったことに驚いたらしいが、エイミィの話はルナからよく聞いていたそうで快く迎えてくれたそうだ。ただ、色々と質問攻めにあったらしく、最後には今度勉強を見る約束まですることになったのだとか。

「でも、いい子ばかりなので、話しやすかったです」

ルナの友人たちは全員貴族の子女らしいが、ルナの友人というだけあって、差別的な思想は持っていないそうだ。

「いい後輩ができてよかったな」

「はい！」

そう言うとエイミィは嬉しそうに返事をし、ルナも友人が褒められたと喜んでいた。

「まあ、そういった理由なら、遅かったのも仕方がないだろう。私とイザベラのせいで、あの子たちもいづらかっただろうからな」

そんな感じで、エイミィとルナも加わって話が進むと思っていたら、

「エイミィ、少しいい？」

エイミィのことを一番待っていたティーダが、真剣な顔でエイミィに話しかけた。

「えっと……どうしたの？」

真剣な表情のティーダに、エイミィは多少困惑していたみたいだが、すぐに了承してティーダに向き合った。

「もしかして、あの子……告白する気じゃないかしら？」

「あの様子だと、そうかもしれないな」

「この場所でですか？」

「静かに、ティーダが行くみたいだぞい」

ティーダとエイミィに聞こえないように小声で話していると、じいちゃんの言葉通りティーダが数度の深呼吸の後で、覚悟を決めたような顔でエイミィを見た。なお、ルナはティーダの行動を邪魔しようとでも思ったのか、ティーダとエイミィの間に割り込もうとしたところをシーザー様とイザベラ様に捕まり、不満そうな顔をしている。そして、

「エイミィ……僕と、結婚してください！」

ティーダの告白は俺たちの斜め上を行くもので、俺たちを含んだティーダとエイミィの様子を周

囲で見守っていた参加者たちは、揃って固まってしまった。

そしてそれは、告白されたエイミィも……というより、エイミィが一番混乱し、瞬きすら忘れたかのように固まっていた。

◆

（またエイミィの所に男が……）

ルナの友達を連れ戻す為に来た親たちをきっかけに、父上と母上に挨拶すると見せかけて、息子をエイミィにアピールさせに行く者が出てきた。それに伴い、娘を僕の所へ送り込んでくる者もいるが、これは他のパーティーでもよくあるので、いつもと同じ感じであしらえば特に問題ないけど……エイミィは明らかに慣れていないようで、話を終えるのに苦労している。

（できるなら、エイミィのそばで目を光らせていたいけど……派閥の関係もあるし、無下にはできないからな……）

そんなことを考えているうちに、新しい生徒がエイミィに声をかけていた。しかも、これまでの生徒とは違い、かなり強引に話しかけている。

このままだとまずいことになると思い、エイミィを助けようと思った時、

「ちょっとエイミィちゃんを借りますね。エイミィちゃん、行こ」

ルナがエイミィと男子生徒の間に割り込んだ。男子生徒はルナに邪魔されて抗議していたが、ルナの方が上手だった為、一方的に言い負かされてエイミィを連れていかれた。しかも、周囲の生徒

からの評価も悪くなったようで、男子生徒は父親に連れられてどこかへ行った。

（たまにはルナもいいことをするな……父上のおかげで女子生徒が寄ってこなくなったから、ようやくエイミィと話ができる）

ルナは何も言わなかったけど、おそらくはトイレを口実にしたのだろう。だとしたら、少し待てば戻ってくるだろう。その時にエイミィと話をすればいい……と思っていたのに、

「遅い……」

エイミィとルナは、なかなか戻ってこなかった。もしかすると、トイレから出てきたところを待ち伏せされたのかもしれない。

「でも、ルナが一緒にいるなら、そういう事態にはならないだろうしな……」

それに、もしここで様子を見に行って、さっきの男子生徒と同じと思われたくはないし……周りがそうは思わなくても、絶対にルナが大げさに言いふらすに決まっているし……

ルナが理由で様子を見に行くのはやめたけど、一度生まれた心配は消えることがなかった。こんなことなら、パーティーの前に告白するんだった！　そんなことを考えていると、エイミィが戻ってくるのが見えた。

すぐにエイミィとその周囲の様子を窺うと、出ていった時と少しも変わっていなかった。

「よかった……変な虫はつかなかったみたいだ……」

エイミィが無事なのは嬉しいことだけど、このままだと同じ思いを何度も味わうことになる。そう思っていると、

「いい後輩ができてよかったな」

と言う、テンマさんの声が聞こえた。ルナの友達には男子生徒もいたと思うけど、父上が来る前まで話していた友人ということだから、会っていたのは女子生徒ばかりなのだろう。だけど、その女子生徒からの繋がりで、年下の男子生徒がエイミィを狙う可能性がある。

そう考えた時、僕の足は自然とエイミィへと向かっていた。

「エイミィ、少しいい？」

今告白しなければ誰かに先を越されてしまうとわかっているのに、いざ告白をという段階になって、なかなか次の言葉が出てこなかった。このまま時間をかければかけるほど、エイミィの評価が下がってしまう。そう考えた僕は思いきって、

「エイミィ……僕と結婚してください！」

と告白した。考えていた言葉と少し違った気もするけれど、そんなことより肝心なのはエイミィの返事だ。

エイミィは突然の告白に驚いているのか、なかなか返事をくれなかった。少しじれながらも、頭を下げて差し出した右手を握り返してくれることを祈りながら待つ僕に返ってきた言葉は……

「ごめんなさい」

だった。その意味を理解した瞬間、僕の目の前は真っ暗になった。

◆

「シーザー様、ティーダが息をしていないように見えるんですけど……」

「あの様子だと、最初のショックが大きすぎて、話の後半が聞こえていないみたいだな」

「冷静に見てないで、早くティーダとエイミィを連れていかないと！」

イザベラ様の言葉で、近くで控えていた近衛兵がティーダを隠すように囲んだ。

「エイミィ、とりあえず違う場所に行こう！」

シーザー様は俺がエイミィのそばに移動したのを確認してから、近くにいたスタッフに最初にいた控室へと案内させた。


「ティーダ、ティーダ……いい加減、しっかりしろ！」

控室に到着し、出入口を近衛兵に固めさせたシーザー様は、何度かティーダの肩を揺すっていたが全く反応がなかったので、最後は頬を少し強めに叩いた。

「えっ？」

頬を叩かれた衝撃で正気に戻ったティーダは、しきりに周囲を見回していた。そして、

「あ……ああ……」

エイミィと目が合った瞬間に何があったのかを思い出したようで、かわいそうなくらい肩を落とした。

「ごめんね、変な気分にさせちゃって……」

ティーダはそう呟くと、エイミィに背を向けて走り出そうとした。だけど、

「えいっ！」

「へぶっ！」

背後にいたルナがティーダの足を引っかけて転ばした。足元どころか前もろくに見ていなかったティーダは、ルナの存在に気づくはずもなく、勢いよく顔から床に突っ込んだ。

ルナはティーダが転んだのを見てとても嬉しそうにしていたが、シーザー様とイザベラ様は顔をしかめていた。まあ、いつものような説教はなかったので、今はティーダを足止めしたという結果を重要視したのだろう。『今は』だけど。

「ティーダ君」

ティーダが床に転んでいる隙に、エイミィがティーダのそばに両膝をついて話しかけた。ティーダはエイミィと顔を合わせるのがつらいのか、床に顔をつけっぱなしにしていた。

「話を聞いていなかったみたいだから、もう一度言うね。さすがに、いきなり結婚するのは無理だよ。まだ未成年だもの。でも、恋人ならいいよ。ティーダ君のこと好きだから」

「え？」

エイミィは、「ごめんなさい」の後に続けた言葉をもう一度ティーダに聞かせた。しかし当のティーダは、その言葉の意味が理解できていないのか、不思議そうな顔でエイミィを見て、シーザー様、イザベラ様、俺、じいちゃんと順に見てから、最後に不満そうな顔をするルナを見た。

誰の所でエイミィの言葉の意味を理解したのかはわからないが、理解した瞬間にティーダは床から飛び起きた。そして、

「ほんとに！　ありがとう！　やった――――！」

驚いて立ち上がったエイミィの手を握り、踊り始めた。それはもう、普段のティーダからは想像

ができないくらい、陽気に周りのことなど全く気にせずに。

「とりあえず……お茶でもどうですか？」

「そうだな。もらおうか」

「私の分もお願いね」

「わしのもじゃ」

「私のも～！」

手早くお茶を配り、お茶菓子も出して俺たちはティーダとエイミィのダンスを見守った。まあ、エイミィにしてみれば、浮かれたティーダに付き合わされているだけだが……そこは我慢してほしい。

そのまま二人のダンスを見守ることおよそ一〇分。二人のダンスは唐突に終わることになった。ティーダが足をもつれさせて転んだせいで……

「終わったようだな。イザベラ、エイミィを頼む」

「はい」

シーザー様とイザベラ様は、それぞれティーダとエイミィを連れて控室の端の方へと移動していった。

「二人は何を話すつもり……って、これからのことしかないよね」

「そうじゃな。それと、多分……というか、エイミィが関わっておる時点で、テンマも忙しくなるじゃろうな」

二人の間にある一番の問題は『身分の差』だ。これはエイミィが平民として生まれた以上、どうしようもないことではある。けれど、以前カインからそのことで裏技を教えられているので、エイミィがその気になれば割と簡単に解決できることではある。まあ、その分俺やじいちゃんが多少苦労することにはなるが……エイミィの為にも、そこは我慢しようと決めている。

「テンマ、少し頼まれてくれないかしら？」

シーザー様よりも先に話を終えたイザベラ様が、エイミィを連れて戻ってきた。

イザベラ様の頼みとは、エイミィの家族……カリナさんたちに俺から話を通し、家族間でこれからの話をする為の手助けをしてほしいとのことだった。

イザベラ様は、その頼みを『依頼』として俺に頼むとのことだったが、今回のことは今後俺も関係していくことになるので、『依頼』ではなく、ただの『頼み』として聞くことにした。

「テンマ。ティーダのことでこれから色々と面倒をかけると思うが、エイミィが関わっている以上、手伝ってもらうぞ」

ティーダとの話を終えたシーザー様がそう言うと、ティーダとイザベラ様が頭を下げ、それに遅れる形でエイミィも頭を下げた。エイミィは『いきなり結婚するのは無理だ』と言ったが、いきなりでなければ結婚してもいいということだとも言える。それに、ティーダの恋人ということは、現状では未来の王妃の最有力候補ということだから、これからエイミィは苦労するだろう。王妃専用の教育にしても、対人関係にしても……

その後、俺たちは揃ってパーティー会場に戻ったのだが、浮かれたティーダを見た生徒たちやその親と関係者たちは、すぐにティーダとエイミィが恋人になったのだと理解しただろう。

「エイミィに変なことをしようと思う奴が出ないといいけどな」

「そこは安心してくれ。王家からも、護衛や暗部といった者たちを置こう」

浮かれているティーダにため息をつきながらも、俺とシーザー様はエイミィの安全について話し合ったのだった。

第五幕

あのパーティーの日から、俺やエイミィを取り巻く環境や関係が大きく変わった。

パーティーの時のティーダの浮かれようで、エイミィと恋人になったと学園を中心として噂になり、後日王様が正式にエイミィを将来の王妃候補（皇太孫妃候補）として認めたことで、貴族たちの間では様々な物議が醸し出され、エイミィの身分が平民ということを問題視した貴族たちが、王様に抗議するほどだった。ただ、身分というだけで反対していた貴族に関して言えば、俺が王様に提案していた方法を聞かされ、黙ることとなるのだった。その方法とは、

「まさかエイミィがオオトリ家の子供になって、エリザの所に養子に行くとはな……ということは、将来的にエイミィは、私の義妹になるということか」

だった。貴族の婚姻において重要視される要素の一つが家と家の『縁』である為、まずは平民とはいえ王族や複数の貴族に影響力のある『オオトリ家』に養子として入り、次に家格を補う為にエリザの実家である『シルフィルド伯爵家』の養子となり、そこからティーダと婚姻という形にしたのだ。

まだ正式に婚約を交わしたわけではないので、今は養子に入らなくてもいいという話になりかけていたのだが、エリザの強い希望により、すぐに手続きが行われたのだった。なお、この話をカリナさんたちに持っていったところ、エイミィを養子に出すということに難色を示すと思っていた俺に対し、カリナさんたちの答えはあっさりとしたものだった。それは、

「えっ！　いいんですか？　お願いします」

という感じのものだ。カリナさんたちも、もしエイミィが王族《ティーダ》と結ばれるとしたら、どこかの貴族に養子に出さないといけないと考えていたそうで、その場合は俺を通して、サモンス侯爵家にお願いできないかと思っていたそうだ。

そんな感じで拍子抜けした俺が王都へと戻ってくると、どこからか話を聞きつけたエリザが屋敷に突撃してきたのだった。その後すぐにエリザの父親もやってきて、エリザの暴走を謝罪して連れて帰ろうとしたが、エイミィはエリザと仲がいいし、シルフィルド伯爵家の養子となれば、近い将来次期サンガ公爵《アルバート》の義妹ということになるので、縁を結ぶという意味ではシルフィルド伯爵家が最適だ……というエリザの主張に一考の価値ありということでマリア様に相談した結果、エイミィはオオトリ家からシルフィルド伯爵家へと養子に入ることになったのだった。

この養子縁組に関して一部の貴族から、『王家が利益を得る為にたらい回しをしている』という批判があったが、マリア様が頻繁にお茶会などを催して参加した奥様方に、『平民の女の子が好きな男子と添い遂げる美談』として頻繁に話したことで、王都中に批判的な論調よりも先にいい話として広がった。ちなみに、エイミィとティーダが婚約か結婚をしたタイミングで、この話を本にする計画があるそうだ。

その他の変化としては、エイミィには近衛や騎士団の中から女性隊員が数名護衛として選ばれ、カリナさんたちには自宅の近くに騎士の駐屯基地ができた。ただ、カリナさんたちに関しては、セイゲン全体の警備強化の一部という感じなので、四六時中警戒しているわけではない。

そして俺の方はというと、シルフィルド伯爵家とサンガ公爵家が関係するパーティーにちょくちょく参加することになった。

これは、オオトリ家とシルフィルド伯爵家とサンガ公爵家が、エイミィに関して協力態勢にあるとアピールする目的もある。そのパーティーには、サモンス侯爵やカイン、リオンといった王族派の知り合いに、中立派の知り合い（以前のクーデター騒ぎの時に知り合った貴族たち）が参加して、その後それぞれの知り合いにパーティーの話をすることで、三家が友好的な関係でエイミィの後ろ盾になっているという話を広げてもらった。その結果、エイミィのことを快く思っていない貴族であっても、そうやすやすと行動を起こすことができない状況へとなりつつある。それでも、どこか攻撃できる所はないかと探ってくる貴族はいるのだが、三家の仲は良好なので、今のところ協力態勢に綻びはない。

「それで、今日はテンマ一人だけなのか？」

「ああ。じいちゃんは面倒臭いからって、家でのんびりするとか言ってた。女性陣は今後に備えて……とか言って、エイミィを連れて買い物に行った」

今のところ俺が参加したパーティーは気軽なものばかりだったが、今後は女性同伴のものなどにも参加しなければならない可能性があるので、その時に着る服を買いに行くとのことだった。エイミィを連れていった理由も同じようなもので、オオトリ家から贈った服もあった方がいいだろうと言われたからだ。

「多分今頃は、エリザも合流しているはずだぞ」

「……それで、今日は参加できないと言っていたのか」

今日のパーティーはアルバート主催のもので、知り合いの若い貴族を中心に招待して催されたものだった。一応、次期サンガ公爵家当主という立場で開催したものなので、アルバートの隣にはエリザがいるべきなのだが、エリザは将来の夫より新しくできた妹を選んだということになる。

普通ならかなりの問題になりそうな出来事だが、知り合いばかりだったおかげで笑い話ということで済んでいる。おそらくエリザのことだから、問題になることはないと判断した上でエスケープしたのだろう。まあ、帰ったら父親に怒られるだろうが。

「そういえば、あの時アルバートが受け取った手紙には何が書かれていたんだ？」

「あの時？」

「ほら、二人でマリア様に怒られていた時」

マリア様にプリメラのことで怒られた後で、サンガ公爵がアルバートに渡した手紙のことだ。あの時は訊きづらくてそのまま忘れていたが、今なら大丈夫だと思い軽い気持ちで訊いてみたのだが……

「うっ……」

アルバートは、顔を青くして震えだした。このままだと、他の参加者に俺がアルバートに何かしたと思われそうだったので、さりげなくアルバートを人けのない部屋へと連れていった。

「落ち着け、アルバート。話したくないなら、無理に話さなくていいから」

「ああ、すまない……いや、これはテンマにも関係することだから、言っておいた方がいいだろう」

俺に関係することと聞いて、途端に不安になった。聞きたくはないが、プリメラが何と言っていたのか聞かなくてはならないとも思ったが、

「先に言っておくが、原因はプリメラの手紙ではない。それとプリメラの手紙には、テンマのこと

は何一つも悪く書かれてはいなかった」

それを聞いて少し安心したが、それなら何が俺に関係しているのかと思ったら、

「手紙の差出人は、プリメラだけではなかったのだ……プリメラの他に、姉二人のものもあったのだ」

サンガ公爵家の長女と次女は、それぞれ王族派の伯爵家に嫁いでいるらしいが、たまたま両方が同時に王都へ来る用事があったみたいで、俺たちが王都に帰ってくる少し前に戻ったそうだ。

「本当は二人とも、私が戻るまで待つつもりだったそうだが、二人の嫁ぎ先は北の方でな……雪のせいで待つことができなかったそうだ」

戻る直前でプリメラの手紙が届いたのだが、アルバートに直接会えないので手紙を残していったそうだ。

「その手紙は私への怒りの文章がほとんどだったが、テンマの情報を寄越せということも書かれていた。多分、プリメラに相応《ふさわ》しい男かどうかを知りたいのだと思う。冬の間は動かないはずだから、来るとしたら春になって雪が解けてからだろう」

何でも二人のお姉さんはプリメラをかなり可愛がっていたらしく、直接俺のことを確かめるはずだから、今すぐではないだろうがいつか必ず突撃してくると思うので、覚悟だけはしておいてほしいとのことだった。

その後、いくつかお姉さんの話を聞いて、落ち着いたアルバートと一緒にパーティーへと戻ると、何人かの参加者から急にいなくなった理由を訊かれた。だが、アルバートがオオトリ家とサンガ公爵家の今後の話だというと、それ以上訊かれることはなかった。

「ん？　寒いと思ったら、雪が降り始めたか。この様子だと、パーティーの終了を早めた方がいいかもな」

今はまだパラパラと降っているだけだが、空の様子からするといつ大降りになってもおかしくなかった。

「昼のパーティーにして正解だったな。もしかすると、今年一番の大雪になるかもしれない」

その後、アルバートの予想通り雪が強くなり始めたところでパーティーの終了が告げられ、参加者はそれぞれの馬車でサンガ公爵邸を後にしていった。

俺はアルバートとの友好的な感じを強調する為、最後まで残り他の参加者を見送ってから、徒歩で屋敷へ帰ることにした。アルバートは積もり始めた雪を心配して馬車を出そうとしたが、行きはよくても帰りが大変だろうし、一人なら最悪飛んでいけばいいので丁重に断った。

「かなり冷え込んだな。帰る前に着替えておいてよかった」

パーティー用の服だと雪の上を歩くには不向きだし汚れるので、不作法かもしれないとは思ったが帰る前にいつもの服装に着替えたのだ。その上からコートを着て、さらに服とコートの間の空気を魔法で温めているので凍えるといった心配はないが、このままだとあと一時間以上は歩かないと帰りつけそうにないので、『飛空魔法』で飛んで帰ることにした。本来なら王都の中を飛んで移動するのは罰則を受けることもある行為だが、大雪の中での緊急事態ということで許してもらおうと言い訳を考えながら、さっそく空を飛んで屋敷を目指した。ただ速度を出しすぎると、顔に当たった雪が冷たいどころか痛いくらいだし視界も悪いので、安全重視の空の旅だ。まあ、旅と言うには短すぎるけど。

しばらく空を飛び、あと少しで屋敷が見えるというところで、急に不気味な気配を感じた。

「どこからだ？」

気配を感じた方角を探るが、雪のせいか場所がわからない。すぐに『探索』を使って正確な場所を特定すると、

「ここから屋敷を挟んで反対側……アムールたちが戦っているのか！　相手は……」

アムールを先頭に、今日買い物に行っていたメンバーとエリザに、エイミィ付きになった二人の護衛騎士が、何者かと戦っていた。ただ、ジャンヌとアウラ、それに護衛の騎士の一人は、襲撃者から距離を取ってエイミィを中心にして守りを固めている。しかし、その四人を除いた三人（アムール、エリザ、護衛騎士）を相手に、襲撃者は互角どころか押し気味に戦っているようだ。このままだと、次の瞬間には三人を抜いてジャンヌたちに襲いかかってもおかしくない。

「相手は誰だ！」

飛ぶ速度を上げ、五分もかからずに現場を視界に収めた俺は、アムールたちが戦っている相手に対して『鑑定』を使った。三人が戦っていた相手とは……

「ケイオス・マイセイルズ……」

俺が初めて出場した武闘大会で戦った、元武闘大会優勝者だった。

「いいものが買えた」

あまり服には興味がないけど、テンマとパーティーに出るのに必要だからとジャンヌに言われてついてきたら、気に入ったものが見つかった。まあ、服じゃなくて小刀だけど……服の選び方はいまいちわからないから、ジャンヌとエイミィに選んでもらった。アウラだとふざけて変なのを持ってきそうだったから、初めから断っておいた。そんなことより、この小刀はちゃんとした職人が作ったやつで、あの値段では絶対に買えないだろう！　多分……

「アムール、せっかく皆で買い物に来たんだから、少しお茶でもしていこうって」

多分アウラが言いだしたんだろうけど、それには賛成だ。なので、ジャンヌの提案にすぐに頷いた。まあ、テンマのお菓子の方がおいしいだろうけど、他の所で食べたお菓子をテンマに教えれば、対抗意識を燃やしてきっとさらにおいしいものを作ってくれるはずだ。

そんな期待を胸に、アウラの案内で喫茶店に入ったけれど……

「いまいち！」

「本当に、噂ほどではなかったですわね」

「アムール、エリザさん、まだお店の前だから！」

期待外れの味だった。これなら、ジャンヌが作ったお菓子の方がおいしい。そう伝えるとジャンヌは照れていたけれど、背中を押されてお店の前から引き離された。

「王城に連れていかれた時、近くで働いていた人がおいしいって言ってたんだけど……思っていたほどじゃなかったね」

アウラもそう言っているしエイミィも頷いているので、二人の騎士以外は同じ感想だったみたいだ。騎士たちは、あの店のどこに不満があったのかという顔をしていたけど、多分それはテンマのお菓子を食べたことがないからだろう。テンマの作るお菓子を食べれば、この二人もすぐに理解するはずだ。

「あの～……雪が強くなってきているみたいですから、早く帰りませんか？」

ジャンヌたちとお菓子の感想を言い合っていると、エイミィが遠慮がちにそんなことを言った。

確かに雪が強くなってきているみたいで、南部育ちの私にはちょっときつい……というか、意識し始めたら早く帰りたくなってきた。

「うむ、寒い！　早く帰る！」

早く帰って、熱いお風呂に入って冷たい牛乳を飲む！　……何で寒い日でも、お風呂上がりの冷たい牛乳はおいしいのだろう？　まあ、おいしければ何でもいいか。

「お風呂！　お風呂！」

お風呂お風呂と言いながら屋敷の方に歩いていくと、速足でジャンヌたちが私を追いかけてきた。

「おふ……皆、ストップ！」

皆の先頭に立って曲がり角を曲がると、明らかに怪しい男がこちらに向かってきていた。ボロボロの服を着て顔も汚いマントで隠していて、いかにも浮浪者ですといった感じだけど、王都の端っこや外ならともかく、これまでこんな街中で浮浪者は一度も見たことがなかったし、何よりあの男からは嫌な感じがしている。

「エイミィ、離れていなさい！」

エリザもあの男の様子がおかしいことに気がついたみたいで、エイミィを下がらせて私の横に並ぼうとしたけれど、

「ドリルも下がる！　ドリルの魔法は、雪の中だと危ない！」

「ドリルじゃありませんわ！　でも、確かにその通りですわね。私は援護に回ります。前衛は任せますわ！」

エリザが下がると同時に、エイミィの護衛の騎士が一人だけ前に出てきた。エリザの雷魔法は強力だし、人間相手に有効な魔法だろうけど、雪の中だと私たちもしびれてしまうかもしれないので仕方がない。エイミィの周りにはもう一人の騎士にジャンヌとアウラがついたので、あの男の抑えに回るのだろう。ジャンヌとアウラは武器を取り出して、いつでもゴーレムを出せるようにしているみたいだけど、あまり道が広くないので下手に出すと視界を遮ってしまい、逆に危ないことになるかもしれない。二人もそれは理解しているから、出すタイミングを計っているんだろう。もしこれが広い道だったなら、二人の持つサソリ型ゴーレムを出して、エイミィを連れて逃げるように言っているところだ。

これであの男がただの浮浪者だったら問題だったかもしれないけど、私の思った通り男は襲撃者だった。私たちが陣形を整えるとほぼ同時に、男は隠し持っていた剣を抜いて走り出した。

「速い！　けど……」

男は、私に襲いかかると見せてから、隣の騎士に襲いかかった。だけど、騎士はそのフェイントを見抜いていて、攻撃をかわしながら反撃した。男は騎士の攻撃を何とか防いだけど、

「むん！」

私の攻撃で大きく吹き飛んだ。

「失敗した。槍《やり》じゃなくてバルディッシュかハルバードだったら、今ので終わっていた」

ここのところ槍ばかり使っていたのでとっさに槍を取り出してしまったけど、今の状況だと叩き切ることのできる武器の方がよかったかもしれない。でも、

「あまり強くなさそうだから、大丈夫」

そこそこ強いみたいだけど、いつも通り戦えばまず負けることはない。私だけでも十分なのに、こちらにはさらにエリザと護衛の騎士がいる。

「『エアボール』！」

男が何とか立ち上がったところに、エリザが魔法を放つ。その攻撃に合わせて騎士も飛びかかり、男を切りつけた。

「うむ、これで終了！」

騎士の一撃がとどめとなって、男は血の海に沈んだ。まあ、ギリギリ生きているみたいだから、止血だけして死なないようにすれば、あとは衛兵が連れていって尋問するだろう。

最後に攻撃した騎士も同じことを考えていたみたいで、男を捕縛しようと近づいた。しかしその時、

「ふざ……ける、な」

男が胸元から怪しい小瓶を取り出して、一気に飲み干した。男が小瓶を取り出した時、私たちは何か危険な薬（爆発物や毒薬）だと思って、反射的にその場から後ろに飛びのいた。しかし、男が

中身を口にしたことで、自害用の薬か回復薬の類だったと判断して、早く身柄を拘束するか薬を吐き出させないといけないと騎士が男に向かって走った。しかし、男の飲んだ薬は毒薬でも回復薬でもなく、

「ふぐっ！」

見たことも聞いたこともない効果を持つモノだった。薬を飲んだ男は瀕死《ひんし》の状態だったはずなのに立ち上がり、騎士を素手で殴り飛ばした。その体は、初めより二倍以上に大きくなっていて、筋肉がおかしいくらいに盛り上がっている。

「ドリル、もっと下がる！　ジャンヌ、アウラ、ゴーレ……えっ？」

私は男の腕ごと脳天に、力いっぱい槍を叩きつけた……はずなのに、

「ぐひっ！　いてぇなぁ……いてぇぞ、この野郎！」

男は手でガードしながら槍を摑み、私ごと槍を振り回した。

「むっ！」

このままだと地面に叩きつけられそうだったので、槍を手放して男から距離を取った。

「こうなったら、叩き切る！」

槍を手放してしまったので、代わりにバルディッシュを取り出し、ジャンヌとアウラが出したゴーレムを男に向かわせて、一撃を入れる機会を窺った。

さすがに数体のゴーレムに同時に襲いかかられれば隙もできると思ったけど、向かわせたゴーレムのほとんどが、二、三発のパンチで崩れ落ちていた。ひどいものになると、たった一撃で粉砕されている。

「今！」

あんな壊され方をするとは思っていなかったけど、向かわせたゴーレムの一体が男の背後から抱きつき、少しの間だけ動きを止めた。私はその隙を逃さずに接近し、バルディッシュを大きく振りかぶって、

「ぬぅうん！」

全力で叩きつけた。

「やっ、あぶっ！」

全力の一撃は、ガードしようとした男の右腕を切り飛ばし、右足も大きく切り裂いた。なのに、私は左から攻撃を受けて吹き飛ばされた。多分、今ので腕の骨が砕けたと思う。すぐに逃げないといけないとわかっているのに、痛みでまともに体が動かない。

「こっちに来なさい！」

エリザが『エアボール』を連発しているけど、男は魔法を食らいながらこちらに近づいてくる。

「腕が……生えてる……」

切り飛ばした場所から、触手を束ねたようなものが生えて、腕のような形を作っている。足の方も、筋肉が盛り上がって傷口を塞いでいた。

「皆、にげ……」

男が私の前まで来て、生え変わった方の腕をゆっくりと振りかぶった。視界の端では、エリザが走ってくるのが見えるけど、間に合いそうにない。

男の腕が頭の上まで振り上げられ、もう駄目だと思って目を瞑《つむ》った瞬間、

「アムールから離れろ！」

テンマの怒りの声が聞こえ、男の右腕がもう一度宙を舞った。

◆

「どけっ！」

ギリギリのところで腕を切り飛ばした俺は、勢いのままケイオスを蹴り飛ばしてアムールから引き離した。

「『アクアヒール』、『アクアヒール』、『アクアヒール』！　エリザ、アムールを頼む！」

「わかりましたわ！」

アクアヒールの三連発で見える範囲にある傷は塞がったが、アムールは集中力が途切れたのか気を失ってしまった。骨折もしているだろうし静かに運んだ方がいいのかもしれないが、ケイオスがいる以上のんびりできないので、アムールはエリザに任せて俺はケイオスを始末することにした。

「エリザ、騎士にもこの薬を使ってくれ」

作った中でも効果の高い回復薬や傷薬をできる限り出し、アムールとぐったりとしている騎士の治療に使うように頼んだ。

「できるならうちまで運んでくれ。無理そうなら、なるべく遠くへ。その間に、俺はあいつを殺す」

本当ならケイオスは無力化して騎士団に引き渡し、情報を引き出さないといけないのだろうが、目の前のケイオスには無理だと判断した。何故ならケイオスは、切り飛ばしたはずの腕に新しい腕を二本生やしていたからだ。他にも、先ほどよりも体が一回りほど大きくなり、体が黒ずんで目は赤く染まり、髪の毛は抜けて血管が浮き、大きく脈打っていた。

「まるで魔物だ。何があったか知らないけど、あそこまで行くと哀れだな」

人間とは思えない姿に怒りが薄れかけたが、ゴーレムを素手で破壊する上に馬鹿みたいな再生能力を持つ化け物では、騎士に引き渡した後で被害が出るかもしれないし、何よりも皆を危険な目に遭わせたこいつを許すわけにはいかなかった。

「うごあぁぁああ！」

「速い！　けど……『ストーンブリット』！」

すごい速さで差を詰めてきたケイオスの進路を予測して、二発の『ストーンブリット』を頭部と胸部を狙って放った。

「あれを防ぐか……なら！」

俺の魔法を、ケイオスは二本になった右腕で二発とも防いだ。『ストーンバレット』はケイオスの腕を貫通することができず、途中で止まってしまったようだ。致命傷ではないとはいえ、魔法を食らったのにもかかわらずケイオスは前進を止めなかった。

そんなケイオスに対し、俺は武器を小烏丸《こがらすまる》からハルバードに変えて、体を回転させる勢いで横に薙《な》いだ。

「これでおわ……らないのか」

両断したと思ったのだが、当たる瞬間にケイオスが急ブレーキをかけたせいでタイミングがわずかにずれ、ケイオスの上半身と下半身は、数センチメートルだけ繋がった状態で地面に崩れた。

普通ならこれで終わりだし、実際に俺も勝ったと思ったのだが、ケイオスはその状態でもまだ生きており、倒れたまま強引に上半身と下半身の傷口を合わせると、見る見るうちに傷が塞がっていった。

「ヒドラよりも回復力が高いんじゃないか？」

ケイオスの異常な再生力からヒドラを想像し、ジンたちはどうなっただろうかと考えている間に、ケイオスは襲いかかってきた。

「頑丈で再生力も高くて、力も強くて速度も上がっている。普通に考えたら苦戦しそうな相手だけど……知能は低くなっているみたいだな」

頭の中まで筋肉になってしまったのか、ケイオスは猪突猛進《ちょとつもうしん》な攻撃ばかりを繰り返していたので、かわすのは簡単だった。

「ふんっ！」

攻撃をかわしつつ、隙を見つけて勢いをつけた一撃をお見舞いすると、今度は左腕が宙を舞った。

「また生えてくるのか。まあ、そろそろ打ち止めみたいだけどな」

今度も傷口から腕が二本生えてきたが、右腕に比べて細く短かった。胴体を繋ぐのに多くの力が必要だったのだろう。

しかし、ケイオスの勢いは変わらない。ただ、右と比べて左腕の強度は下がっているようで、地面や壁を殴るたびに皮膚が裂けて血が飛び散り、骨がむき出しになっていた。

「そろそろ……終わらせようか！」

化け物となったケイオスにも体力の限界というものはあるようで、明らかに動きが鈍ってきた。

俺はここぞとばかりにハルバードを振り回し、ケイオスを押し返していく。ケイオスはもう抵抗する力もないようだが、それでも両腕を振るい続けている……が、

「ふぅ……はっ、はぁ！」

ハルバードの二連撃で両腕を付け根のあたりから失った。体の強度が体力の低下と共に落ちたらしく、左腕を切り飛ばした時より柔らかく感じたので、魔法で体の強度を上げていたのかもしれない。

「う……あ……ごぶっ……」

「はっ！　……ん？　ふぅ……ふっ！」

腕を切り落とした後で、とどめに袈裟《けさ》懸けにハルバートを振るったのだが、左の鎖骨あたりから入った刃《やいば》が胸の中心部で何か硬いものに当たり止まった。なので、そこから強引に角度を変えてからもう一度力を込めて切り裂き、先ほどのように再生しないように上と下を離れた所に置いた。切り裂いた時にケイオスは息絶えたようだが、まだ隠し玉が残っている可能性があるので念を入れた方がいいだろう。

「ジャンヌ、アウラ、屋敷に戻ってじいちゃんを呼んできてくれ。それとスラリンも。エリザは、スラリンが来たらアムールと騎士をスラリンの中に運んでくれ。エイミィは、エリザと騎士のそばから離れないように」

「テンマ、何事じゃ！」

指示を出し終わってすぐにジャンヌとアウラは動き出そうとしたが、二人が走り出す前にじいちゃんがやってきた。じいちゃんと一緒にシロウマルも来ていたがスラリンは留守番しているよう

で、シロウマルに戻ってもらいスラリンを連れてきてもらうことにした。

「何やら変な気配がしたので来てみたが……魔物が現れたのか？」

じいちゃんはケイオスの死体を見て魔物と判断したようだが、俺が事情を話すとじいちゃんは驚き、死んでいるのを確かめてから死体を調べ始めた。

調べ始めてすぐに、こちらに向かってきている一団が見えた……が、

「テンマ、この死体を他の者が見る前に隠すのじゃ」

じいちゃんがケイオスの死体を隠すように言ってきた。どうしてなのか尋ねようとしたが、いつにない真剣な顔をしていたので、理由を尋ねる前に死体をマジックバッグに入れた。

「こちらで争っている者がいるという知らせを受けたのですが……マーリン様！」

やってきたのは、よく屋敷の周辺を見回っている衛兵たちだ。顔見知りなので、すぐにじいちゃんだと気づいたようだ。

「一体何が？　争っていたのは、マーリン様なのですか？」

リーダー格の衛兵が周囲の様子を見てじいちゃんに尋ねたが、じいちゃんは否定して俺と暴漢が戦ったと言った。その時に相手を殺したと言ったので、俺に詰所まで同行してほしいと頼んできたが、

「すまぬが、それはできぬ。今回の事件は、おそらく王族預かりになるであろう。そういう理由もあって、この後すぐに王城に行かないとならないのじゃ」

じいちゃんはそう言って、現場の処理を衛兵に任せてこの場から離れようとしたが、衛兵は納得ができないと食い下がった。最低でも死体を確認し、王族預かりになる理由を話してもらいたいと

言ったが、

「死体を見せることはできぬが、理由なら教えよう。今回の犯人は、貴族殺害未遂の容疑がかかっておる。しかも、襲われたのは南部子爵家令嬢とシルフィルド家令嬢じゃ。皇太孫の婚約者候補も巻き込まれておるし、アムールに関しては大怪我をしておる。他にも色々疑わしい部分があり、あまり事件の詳細を広めるのはまずいのじゃ」

貴族の中でも、扱いを間違えれば国が割れる二人だとじいちゃんが脅したことで、衛兵たちの顔が強張《こわば》り、どうしていいのかわからないという雰囲気になった。

「とはいっても、そちらも仕事をしなければならないのであろう？　そこで、誰かがわしたちに同行して、王城で……近衛の誰かが来るじゃろうから、その者にそちらから説明するといい」

そんなじいちゃんの提案を衛兵が受け入れ、リーダー格の衛兵がついてくることになった。ただ、何があったかの記録は残さないといけないと言うので、その場で『アムールたちが襲われ、アムールと騎士の一人が負傷、その場に駆けつけた俺が暴漢と戦闘し、その結果暴漢を殺害した』と証言した。衛兵は俺の証言をその場で書き取り、最後に『正当防衛の可能性高し』と書いたものを二枚作り、そのうちの一枚をリーダー格の衛兵から近衛に渡すことになった。

「アムールたちも連れていった方がいいんだろうけど、あの怪我だと安静にさせた方がいいよね？」

「うむ、アムールの証言は後でもいいじゃろう。今は怪我を治すことが優先じゃ。アレックスたちも、怪我人に無理をしてでも来いとは言わんはずじゃ」

そういうわけで王城に行くのは、俺、じいちゃん、エリザの三人ということになった。ジャンヌとアウラはアムールの看病に残り、エイミィも屋敷で待機となった。エイミィの護衛の騎士は、交代の騎士が到着するまで屋敷で待機して、後で報告に来るそうだ。

「スラリン、屋敷の警備は任せたぞ。最悪の場合は屋敷を放棄して、皆を連れて逃げてくれ。あっ！　申し訳ないですけど、サンガ公爵家とシルフィルド伯爵家に知らせてください」

アムールと騎士の治療を終えてスラリンに指示を出した後で、ふとサンガ公爵家のパーティー帰りだったことを思い出した。公爵家に招かれた帰りの出来事なので、一応アルバートにも知らせた方がいいだろうと思ったからで、シルフィルド家は実の娘が巻き込まれたのだから知らせるのは当然だろう。

そう思って衛兵から誰か知らせに行ってもらえないか頼んだのだ。頼んだ後でこういったことはやってもらえないのかもしれないと思ったが、被害者の関係者に連絡するという形で引き受けてもらえた。ちなみにアムールたちの怪我だが、騎士の方は全身打撲と脳震盪《のうしんとう》で、アムールは脳震盪と左腕の複雑骨折だった。二人とも、治療中に意識を取り戻したので命に別状はなさそうだが、アムールの左腕は骨を繋いだとはいえ、しばらくは動かせないだろう。

第六幕

「テンマ、マーリン様！」

王城に着き、門番に訪問の理由を言って「近衛の誰かを」と呼んでもらうと、ライル様がやってきた。その後ろには、エドガーさんとシグルドさんもいる。

「ライル様、テンマ君からの報告よりも、衛兵の報告を先に聞いた方がいいかと思います」

ライル様は真っ先に俺から話を聞こうとしていたが、エドガーさんが衛兵を優先させるように進言した。ライル様はエドガーさんの進言に頷き、衛兵の持ってきた報告書を読んだ。そして、

「報告ご苦労だった。今後は私が受け持つ。それと、今回の件はこの報告書に書かれていることを全てとせよ」

ライル様からの箝口令《かんこうれい》を受け、衛兵は敬礼して戻っていった。

「ライル、お主が来たということは、ある程度の予想ができておるということかのう？」

「はい。ほんの少し前に、ケイオスが収容されていた鉱山より脱走したという知らせが来まして、ケイオスが恨みを抱いていそうな相手……テンマの周辺を警戒する為の準備を行っていたところです。そのことを知らせに行く寸前で、二人揃って王城に来られたという連絡が入り……」

「急いで来たということですか」

「まあ、その通りだ……申し訳ない！　知らせが来た時、すぐに騎士を送るべきだった！」

ライル様はやるべき順番を間違えたと言って、王城の入口で頭を下げて謝罪した。

「いや、俺やじいちゃんは怪我をしていないし、被害というほどのことをされてないからいいんですけど……問題はアムールとエリザが巻き込まれたことですよね？」

共に有力貴族の娘なのでライル様が非を認めた以上、二人に対してライル様、もしくは王族が責任を取る必要がある。しかも、アムールに至っては殺される寸前まで深手を負ったので、どういう風に責任を取るのかが問題だが、

「そのあたりのこともあるので、父上たちとの話し合いに参加してほしい。それとその場で、今回の事件についていてわかっていることを教えてほしい」

ということなので、ライル様の先導で王様たちがいるという部屋に案内されたのだが……部屋の空気が重すぎたので、思わずドアを閉めてしまいそうになった。

「テンマ、マーリン殿、こちらに。エリザベート・フォン・シルフィルドはこちらへ」

俺とじいちゃんはシーザー様の近くの席に、エリザは王様とマリア様の目の前の席に案内された。案内したライル様はそのまま王様の隣に座り、王様たち三人とエリザの話し合いが始まった。

ちなみに部屋には、王様とマリア様、シーザー様とライル様に、ディンさんとジャンさんの六人がおり、ライル様について迎えに来たエドガーさんとシグルドさんは、ケイオスの捜索及び警戒の準備をしていた騎士たちの所に向かう為に部屋の手前で別れたのでいない。

エリザと分けられて後回しの形になった俺とじいちゃんだが、謝罪の順番が関係していると思われるので仕方がないだろう。まあ、俺もじいちゃんも気にしていないので問題はないと思っていたが、

「テンマ、マーリン様、お茶とお茶菓子です」

ジャンさんがものすごい気を使っていた。シーザー様もディンさんも、言葉の端々から気を使ってくれている感じがするが、ジャンさんは一目見てわかるくらいだった。

何故そこまで気を使っているのかと訊いてみると、ジャンさんが慎重論を出し、それが採択された為初動が遅れ、その結果アムールたちが襲撃されたと思っているからだそうだ。

最初、ライル様は即座に手の空いている騎士たちを捜索及び警戒に送り出そうとしたが、ジャンさんが『天候に不安がある中で、仮にも元武闘大会優勝者との戦闘は、たとえ可能性であっても避けるべき』と反論し、さらに『王都に来ているという保証もない以上、ある程度戦力を整えてから事に当たるべき』とも言ったので、責任を感じているとのことだった。

「全てが裏目に出たということか……でも、それは仕方がないじゃろう。普通に考えれば、ジャンの言ったことは正しいからのう」

「結果論で言えば、怪我人は出たけど死人は出ていないわけですし。それにこれも結果論ですが、準備のできていない騎士を送り込んでも、ジャンさんの心配した通り死人が出ていたと思いますよ」

「それは……いや、三人がかりで仕留めることができず、アムールが殺されかけたことを考えれば、ないとは言えないか」

ディンさんが反論しかけたが、すぐに納得していた。アムールは武闘大会でクリスさんに翻弄されたとはいえ、純粋な戦闘力ではアムールの方に軍配が上がるし、そもそもが三対一で負けて殺されかけたのだ。派遣されたのが近衛兵だったとしても、一人二人では死ぬ可能性が高かっただろう。

「色々と気にはなるが、詳しい話は父上たちと一緒に聞いた方がいいだろう」

シーザー様の言葉を聞いたからではないだろうが、タイミングよく王様たちの話が終わり、次は俺とじいちゃんが呼ばれた。

「テンマ殿、マーリン殿、今回は私の判断が間違っていたせいで危険にさらしてしまい、誠に申し訳ありませんでした」

「謝罪を受け入れます。俺の方は怪我もありませんから、あまり気にしないでください」

「わしの方は、そもそも終わった後で駆けつけただけじゃからな。気にする必要はない」

「そう言ってもらえると助かります」

「ただ、アムールは死にかけたくらいですから、俺のことよりもアムールの方をお願いします」

「それは十分承知している。後日、必ず謝罪に行こう」

いつもとは違うライル様に戸惑ったが、謝罪なので当たり前なのだろう。

「アムールには、私も謝罪と礼を言いに行こう。アムールが奮闘してくれたおかげで、被害が最小限に抑えられたと言っても過言ではないからな」

確かにアムールの奮闘がなければ、あの場にいたうちの何人かは死んでいたかもしれないし、違う場所で他の人が被害に遭っていたかもしれない。

「とはいえ、テンマの功績が大きいことには変わりがない。本当に助かった」

王様の謝罪も受け入れ、次の話に移ることになった。

「では、犯人はケイオスで間違いなく、途中まではアムールに圧倒されていたというのに、怪しげな薬を飲んでからは逆転され、三人がかりでも危ういところまで追い詰められたということか……いや、嘘を言っているとは思っておらんが、わからんことが多くてな」

最初から話をすることができるのがエリザしかいなかった為、エリザが中心となって説明したが、王様たちはいまいち要領を得ないといった感じだった。

「おそらくじゃが、身体能力を大幅に上げる麻薬のようなものじゃろうな。もっともわしの知る中では、あのように姿形を短時間で変えてしまうといったものに該当する薬はないが……」

とりあえず、非合法な薬をケイオスが使用したということはわかっているが、それ以外はほとんどわからなかった。そこへ、

「陛下、シルフィルド伯爵様とアルバート様が参られました」

クライフさんが、エリザの父親とアルバートが到着したと知らせに来た。

「二人同時に来たのか？」

「はい。何でも、シルフィルド伯爵様がサンガ公爵邸を訪れる途中で、知らせを受けて王城に向かうアルバート様と出会い、合流なされたとか」

「とにかく、すぐに二人を通してくれ」

同時に来たという所に驚いた王様だったが、すぐにこの部屋に案内するようにクライフさんに指示を出した。王様は別々に来るだろうと思っていたので驚いたようだが、俺にはすぐにその理由が思い浮かんだので、全く驚くことはなかった。多分だが、シルフィルド伯爵はエリザがアルバート主催のパーティーに参加しなかったことを詫《わ》びに行こうとしていたのだと思う。その途中でアルバートと遭遇し、今回の事件を聞いて慌ててやってきたのだろう。

そんな俺の予想は見事的中し、シルフィルド伯爵は王様たちに挨拶した後で、エリザを叱りだした。途中でマリア様に止められ、部屋にいる皆に不作法を謝罪していたが、あの様子だと帰ってからが本番になりそうだった。

「陛下、エリザベート嬢も今回の事件で疲れているでしょうし、シルフィルド伯爵と話さなければならぬことがあるでしょうから、今日のところはこのあたりでよろしいのではないでしょうか？」

シーザー様の言葉でエリザは帰宅することになったが、実際にはじいちゃんがシーザー様に耳打ちしていたので、エリザたちには聞かせられない理由があると思われる。

「それと母上、これからケイオスの死体を見分しなければなりませんので、自室にお戻りください」

「ええ、そうね。さすがにそれは女性にはきついわね」

マリア様は、シーザー様の言葉に何か重大な問題が発生しているとわかったみたいだが、何も訊かずに部屋を出ていった。

「それで、ケイオスの死体に何か問題があったのですか？」

「うむ、少し他には知られたくない情報があるのじゃ……正直言って、この目で見たわしも信じられぬことじゃ」

王様もマリア様を遠ざけたのがじいちゃんの指示だとわかっていたらしく、シーザー様ではなくじいちゃんに直接質問した。じいちゃんも、衛兵から死体を隠すようにと言った時と同じ真剣な顔だった。

王様とじいちゃんが話している時、シーザー様とライル様が俺を見たが、俺も理由は聞かされていないので首を横に振った。

「テンマ、汚しても構わんディメンションバッグはないか？」

「この部屋の半分くらいのやつがあるけど？」

「それを出してくれ。ただ、場合によってはバッグを破棄しなければならんが……構わんか？」

ディメンションバッグの予備はいくつかあるので、破棄を前提に提供することにした。まあ、たとえ破棄する必要がなかったとしても、ケイオスの死体を出したバッグは使いたくないので、前提というより決定であった。

「あの……私は帰った方がいいのではないでしょうか？」

ディメンションバッグを出したところで、存在を忘れられていたアルバートが遠慮がちに発言した。王様は忘れていたというような顔を一瞬したがすぐに元に戻し、残るように言った。一応、サンガ公爵の代理として来ているし、俺以外の若い者の意見も聞きたいからとのことだったが、ここまで聞かれた以上はこちらに引き込んで、逃げられないようにするといった感じだろう。

そんな王様の考えを理解したのか、アルバートは青い顔をしながら命令を受け入れた。

「クライフ、この部屋に誰も入らせるな。たとえそれが、マリアであったとしてもだ！」

「承知いたしました」

命令を受けたクライフさんが部屋を出たのを確認し、皆でディメンションバッグの中に入ったところでじいちゃんに言われ、二つに分かれたケイオスの死体を真ん中あたりに出した。出した直後、皆顔をしかめて一瞬目をそらしたが、すぐに視線を戻した。

「マーリン様、確かに色々と不自然ではありますが、ここまで周囲を気にするのは何故ですか？」

ライル様の疑問に、じいちゃんを除いた全員が頷いた。

「腕が増えたというくらいなら、魔道具を使ったとか魔法を使ったとかで誤魔化すこともできるじゃろうが、これは無理じゃ。そして、これはできる限り秘密にしなければならぬ」

そう言ってじいちゃんはナイフを取り出し、ケイオスの胸の中心を切り開いた。

じいちゃんの行動に驚いた俺たちだが、すぐにそんなことはどうでもよくなった。何故なら、

「魔核……」

ケイオスの体から、俺がよく見慣れたものが出てきたからだ。それも、魔物からしか出てこないはずのものが……

「魔核が存在するのは魔物だけじゃ。魔物に近い強さを持っている獣も、魔物を超える力を持っている人間にも、これまで魔核が存在したというのは聞いたことがない。これが埋め込まれたものなのか薬の影響なのかはわからぬが、生きている人間が魔物になったということが広まれば、余計な争いを生んでしまうかもしれぬ」

死体が魔物になったというのなら、アンデッド系の魔物だったということで終わる話だが、エリザの話では戦い始めた時のケイオスは普通の人と違う所は見られず、あまりしゃべらなかったが人の言葉を使っていたらしい。しかし、アムールに倒されて騎士に取り押さえられかけた直後、ケイオスは化け物となり、それまで一方的にやられていたはずのアムールたちを圧倒したそうだ。その逆転のきっかけとなったのが、取り押さえられかけられた時に使った薬だろうとのことだった。

「どういったものかはわからぬが、ケイオスが使ったという薬がケイオスを魔物へと変えた、もしくはそのきっかけとなったのは間違いないじゃろう。ところで、ケイオスはテンマと戦って連れていかれた後、どこで何をしていたのじゃ？　それと、何故ケイオスが脱走したという情報が遅れたのじゃ？」

じいちゃんの質問にライル様が一歩前に出て、

「テンマとの闘いの後でケイオスは罪人として捕まり、鉱山で奴隷として採掘作業をさせていま

した」

鉱山では、従事者である奴隷は数人から十数人ずつに分かれて管理され、別々の場所で働かされていたらしいが、数日前に一つの班の報告が途絶えたそうだ。その時は雪の影響で報告ができなかったのではないかと、管理人たちをまとめている役人は思ったらしく、次の日も定時の報告がなかったので不審に思い、翌日になって兵士を連れて確認に向かったところ、連絡の途絶えた班の奴隷と管理人の死体が発見されたそうだ。

兵士と共に死者の確認を行ったがケイオスの死体だけが見つからず、その場でケイオスの犯行と断定し、すぐに周辺の町や村に警戒するように通達すると同時に王都へ報告を出したそうだ。

「ただ、鉱山の役人から王都まで報告が届くのに数日……犯行があったと思われる日から一〇日もかかっていないのに、ケイオスはほぼ同時に王都へ到着しています。もしかすると協力者がいるかもしれません」

役人の行動に多少のロスがあったにしろ、犯行日から二日後には報告を王都へ出している。報告には馬を使い、夜間は中断したものの鉱山と王都を最短距離で結ぶ中継点を複数利用し、兵士と馬を交代させせながら報告を届けたので、ほぼ想定通り最短の時間で到着している。それに対しケイオスは、兵士より二日早く移動しているとはいえ、道中はほぼ徒歩だったと思われる。仮に馬をどこからか調達して移動していたとしても、中継点で目撃されていないとのことなので、遠回りで移動した可能性が高いらしい。

「そうだとすれば、馬で移動したとしても報告の兵士とほぼ同時というのは少しおかしいし、それが徒歩ならなおさらということですか……」

「その通りだ。だから、協力者がいるのではないかと疑っている」

　ケイオスは魔法が使えたから、自身を強化するなり空を飛んで移動するなりできたかもしれないが、逃げるなら鉱山に連れていかれてからすぐの方がいいはずなのに、何故今になって逃げ出したのか、薬はどこから調達したのかなどの疑問が残っている。

「せめて、薬をいつどこで調達したかがわかれば、ある程度の予想が……そういえば、ケイオスの腕は、いつ・・・誰が治したんですか？」

　前に対戦した大会で俺はケイオスの腕を切り飛ばし、さらにケイオスが使っていた『爆発するナイフ』のせいで腕が粉々になったはずだ。その後で連れていかれたが、奴隷に落とされたのなら元に戻されるはずはないし、エリザはケイオスに関して、一番の特徴になるはずの『隻腕』に関しては何も言っていなかった。

「ジャン、すぐにエリザベートに確認を取ってこい！　まだ城内にいるかもしれん！」

　ジャンさんはライル様が命令を言い切る前に部屋を飛び出した。そして十数分後、

「はぁ、はぁ、はぁ……確認してまいりました！　ケイオスの腕は両方あったそうです！」

　ジャンさんは息を切らせながら戻ってきた。

　エリザは自分や伯爵の知り合いに挨拶を終え、ちょうど馬車に乗り込んで出発するギリギリのところだったそうだ。

「そうなると、鉱山でいつ腕が生えたかということか……すぐに確認させろ！」

　今度は王様の指示を受け、ジャンさんはまた走りだした。この件に関しては王城にある資料ではわからないと思うので、鉱山を管理している役所に問い質さないといけないらしく、場合によって

は現地まで行かないといけないので時間がかかるとのことだった。

「なら、ケイオスの死体は保管しておかないといけないですね……」

「そういうわけだから……」

「嫌ですよ」

王様が全てを言い切る前に、俺は拒否した。あんなの、いくらマジックバッグに入れっぱなしでいいといっても、持っていたくないし。

その後、王様、シーザー様、ライル様に頼み込まれて、渋々ながらケイオスの死体を預かることになってしまった。

「それで、テンマ。化け物になった後のケイオスはどんな感じだった？　特に、強さとどういった特徴があったのかを知りたい」

ケイオスの死体の話が終わると、すぐにディンさんが質問してきた。王様たちもケイオスの強さが気になるようで、ディメンションバッグの外で話をすることになった。

「すると薬を飲んだ後のケイオスは、アムールを圧倒する力と頑強さ、ヒドラ並み、もしくはそれ以上の再生能力を持つが、戦いが進むにつれて人並みになったということか？」

「はい。詳しい原因は不明ですが、もしかすると強化魔法のようなもので身体能力を上げていたのかもしれません」

「確かに魔力が尽きて人並みに落ちた……いや、戻ったとするのなら、魔法の一種じゃったということも考えられるのう」

「他にも、薬が切れたから戻ったとも考えられるか……どちらにしろ、今後同じような奴が現れた場合、守りを固めながら持久戦に持ち込むのがいいということか」

前例がケイオスしかいないので正解とは断言できないが、今のところ守りを固めた持久戦が有効と思われるので、それから試すしかないという感じだ。

「現れないのが一番だが、今回のケイオスに人の手が加わっている可能性がある以上、今後も同じような化け物が現れると考えた方がいいだろう。ライル、まずは騎士団の隊長格の者たちを集め有事に備えさせよ。ディン、近衛隊は遊撃としていつでも動ける準備を怠るな。ただし、ケイオスの魔核についてはまだ情報を開示せぬように。国民への情報の開示は、最短でも二度目の事例以降とする」

王様は、ケイオスの魔核に関しては箝口令を敷くが薬の方は情報の制限はせず、危険なものということで周知させるそうだ。

「まあ、薬まで箝口令を敷いてしまうと、何故アムールがケイオスに負けてしまったのかの説明が難しくなるからのう」

アムールは武闘大会のおかげで、王都でも有数の実力者として知られているので、元大会優勝者とはいえ三年のブランクがあり、なおかつ鉱山で酷使され続けていたようなケイオスが、そのままの状態でアムールを殺す寸前まで追い詰めたと納得させるのは難しいという判断だった。

「そういうわけで、テンマも薬のことは言っても構わんが、魔核のことはくれぐれも内密に頼むぞ。たとえアムールたちに訊かれたとしても、話してはならん」

王様に念押しされて頷くと、それ以上話すことがなくなったので解散となった。

皆に挨拶してドアへと向かうと、アルバートも王様たちに挨拶して俺とじいちゃんの後に続いた。

「アルバート、俺たちの馬車に乗っていくか？」

しばらく歩き、先ほどの部屋から離れた所で、アルバートにうちの馬車で帰らないかと誘ったが、公爵家の馬車で来ているからと遠慮された。

「それにしてもテンマ、パーティーの帰りに事件に巻き込まれたと聞いて驚いたぞ。それと、エリザを助けてくれたこと、感謝している」

「いや、どちらかというと、エリザを助けたのはアムールだぞ」

「それでもだ。今度アムールにも必ず礼をするが、テンマが間に合わなければ危ないことになっていたのも確かだ」

そう言いながらアルバートは、もう一度頭を下げてきた。少々照れながら、アルバートが頭を上げるのを待っていると、

「テンマさん！　エイミィは無事ですか！」

遠くからティーダが走ってやってきた。よほどエイミィの状態が気になるのか全力で走っており、俺の所に着く頃にはかなり息苦しそうにしていた。

「テンマさん、エイミィは！」

それでもティーダは、呼吸を整えるよりもエイミィの安否を優先させたが、

「ティーダ様、落ち着いてください」

アルバートが止めた。ティーダはアルバートに気がついていなかったようで、声をかけられて驚いていた。

「ティーダ様、エイミィを心配する気持ちはよくわかりますが、まずはテンマをねぎらうべきです。そして、次にアムールとその場にいた他の者たちで、エイミィのことは最後に訊くべきです」

アルバートに注意され、ティーダはすぐに何かに気がついたような顔をして、俺とじいちゃんに謝罪して、改めて俺に礼を言ってアムールたちの状態を訊いた後で、エイミィのことを訊いてきた。

エイミィはアムールたちのおかげで無事だと教えると、それでも心配なので様子を見に行くと言いだしたが……

「この大雪の中、外出の許可を出せるわけがないでしょ」

現れたイザベラ様の言葉を聞いた瞬間にティーダは大人しくなり、進路を開けるように脇にそれた。

「アルバート、先ほどは助かりました。同じ立場だったあなたの言葉は、ティーダの身に染みたことでしょう。テンマ、マーリン様、申し訳ありませんでした。テンマが間に合わなければ、南部自治区やシルフィルド伯爵家との関係にひびが入るところでした。感謝しています。それと後日、私の方からアムールたちにお礼状を書かせていただきます」

イザベラ様は、今いる所が王城で働く貴族たちに見られる可能性があるからなのか、いつもとは違う雰囲気で話したので、俺の方もできる限りの作法で礼を返した。

「ティーダ、戻りますよ。エイミィならテンマの屋敷にいる方が安全ですから、心配しすぎる必要はないわ」

「はい……」

「うちだと怪しい奴はそう簡単に侵入できないし、いざという時の逃げ道もあるから安心しろ。それと、ちゃんとエイミィにはティーダが心配していたと伝えるから、他に何か言付けがあれば届けるぞ」

そう言うとティーダは少し考えてから、「襲われたと聞いて心配した。今度会う時には、元気な姿を僕に見せて、安心させてほしい」という言葉を届けてくれと頼まれた。少しあっさりしているかなと感じたが、逆に熱烈な愛の言葉を頼まれても色々と困るので、確かにエイミィに届けると約束して二人と別れ、屋敷に帰ることにした。

屋敷に帰るとそこには……

「ゴーレムだらけじゃな」

屋敷の守りとして色々な場所に潜ませていたゴーレムが、庭で警戒していた。

「多分、スラリンがやったんだと思う」

念には念を入れたのだと思うが……今日が大雪で助かった。もしこれが晴れた日で、いつも通りに人が歩いていたら、間違いなくうちの周りに人だかりができていただろう。

「とりあえず、必要な数以外のゴーレムは戻して、いつもより警戒を強めるようにしておけば大丈夫だと思う」

「そうじゃな。このままじゃと、馬車が通りにくいからのう」

いつもの倍くらいのゴーレムを残して、残りは元の位置に戻らせた。ゴーレムの戻る音が聞こえたのか、ジャンヌがドアを開けて出迎えてくれた。

「ジャンヌ、アムールの様子は？」

「ちょっと前に意識を取り戻したんだけど……」

何か問題があったのかと思ったら、

「お肉が食べたいってわがまま言っているわ」

アムールらしいと言えばそれまでだが、何かあったのではと心配した俺とじいちゃんは、コントのようにその場にズッコケそうになった。まあ、ギリギリのところで踏ん張ったが、雪のせいで床が滑りやすくなっていた為、本当に危なかった。

「どこか痛いとか言っていなかったか？」

「左腕と左わき腹、右肩と右足が痛いって言っていたけど、気持ちが悪いとか頭が痛いとかはないって」

殴られたりぶつかったりした所が痛いというだけなら、今のところ問題はないと思う。

「アムールに、何か食べさせたか？」

何か食べて追加でお肉をと言うのなら我慢させた方がいいと思うが、何も食べさせていないとのことなので、何か消化のいいものを作ることにした。

「アムール。雑炊作ったから、これで我慢しろ」

簡単にできて消化のいいものということで、卵雑炊を作ってみた。これだけだとアムールの望むお肉がないので、甘めに味付けした牛肉のそぼろも作って添えた。

「む！　どうせなら、厚切りのステーキがよかったのに……」

「じゃあ、今日は飯抜きな」

「それは困る！　あいてっ！」

わがままを言ったので、雑炊の入った鍋を持ち帰るふりをすると、アムールは慌てて引き留めようとして体を動かし、痛がっていた。

「痛みが引くまでは、消化のいいもので我慢しろ。完治したら好きなものを作ってやるから」

そう言うとアムールは渋々ながら頷き、サイドテーブルに置かれた雑炊を見て、

「テンマ……ん」

と言って口を開けた。食べさせろということなのだろうが、さすがに抵抗がある。そこで、

「アウラ、任せた」

「任されました！」

雑炊を見ていたアウラに頼むことにした。アムールは色々と抗議の声を上げていたが、全て聞こえないふりをしてやり過ごした。

その後、部屋を出た後でアムールの叫び声が聞こえたが……冷まさないままで頑張ったのだろう。多分ジャンヌあたりが水を取りに行くだろうから、先に食堂に行って冷たい水でも準備しといてやるか。

「お水、お水！　あっ！　テンマも来て！」

思ったよりアムールのやけどはひどいようで、ジャンヌが水を取りに来て俺を見つけ、アムールの治療の為に連れていかれることになった。そういえば、忘れないうちにエイミィにティーダの言葉を伝えないといけないな。

ティーダとエイミィのことといいケイオスのことといい、王都に帰ったら帰ったで騒がしいな。願わくば、このまま何事もなく過ぎていってほしいけど……無理だろうな。二人のことはいいとし

ても、ケイオスの事件は怪しすぎるし、いつかどこかで騒ぎが起こるのは確実だと思った方がいいだろう。

まずは、動きやすくなる雪解けまで、平和であることを祈るか。

「テンマ、早く！　アムールがやけどのはずみで腕を打って、悶絶《もんぜつ》してる！」

……平和であるといいな。

第七幕

「大分暖かくなってきましたね」

「そうですね。でも、まだまだ冷え込む日がありますから……これをお勧めします」

雪も解け、大分日差しも暖かくなってきた頃、久々にラニさんがやってきた。ついでにレニさんもついてきたが、アムールたちと一緒に買い物に行っている。

「これは……ミカンか？」

じいちゃんはラニさんが取り出した柑橘《かんきつ》類を手に持ち、皮をむいて匂いをかぎ、ひと房口に放り込んだ。そして、

「酸っぱっ！　何じゃこれは！」

想像していた味と違ったようで、驚いて吐き出した。

「これは柚子《ゆず》ですか？」

「はい。寒い日にこれをお風呂に浮かべて入れれば、体があったたまりますよ。酸っぱくてそのまま食べる人はあまりいませんが、皮や搾り汁をお酒に入れたり料理に使ったり、お菓子に使ったりもします」

お酒と聞いたじいちゃんはもう一度柚子の匂いをかぎ、なるほどと頷いていた。そして何かを期待するような目で俺を見た。

「買います」

「ありがとうございます。一キロあたり、一〇〇〇Gで一〇〇キロほどあります。全部買い取ってくださるのなら、一キロ、九〇〇Gに負けますが？」

と言うので、迷わずに全部買うことにした。

「それと、こういったものも欲しがられると思いまして……」

と、ラニさんは柚子の木を三本出してきた。もちろん、これも買い取った。枝は切ってあるが、どれも三メートルくらいあるので、うまくいけば二～三年で収穫できるかもしれない。

「それで、ここからは南部の諜報員《ちょうほう》としての話になりますが……お嬢様が怪我をした時の状況を、詳しく教えてください」

先ほどまでのにこやかな顔が一変し、ラニさんはケイオスの情報を求めてきた。

「一応言っておきますが、王様からその情報は箝口令が敷かれていますけど？」

「それを承知でもう一度訊きます。教えてください」

どうしようかと悩んでいると、ラニさんは、

「南部は王国に属しているとはいっても、実際は別国に近いものです。それに、嫡子ではなくなったとしても、お嬢様は南部の重要人物の一人であることは間違いないのです。そんな人物が危険にさらされたというのに、子爵家に対して情報の一つも開示されないというなら……南部としては自治区というものを、もう一度考え直さなくてはならないかもしれません」

「マリア様に怒られる時は、ラニさんも道連れにしますからね」

ここまで脅されては、一冒険者としてはしゃべってしまうのも仕方がないだろう……ということにして、俺の知る限りのことをラニさんに話した。ただし、道連れになることを了承させた上でだ。

これが話す上での最低条件なので、そこは譲れないと言うとラニさんはすぐに頷いた。なお、じいちゃんは俺が悩んでいるうちに部屋から逃げており、おそらく無関係を装う気だと思われる。

「じいちゃんの分の柚子は、なかったことにすればいいか」

じいちゃんに関してはそういうことにして、ラニさんと今後のことを話し合った。その中で出た一番の問題が、

「ハナ様は事情を理解してくれると思いますが……ロボ様はもしかすると、ここに突撃してくるかもしれません」

というものだった。

「あのお方はお嬢様のこととなると暴走しがちですし、何より以前と比べれば、格段に動きやすくなっていますから……放っておけば、ほぼ一〇割に近い確率でやってくると思います……というか、今回の行商についてこようとして、ハナ様に怒られていましたし……」

「アムールに嫌われる上に、王国との関係が悪化したらどうするのか?」……というお説教を受けて諦めたそうだが、大怪我をしたアムールの様子を見に行くという名目に加え、今回の原因が少なからず王国側にあると知れば、間違いなくロボ名誉子爵は王都にやってくると思われる。

「そうならないように、ハナ様だけでなく、サナ様とブランカ様にもご協力をお願いする必要がありますね」

「そういえば、ラニさんたちの組織のトップはロボ名誉子爵とかアムールに聞いた気がするんですけど……」

ふと思い出したことを訊いてみると、それはすでに昔のことになっているらしく、今ではハナさ

んが権限を握っているそうだ。何でも、情報を扱う部署を当主以外が握っているのは問題があるとかいう批判が、部下たちの間から出たのだとか。

「今のロボ様の仕事は、何かあった時にハナ様の代理をすることですが、一番重要な仕事は祭りの実行委員長をすることですね」

元当主から大分落とされた感じだが意外にも向いているらしく、率先してハナさんに祭りの提案をしているそうだ。もっとも、するのはもっぱら提案のみで、細かな所は他の実行委員に丸投げすることが多いのだとか。

「言うだけですか……」

「いえ、知り合いが言うには、一番大事な許可取りと予算の交渉をしてくれて、その他のことは基本的に好きにやらせてくれるので、大変やりやすいのだとか」

大事な所を率先してやり、難しい所に手は出さないが口も出さない。案外、いい上司なのかもしれない。

まあ、ロボ名誉子爵の話をこれ以上してもあまり意味がないので、他の南部の話を聞くことにした。その中で一番出てきたのはヨシツネの話で、次期南部子爵ということで注目が集まっており、すでに婚約者の話が出ているとのことだった。

「南部の有力者の娘や親族はもちろんのこと、他の貴族からもその話が来ていますね。まあ、南部の利権目当てや、乗っ取りを考えているところもありますが、他の貴族から婚約の話が来たのは初めてのことで、受ける受けないは別として、ナナオの間で今人気の話題になっていますね」

確かに南部はこれまで名誉爵しか受けていなかったが、ハナさんから正式な子爵となったのでその二代目で子供のヨシツネなら、大きく利権をもぎ取れると思われるのだろう。

「それと最近その噂の中に、テンマさんがヨシツネ様の結婚に絡んでくるのでは？　というのもありますね」

「はい？」

「いえ、テンマさんのお弟子さんがオオトリ家の養子になって、王家の婚約者になったでしょう。それに絡めて、南部からお嬢様を嫁に出す代わりに、テンマさんの養子をヨシツネ様の嫁にもらうのではないかと噂があります。ちなみに、テンマさんの養子はサンガ公爵家やサモンス侯爵家、もしくはハウスト辺境伯家の親族からとるのではないか？　との予想が人気ですね」

話としては面白いし、確かに説得力のありそうではあるが、そんなつもりは今のところないと言うとラニさんは笑いながら、「私もそう思います」と言っていた。

「ただ、それが実現するとヨシツネ様……というよりも、南部子爵家は『龍殺し』と『大貴族』、そして薄くはありますが、『王家』と縁を持つことができます。そのことを考えれば、南部の有力者や利権狙いのよくわからない貴族と縁を結ぶよりは、南部子爵家の利益や繁栄という意味ではるかにうまみがあって面白いし、実現させたい話ではあります」

ラニさんの口から、チラリと本音のようなものが聞こえた気がしたが、笑って聞かなかったことにした。

「それじゃあ、大量の柚子を使って色々と作ってみましょうかね。ラニさんは宿ってどうしてますか？」

ラニさんとレニさんは、王都に着いてそのままうちに来たそうで、宿はまだとっていないとのことだった。なので、今回はうちに泊まっていくように提案すると、最初は遠慮されたがレニさんは一人でも泊まっていきそうだと言うと、その光景を浮かべたのか苦笑いしながら泊まっていくことになった。

「それでは、後で少し王都を見て回ってきます。ああ、そういえば、ケイオスのことでまだ訊いていないことがありますけど、今日の夜にでも訊かせてもらえるんでしょうか？」

「さすがにそっちの方は王国の秘匿情報になるので、俺の一存では教えることができません。たとえ、ラニさんだけでなく、レニさんも道連れにすると言われても割に合いませんから」

秘匿情報とは、ケイオスの腕がいつ元に戻ったのかというものだ。結論から言うと、ケイオスの腕は脱走日の前後に生えた可能性が高い。ケイオスが最後に連れていかれた場所は半年ほど前から掘り始めた所らしく、その時に登録された書類の身体的特徴欄には片腕と書かれていたそうだ。

そのことをラニさんに教えなかったのは、これらに関しては鉱山の内部情報でもあるので、俺が話したとしても許される範囲を超えると判断したからだ。

俺が断ると、最初から事情を知っていたらしいラニさんは軽く笑い、それ以上は粘らなかった。

客間に案内すると、すぐにラニさんは荷解きをして商品の仕入れに出かけていった。それを見送った俺は、そのまま食堂へと向かった。

「これだけあると、色々なものができそうだけど……下ごしらえが大変だな」

いっぺんに下ごしらえと調理は無理だと判断し、今回は下ごしらえをやり、数日がかりで調理することにした。

今日は助手となるジャンヌとアウラが買い物でいないので、スラリンに手伝ってもらうことにした。まあ、スラリンを食堂に呼んだら役に立たなそうなおまけがついてきたが、邪魔さえしなければいいので放っておいた……ら、ソロモンが柚子をつまみ食いし、酸っぱさに驚き大騒ぎになった。ソロモンの暴れた後片づけのせいで、余計な時間がとられてしまったが、気を取り直して下ごしらえの準備を整え、スラリンに指示を出した。

スラリンの仕事は柚子を綺麗にすることだ。スラリンが柚子を体内に取り込むことにより、表面の汚れを溶かして綺麗にするのだが、さすがにそのまま使うのは少し抵抗があるので、一度水で洗い流さないといけなかった。

綺麗にした柚子は皮と中身を別にし、白い部分をできる限り取り除いていった。

「これを容器に入れて、そこに度数の高いお酒を流し込んで……密閉して終了！　あとは寝かせるだけ！」

砂糖は普通のものしかないので、今回は入れていない。もし甘みが必要ならば、飲む時に砂糖を足して様子を見ようと思う。

「あとは……柚子胡椒《こしょう》でも作るか」

去年収穫した青唐辛子がたくさんあるので、それを消費する意味も込めてやってみよう。まあ、作り方は簡単なんだが……ちゃんと作ろうとすると、色々と気をつけないといけないし面倒臭いところもあるので、ちょっと手抜きしたもので皆の反応を見てから、本格的なものを作るかどうか考えよう。

「シロウマル、ソロモン、危険だから近寄るなよ」

注意はしたが、好奇心と食欲に負けてやってくることが十分に考えられるので、スラリンに二匹を近づけさせないように頼んだ。

「柚子の皮を細かく切って、唐辛子も同じサイズに切り刻んで……塩を混ぜてすり潰すっと」

本当は唐辛子の種を取りたいが、面倒臭いので今回はヘタだけ切り落とした。

「これを容器に入れて、涼しい所で寝かせれば完成だな」

手抜き柚子胡椒を誰かが間違って食べないように、『柚子胡椒・激辛』と書いた紙を貼りつけて冷暗所に置いた。

「他に思いつくのは……ジャムとお茶とポン酢にケーキくらいかな？　まあ、他の柑橘類の代用に使えるかもしれないから、他も試してみるか」

といった感じで、第一回目の柚子の調理は終わった。しかし、その日の夕方……

「「かっらぁあああ――――！」」

柚子胡椒の被害者が二人出た。

せっかく貼り紙をしていたというのに、じいちゃんとアウラがよりにもよって、柚子胡椒をスプーンで味見したのだ。

匂いをかぐなり指先につけてなめるなりすれば、そこまでの被害は出なかったはずなのに、『見慣れないものがある』、『テンマが何か作っていた』、『柚子という柑橘類を買っていた』、『胡椒と書いているが、黒い粒がない』、『なら、食べられないことはないはず』、『柚子だから、酸っぱいと書くのを間違えたんだろう』、『これくらいじゃないと、味はわからない』……という流れで、二人は自爆したのだ。ちなみに発見者はアウラで、じいちゃんはアウラが発見したところにたまたまやってきて、好奇心に負けてつまみ食いしたそうだ。

「胡椒とはいえ、材料が柑橘類なら大丈夫だと思ったんじゃ……」

「柑橘類が辛いとは、普通思わないじゃないですか～……」

という感じで、あまり反省しているようには見えなかったので、夕食は特別に熱いものを中心に用意した。

「お、鬼じゃ……いや、何でもない……」

「お、おに……くがおいしそうです……」

じいちゃんとアウラの為に特別に用意した熱々のシチューを出すと、二人は何か聞き捨てならないことを口にした気がしたが、俺と目が合うと大人しく食べ始めた。

「これは面白い調味料ですね。柚子胡椒ですか？　唐辛子なのに胡椒というのも面白いですし」

「いや、南部の一部では唐辛子を胡椒と呼ぶ所もあるから、あながち間違ってはいないぞ。まあ、柚子と唐辛子を混ぜ合わせた調味料は聞いたことがないから、珍しくはあるが……何に合うかで、どれだけ売れるかが決まりそうだな」

レニさんとラニさんは、俺の作った柚子胡椒を味見して意見交換していた。そして、

「テンマさん、これのレシピを売ってください。サナ様の所で販売してみたいです！」

「サナ様の所で売れば、南部での販路を押さえることが可能です。まあ、いずれは真似されるでしょうが、それまでに『テンマ印』の地位を確立させます」

どこで『テンマ印』をかぎつけたんだ……と思ったが、グンジョー市で有名なものを少し調べたらわかる話だった。地位の確立とはブランド化ということだろう。

「簡単なので、別にお金はもらわなくてもいいんですけど……」

と言ったが、それをすると無許可で俺の名前を使った商品が数多く出回るとのことで、金銭的な契約は必要だと言われてしまった。柚子胡椒の販売には契約が必要なのに、『満腹亭《まんぷくてい》』のお菓子はいいのかと訊いてみると、そちらは俺が有名になる前のことで、グンジョー市に俺が長期滞在していたことや『満腹亭』との関係は広く知られているし、何よりサンガ公爵が後ろにいるので手を出す馬鹿はいないとのことだった。

「お菓子は難しいですが、調味料は南部で扱いたいです」

と言われたので、契約を結ぶことになった。もっとも、レシピを売って終わりというわけではなく、売れた金額の一部をもらうという印税のような契約にして、その代金は南部の食べ物や飲み物、調味料などで払ってもらうことにして、物を選ぶのはラニさんに任せ、行商でうちに来た時にまとめてもらうようにしてもらった。

次の日の朝。

「では、私は一足先に南部へ帰ります」

ラニさんは、ケイオスの情報と柚子胡椒の情報を南部へ持ち帰る為、予定を繰り上げて帰ることになった。

ラニさんを屋敷の門の所で見送り、しばらく家の中でくつろいでいると、

「そういえばテンマさん、兄さんと王様の所へ挨拶に行くとか言っていませんでしたか？」

レニさんが、ふと思い出したように尋ねてきた。

「あっ！」

そういえば、ラニさんに情報を勝手に渡してしまったことを王様に報告に行き、一緒に怒られよ

うと言っていたのだった。昨日の夜、食後の酒盛りの場でラニさんがレニさんに、「二人で王様の所へ行ってくる」と言っていたのを覚えていたのだろうけど……どうせなら、もう少し早くに思い出してほしかった。

「そういうわけでレニさん……一緒に怒られに行きましょう」

「何でですかっ！」

レニさんは、俺とラニさんが王様の所へ行ってくるというのを、南部と王家のパイプを太くする為の仕事だとでも思っていたようで、謝りに行くとは全然思っていなかったみたいだ。

「ちょっと、兄さんを連れ戻してきます！」

レニさんはそう言って、ラニさんを追いかけようとしたが、

「どう考えても無理です。たとえいつもの道を通って帰っているのだとしても、今からだと追いついて戻ってくるのに、早くても二～三日はかかるでしょうし、確信犯だとしたら、南部まで追いかけないといけないでしょう」

許される範囲での情報漏洩《ろうえい》だったとしても、なるべく早く王様の所へ行った方がいいので、ラニさんのことは諦めるしかない。レニさんにとっては不幸としか言いようがないが、俺としては一緒に謝るのがラニさんでもレニさんでも変わらないので、手間がかかることを考えると、このままレニさんを連れていった方が楽なのだ。

「……南部に帰ったら、知り合いに兄さんの悪い噂を流してやる」

レニさんは、いつもの様子からは考えられないような冷たい笑みを浮かべていた。どんな噂（作り話か誇張されたものだと思う）か気になるが、下手につつくととばっちりが来そうなので、その

矛先が俺に少しでも向かないことを祈りながら、気配を消して空気になることに徹した。

「なるほど、それで私が呼ばれたのですか」

俺はさっそく王様へ報告する為に、クライフさんに屋敷まで来てもらうことにした。いつものように王城に直接出向いて、そのまま会いに行くという方法もあったが、

「確かに、女性を連れて直接王城に向かえば、変な噂が立つかもしれません。その点、形だけでも南部自治区からの使者を案内したという感じを出しておけば、どう騒がれようとも誤魔化すことが可能ですからね」

わざと含みのある言い方をしたクライフさんは、俺が突っ込みを入れる前に馬車の方へと向かっていった。

「とりあえず、馬車に乗りましょうか」

緊張気味のレニさんと馬車に乗り込み、クライフさんの運転で王城まで向かった。しかしその間、レニさんとの間に会話はなかった。

「ふむ、そういう事情があるのか。まあ、南部との関係を持ち出された以上、テンマがある程度の情報を渡したのも、仕方がないことだな。念の為に訊くが、それ以上は漏らしていないのだな？」

「はい。ラニさん……南部の諜報員ですが、それ以外は王国の機密に当たると理解していたようです。まあ、他の利権を求められましたが……俺個人のものでしたし、互いに損はないので揉《も》めることもありませんでした」

利権を求められたと聞いて、一瞬王様とマリア様の顔が険しくなったが、求められた利権の話をすると笑いだした。二人が笑うまでの間、レニさんは緊張で顔が引きつっており、尻尾が逆立っていた。

「まあ、テンマがよくて問題がないというのなら、私たちが口を出すことではないが……」

「その柚子胡椒というのがどんなものなのか、気にはなるわね」

という感じで、柚子胡椒を催促された。まあ、そんな気はしていたので、ちゃんと持ってきている。渡す際にいくつかの注意事項を伝えたが、王様は好奇心に負けてその場で指を使って味見し、辛さに驚いていた。さらに、味見に使った指で目の近くをこすってしまい悶《もだ》えていた。

「思ったよりくせはないわね。辛みを加える調味料と考えれば、色々な料理に使えそうね」

苦しむ王様をよそに、マリア様は冷静に分析していた。クライフさんも味見して、もう少し味がこなれたら色々な料理に使ってみたいと言っていた。


「レニは心配しすぎなのよ。陛下もマリア様も、厳しいけれどちょっとしたことで目くじらを立てる人たちではないから、もっとリラックスして話した方がいいわよ」

「無理です！　普通、クリスみたいな態度だったら、よくてクビか、悪くて首が飛びます」

「考えすぎよ」

レニさんが来ていると聞きつけたクリスさんは、次の日が休みということもあってうちに遊びに来ることにしたらしく、帰りの馬車に乗り込んできた。

「まあ、礼儀がなっていなかったとしても、気をつけようと努力している人にうるさく言う人たちではないですね」

「そうよ。テンマ君なんて陛下と初めて会った時に、『おっさん』呼ばわりしたからね。今でも、陛下にはおざなりな対応をすることも珍しくないし。まあ、マリア様にはそんなことしないけど」

「クリスさん、俺が王様を雑に扱う時は、王様に問題がある時くらいです。ですから、シーザー様やイザベラ様、ザイン様にミザリア様を、雑に扱ったことはないですよ」

「それって、逆に言えば名前を挙げなかった方たちは、雑に扱ったことがあるということですよね？」

レニさんの突っ込みに反論しなかったが、一つ言えるのは、『扱ったことがある』というより、『よく扱っている』ということだ。

「でも、たまにマリア様が暴走することもあるのに、その時は雑にならないわよね？」

クリスさんの疑問には、俺なりに明確な答えがある。それは、

「クリスさん……いつも暴走する人と、たまに暴走してしまう人を、同列に扱えると思いますか？」

「無理ね」

というものだ。その意味を一瞬で理解したクリスさんも、それなら仕方がないといった感じだった。

「テンマ様、お屋敷にサンガ公爵家の馬車が停まっております」

屋敷の少し手前で、クライフさんがサンガ公爵家の馬車を発見して報告してきた。

「来ているのはどっちだろう？」

サンガ公爵かアルバートのどちらかが来ているということだが、何の用事だろうか？　そう思いながら屋敷に入ると、

「テンマ君、申し訳ない！」

応接間に呼ばれ、そこで待っていたサンガ公爵にいきなり頭を下げられた。そして、その横にいるアルバートも、無言で頭を下げている。

「アルバート……また何かやったのか？」

サンガ公爵が俺に謝罪する理由が、その横にいるアルバートしか思いつかなかったので、場を和ませるつもりで言ったのだが……

「またというのは心外だが、おおむねその通りだ」

と言われてしまった。

「テンマ、二人は真面目な話でやってきておるのだから、ふざけておらんで座って話を聞かぬか」

正直、アルバートの反応は想定外で、どう反応したらいいかと悩んでいたので、じいちゃんが間に入ってくれて助かった。

「それで、公爵様とアルバートが揃って頭を下げた理由は何なのですか？」

仕切り直しという形で理由を訊くと、

「その……娘が来るそうです……」

「プリメラ……いや、その上のお姉さんの方ですか？」

プリメラが来ると言うのなら、二人揃って謝罪に来る意味がわからない。それに、プリメラの名前を出した瞬間、あることを思い出したのだ。それは、

「アルバートを真っ青にさせた、あの手紙の送り主の」

プリメラと仲人をした件でアルバートに怒りの手紙を残し、いずれ俺を直接確かめにやってくるだろうと予想されていた、上のお姉さんたちのことだ。

「近々、次女が王都に来るそうで、その時にテンマ君に会ってみたいと言っています」

片方だけということは、時間差攻撃を仕掛けるつもりなのかもしれない……と、思ってしまう俺がいた。

「会うのは別にいいのですが……もちろん、最低でもアルバートは同席するんですよね？」

相手は既婚者なので、異性と会う時に二人っきりということはないだろうが、アルバートがいないと攻撃対象が俺一人に絞られてしまう可能性が高いし、俺とその次女の間を取り持つ人がいないと困る。それに、アルバートをうまく生贄《いけにえ》に捧げることができれば、俺への被害は最小限に抑えることもできるかもしれない。

「それは当然です。プリメラによれば、悪いのはアルバートであってテンマ君ははめられたようなものだということですから、アルバートには同席しなければならない責任があります」

俺を巻き込んだ以上、矢面に立てということだろう。

「それで近々とは、いつくらいになりそうかわかりますか？」

盾兼生贄《アルバート》が手に入ったので、あとは到着の予想日と本人の情報を得なければならない。だが、

「正直、予測がつきません。あれは……アンジェラは気が強い所があり、アルバートに一番厳しかったのも彼女ですから、もしかするとすぐそこまで来ているかもしれません」

つまり、アルバートの不意をつく為に、手紙とほぼ同時に出発した可能性があるということか

……昔マリア様に同じことをやられたことがあるが、あれは確かに驚いた。

「そうすると、今日明日にも到着したとしてもおかしくないというわけですか……公爵様、しばらくの間アルバートを借ります」

「ええ、こき使ってやってください」

お姉さんの情報を集めないといけないし、その対策も取らなくてはならない。そうなると、お姉さんの情報をよく知るサンガ公爵かアルバートに色々と教えてもらわないといけないが、公爵を長時間拘束するのは無理なので、自然と選択肢はアルバート一択なのだ。アルバートにも仕事があるといっても、公爵の代役といったものが多いとのことなので、公爵の負担は増えるがアルバートはいなくても仕事は回せる。

そのことは二人の方がわかっているので、サンガ公爵はすぐにアルバートの貸し出しを許可し、アルバートも何も言わずに頷いた。

「アルバートの着替えと宿泊費などは、後で家の者に届けさせます」

さすがに宿泊費はいらないと言ったが、迷惑をかけるからには、これくらいは受け取ってほしいと言われ、貴族としての面子《メンツ》に関わることだとまで言われたので受け取ることになった。

「宿泊費の代わりにというわけではありませんが、お土産にこれを持って帰ってください」

お土産に柚子を渡し、香りはいいが酸っぱいので、お風呂に入れるかお酒に入れるといいと教えると、今日の夜にでも試してみると嬉しそうに言って帰っていった。

「テンマ君、公爵様……って、アルバートは何で残っているの？」

サンガ公爵の乗った馬車が帰るのが見えたのか、クリスさんが廊下で声をかけてきたが、アルバートが残っているのを不思議がっていた。

クリスさんも仲人のことで少しは関係しているので、サンガ公爵との話をかいつまんで話すと、

「先輩が来るの？　レイチェル先輩？　それとも、アンジェラ先輩？」

レイチェルというのが一番上のお姉さんの名前だそうだが、クリスさんが『先輩』と呼んだように、二人とも学園の卒業生なのだ。しかし、クリスさんの五年と三年上だったので直接的な面識はないが、有名人だったので知っているとのことだ。

「クリスさんも会ってみますか？」

アンジェラさんだと教えた上で、道連れは一人でも多い方がいいと思い提案したが、クリスさんは「アルバートを止めなかったことで怒られるかもしれないから、今回は会わないでおく」と言って断ってきた。

「アルバート、まず訊きたいのは二人の人となりだ。それを知らなければ、対策は立てられない」

もっとも、口では立てられないと言ってはいても、何をどう選んでも、最後にアルバートを生贄に捧げるというのは決定している。

「姉上たちの性格か……レイチェル姉上はネチネチと人の弱みを攻撃するような鬼畜だ。アンジェラ姉上は、ビシバシと人を物理的にも精神的にも攻撃する鬼畜だ」

「よしわかった！　これをアンジェラさんに差し出そう。証人はスラリンだ」

アルバートの言葉を一言一句正確に書き写した紙を見せながら、「呼んだ？」という感じでこちらを窺っているスラリンを指差した。

「すまん！　冗談だ！」

「頼むから、こんな時にふざけないでくれ。もう一度ふざけるようなことがあったら……プリメラ経由でお姉さんたちに、この紙を渡してもらうからな」

悪口を書き留めた紙は、何かあった時の手札の一つとしてしっかりと保管し、改めて二人の性格を教えてもらうことにした。

「レイチェル姉上は、基本的にのんびりとした性格だが頑固な所があって、何かごまかしたりすると自分が納得できるまで追及し、白状した後も何故ごまかしたのかをネチネチと聞き出そうとするんだ。アンジェラ姉上は、気が強くてサバサバした所があるが、怒るとすぐに拳が飛んできて、相手を直立させて微動だにすることも許さずに怒鳴りつける所がある」

どちらも問題がありそうだなと思ったが……

「それは、アルバートの実体験か？」

と訊くと頷いたので、ただ単にアルバートに問題があった可能性が高かった。

真偽のほどはわからないが、実の弟から見たらそういう一面もあるという程度の参考ということにし、どういった話し合いになるかを考えてみたが……

「やはり、プリメラをどう考えているかということになりそう……というか、それが目的としか考えられないな」

一番可能性が高いのがプリメラの話、その次はアルバートがしでかしたことへの謝罪、さらにその次がオオトリ家と嫁ぎ先とのパイプ作り、最後が世間話だった。まあ、どれも可能性はありそうだが、状況的に見てもプリメラ以外の話題を単独でしに来るとは思えないので、するとしてもプリメラの話の後でだろう。

「下手に誤魔化すよりも、マリア様やサンガ公爵様にした通りの話をするしかないだろうな」

「そうだな……って、私はあの時のことをあまり覚えていないのだが……」

アルバートはサンガ公爵とマリア様に睨まれた上に、お姉さんたちの手紙の衝撃があったせいで、無意識のうちにあの時のことを思い出したくないのか、記憶を封印しかけているのだろう。

その後もアルバートの偏見疑惑や部分的な記憶喪失のせいで、あまり有用な話し合いにならなかった。なので、

「レイチェル先輩とアンジェラ先輩?」

クリスさんに情報を求めた。クリスさんは、アルバートがいるのに何故私に訊くのかといった顔をしたが、アルバートの状態を話すと呆れた顔をしながらも二人の話をしてくれた。

「まず、レイチェル先輩ね。のんびり屋で包容力があって、銀色の長い髪が目を引く美人ね。普段はおしとやかで笑顔が素敵な方だけど、いざという時は相手が教師であっても引かない強さも持っていたわね」

学園でも男女問わず人気があり、中でも男子生徒からの人気が高くて非公式のファンクラブがいくつかあったそうだ。アルバートの話とは、かなり印象が違う。

「アンジェラ先輩は、サバサバとした所のある姉御肌といった感じの美人ね。気が強くて、後輩の女子生徒が上級生の男子生徒に絡まれているのを見て、その男子生徒の頬を平手打ちした上に、怒鳴られても逆にぐうの音も出ないくらい言い負かしたという話があるわね」

アルバートの話と一致すると思ったが、平手打ちをする前に両方の言い分を聞き、その中で男子

生徒の方が悪いと判断した上に、その男子生徒が女子生徒の話の途中で威嚇するようなことをしたので、平手打ちをしたというのが真相とのことだった。男子生徒からは嫌われることもあったが、後輩の女子生徒からの人気はすごく高かったそうだ。

話を聞いて思ったのは、アンジェラさんはクリスさんに似たタイプなのかもしれないというものだ。もしかするとアルバートがクリスさんに弱いのは、クリスさんがアンジェラさんに似ていると感じているからなのかもしれない。

「それで、アンジェラ先輩はいつ王都に来るの？」

クリスさんはアンジェラさんの到着日が近づいたら来ないつもりだろうが、俺としては道連れになるのは一人でも多い方がいい。そういうわけで、

「手紙が来たのが今日だから、まだまだ先だよ……多分」

「確か、アンジェラ先輩の嫁ぎ先は王都から離れているし、色々な準備もあるだろうから……早くても一か月後くらいかしらね？」

嫁ぎ先の場所などは全くわからないので、「かもしれないね」とあいまいな返事をした。アンジェラさんの性格をよく知る父親と弟の話では、到着が想像を超えて早い可能性があるそうだが……そんなことは教えなくていいだろう。たとえアンジェラさんが予想以上に早く来たとしても、クリスさんがその日に遊びに来るとは限らないので、鉢合わせたらそれはクリスさんの運が悪かったというだけの話だ。

話が終わったので自室に戻ろうとするとクリスさんが、「今日は泊まっていくから、一部屋借りるわね」と言って、いつも使っている部屋に向かっていった。王様たちと張り合えるくらいの図々

しさだが、もう日常の風景となっているのであまり気にはならない。一応、王家との連絡員という一面もあるし、食費なども払っているのだ。そして何よりも、

「テンマ、手紙を持ってきた人が、本人に直接渡さないといけないからって、門の所で待っているわ。一応、身分証明に『サンガ公爵家』の家紋を見せてもらったから、変な所からの手紙ではないと思う」

「わかった、すぐ行く。それとジャンヌ、公爵家の関係者が手紙を持ってきたことは、誰にも言わないようにね。これは命令だから」

何故かうちに泊まると、結構な確率でクリスさんにとって不幸な出来事が起こるのだ。そして、今回もクリスさんに不幸の影が忍び寄っていた。

手紙を受け取るとその差出人は思った通りアンジェラさんで、突然手紙を出したことの謝罪と、アルバートが迷惑をかけていることの謝罪が初めの方にあり、一度直接謝罪とお礼がしたいので、こちらの都合のいい日に伺いたいと書かれていた。ちなみに、この手紙は王都に着いてから書いたものなので、今日でもいいのならすぐに伺うとも書かれていた。さすがに今日は急すぎるので、明日の午前中にでも招待しますと、口頭ではあるが手紙を運んできた人に伝えてもらうように頼んだ。

その夜、

「この柚子って果物、最高ね！　お風呂に浮かべてもいいし、お酒に入れてもおいしいし！」

「柚子を入れると、お酒本来の香りが台無しになるとかいう人もいますけど、これはこれで趣が変わっていいんですよね。難点は、お酒の量が増えることですけど」

クリスさんとレニさんは、柚子を入れたお酒を飲んではしゃいでいた。アンジェラさんが来るの

は、早くても一か月は先だと思い込んでいるようで、完全に油断している。

じいちゃんはじいちゃんで、風呂に入りながら一人でお酒を飲んでいるはずだ。柚子とお酒とおつまみを大量に持っていったので、今頃は色々な飲み方で楽しんでいることだろう。

アルバートは、疲れたと言って部屋に戻っている。戻る時に、何やら嫌な予感と寒気がすると言っていたので、本能でアンジェラさんの接近を感じたのだろう。

ジャンヌは公爵家からの手紙（と勘違いしている）が気になるのか、俺の方を時折見ているし、アウラはそんなジャンヌの反応を見て、俺との間に何かがあったと勘違いしているようだ。

アムールはレニさんの作ったおつまみのおすそ分けを食べきったようで、何か他に食べるものがないか台所をあさっていた。

シロウマルとソロモンは、台所をあさるアムールを視界に収めながらクリスさんのそばを離れずに、おいしいとこ取りを狙っているみたいだ。

スラリンは空いた皿などを回収し、台所へと運んでいた。たまに、搾った柚子の残骸をもらって食べているので、もしかすると柚子が気に入ったのかもしれない。

そんな感じで、ほぼいつもと変わらない夜が過ぎているが、俺には嵐の前の静けさに思えてならなかった。まあ、その嵐に挑む道連れ一号は英気を養っているし、二号も逃げることはできなさそうなので、俺としてはこのままの状態で嵐を迎えたいところだ。

そして翌日、

「初めまして、オオトリ様。サンガ公爵家当主アルサスの次女、アンジェラ・フォン・カリオストロと申します」

朝食が終わったタイミングで、見計らっていたかのように嵐が我が家にやってきた。

応接間に案内し、紅茶がそれぞれに行き渡ったところで自己紹介が始まったが、アンジェラさんは自分付きのメイドを一人しか同行させていないのに対し、こちらは俺とじいちゃん、アルバートにクリスさんの四人で向き合っている（ただし、クリスさんとアンジェラさんのメイドは、それぞれ後ろの方で立っていた）。

「いつも、父と弟がお世話になっております」

「いえ、こちらも世話になっていますから、お互い様です」

自己紹介の後、しばらくは当たり障りのない話が続いた。ただ、その間もアルバートとクリスさんは緊張しっぱなしで、アンジェラさんが少し動くだけでビクついていた。

「それにしても、オオトリ様の話は色々な所で聞きますから、初めて会った気がしません。特によく聞くのが……うちの弟が、いかに迷惑をかけているかですね」

アンジェラさんは一瞬ためを作って、アルバートを睨みながら笑っていた。睨まれたアルバートは、反射的に逃げ出そうとしていたが、腰を中途半端に浮かせたところでアンジェラさんが咳払いをしたところ、静かに腰を下ろして座り直した。まあ、先ほどよりも浅く座っているし、無意識だと思うが、最初の位置より数センチメートルだけアンジェラさんから離れていた……正直、あんな顔を向けられれば、アルバートでなくても逃げたくなると思う。

「これまで、色々な話を聞きましたが……ストーカーをしたと聞いた時には、気がついたら夫に羽交い絞めされていました。何でも夫や屋敷の者が言うには、話を聞いた私はすごい勢いで部屋に飾ってあった剣を取り、王都に向かおうとしていたそうです。まあ、馬に乗ろうとしたところで夫たちに止められて正気に戻ったということでしたけど」

「一応言っておきますけど……ストーカーの主犯はアルバートではないですよ。むしろ、巻き込まれただけかと……あと、私のことはテンマで構いません。親しい人は、皆そう呼びますから」

アンジェラさんの話を聞いた瞬間、一番に思ったのは「アルバートは、アンジェラさんが王都にいなくて助かったな」……というものだった。しかし、そんなことを口に出すわけにもいかないし、他の部分を話題にしようにも、どういった風に返そうか思いつかなかった。その結果出てきたのが、アルバートを擁護するような言葉だった。

「では、遠慮なくそう呼ばせていただきます。率先してのことではないのは後でわかりましたけど、一緒に行動していた以上、アルバートも同罪です。同い年の嫡男同士、仲がいいのは喜ばしいことですが、よすぎるのはちょっと……」

さすがに、身内であり元学園生というだけあって、アルバートたちが腐女子のアイドルだというのを知っているようだ。

「正直、アルバートたちの噂の半分がそっちの話ですから……聞かされる方の身にもなってほしいものです」

「あ、姉上、私の話はそのあたりで……今日はそんな話ではなく、他の話をしに来たのではないですか？」

アンジェラさんのいじりに耐え切れなくなったアルバートが、あろうことか俺を盾にしようとした。

「あら、大分話がそれましたね。今日こちらに伺ったのは、プリメラの話をする為です」

ついにこの話になってしまった……と思っていると、

「まず言っておきたいのは、私はテンマさんにプリメラのことで責任を取れとは言いません。取ってくれるのならそれはそれで嬉しいことですが、責任などで一緒になっても、双方が幸せになれるとは思いませんから」

思っていた内容と少し……いや、大分違った。

「まあ、それはそれとして、このままだとあの子は結婚しそうにないですし、可能性が一番高いテンマさんのことを義弟と思ってもいいですよね」

大分違ったと思ったら、変化球で戻ってきた。

「姉上、それは……」

「私が勝手に思うだけで、他人に言いふらしたりはしません。それに、そうさせた原因であるあなたが、それを否定するのですか？　私は思うだけですが、あなたは人様の結婚式を利用して、テンマさんをプリメラと結婚させようとしましたよね？　一体、どちらの方が罪深いのでしょうか？」

戻ってきたと思ったら、また変化球でアルバートの方に行った……

「ところで、先ほどから気になっていたのですが、後ろに立っているのは近衛兵のクリスティーナ……いえ、クリスでしたか。何故彼女がここにいるのでしょうか？」

アンジェラさんの視線がアルバートに行ったと思ったら、今度は通り過ぎてクリスさんに向かった。

「は、初めまして、アンジェラ先輩！　今日は、その……アルバートの計画に乗ってしまい、妹様をはめるような真似をしたことの謝罪をしなければと思いまして、同席させていただきました！」

クリスさんは一歩前に出て、しれっと主犯はアルバートだとした上で、自発的に謝罪に来たように見せかけて頭を下げた。

「まずそのことに関して、あなたが謝る必要はないと思います。あなたの行動が、直接プリメラに何らかの影響を与えたとは思えないですし、何よりもあなたの行為については、すでに王妃様からの叱責があったと聞いています。それなのに私がここであなたを責めるということは、王妃様の顔に泥を塗る行為だと言われかねません」

アルバートに関しては、身内ということで叱る権利はあるが、クリスさんとは全く関係がない為、アンジェラさんは上の立場であるマリア様がクリスさんを叱り、サンガ公爵がそれで納得して話を終わらせた以上、口を出すことができないとのことだった。

自分なりにわかりやすく整理すると、今アンジェラさんがクリスさんを叱ると、それはマリア様の叱り方が悪いから自分がやり直したのだと取られる可能性があるということになるのだろう。

「重ね重ね、申し訳ありませんでした！」

クリスさんは最後にもう一度謝罪の言葉を口にして、元の位置に戻った。アンジェラさんも、クリスさんに微笑みを向けてから視線を外し、改めてアルバートの方を見た。

(どこかのタイミングで、一度離れることはできないものかな？)

アンジェラさんは俺に対して文句があるとかいう感じではないので、アルバートへの流れ弾に当たる可能性を避けたいのだ。おそらく、ここで一度席を外せば、その間にアンジェラさんはアルバートと話を進めるだろうと考えたからなのだが、どうやって離れるかが問題だった。

しかし、そんな思いが天に通じたのか、

「お話中、失礼します。テンマ様、お客様がいらっしゃいました」

普段とは違うメイドとしての言葉遣いで、ジャンヌが来客を知らせに来た。

「来客？　今離れることができないから、少し待つように言っておいてくれないか？」

と言いつつ、心の中ではガッツポーズを何度もしていた。来客と聞いて、『探索』と『鑑定』で知ったその人物とは……

「それが……」

ジャンヌはアンジェラさんを気にしながら、俺に耳打ちで来客の名を言った。

「アンジェラさん、申し訳ありませんが少し席を外させていただきます。クリスさん、ついてきてもらってもいいですか？」

「わかったわ。先輩、失礼させていただきます」

クリスさんも連れていくということで、来客がクリスさんの仕事にも関係する人物だと理解したのか、アンジェラさんは快く了承してくれた。そして、

「私としても、少しアルバートと話したいことがあるので、こちらのことはお気になさらずに」

と言って微笑んでいた。その反対にアルバートは、「置いていかないでくれ！」という心の声が聞こえそうなくらい、悲しげな顔をしていた……まあ、俺もクリスさんも、アルバートの存在を完全に無視して部屋を出てすぐに応接間から離れたので、その間にアルバートとアンジェラさんがどんな話をしたのかは知らない。


「よう！　来客中にすまんな」

いいタイミングでやってきた人物とは、アンジェラさんが文句を言えない相手……ライル様だった。

何故ライル様が来たのかというと、

「おっす！　おら、ナミちゃん！」

いつも通りふざけている、この魚類を連れてきた。

何でも、ライル様が騎士団の演習帰りに川のそばを通りかかった時、先行していた騎士が川で飛び跳ねている魔物を発見し確認したところ、それがナミタロウだったということらしい。ちなみに、発見した騎士はナミタロウのことを知っていたらしく、試しに遠くから声をかけたところ、返事が返ってきて本人確認が取れたと報告してきたそうだ。

「それで、ここまで連れてきてもらったんや！　いつもみたいに夜にでも忍び込もうと思っとったから、めっちゃ助かったわ！」

そう言うとナミタロウは、「お土産や～！」と叫びながら様々な魚介類で山を作り始めた。

「ナミタロウ……大変ありがたいが、せめて台所で出してくれ……うん？　何だこの卵？」

魚介類の山を少しずつ崩しながらマジックバッグに入れていると、山の中心部から大きな卵が現れた。

「むぅ……でかい。卵焼き何人分？」

「何人分どころか、数百人分は軽く作れそうな気がする」

アムールとジャンヌの言う通り、その卵の大きさは約一メートル、重さは……

「うわっ！　重たっ！」

身体能力を魔法で上げないと、持ち上げることができないくらいの重さがあった。

「テンマ、それお土産やないねん！　預かりものやねん！　絶対に落とさんといてや！　まあ、落としても割れんとは思うけど」

卵を持ち上げた俺を見たナミタロウは、慌てて卵をマジックバッグに回収していた。

「この卵、友人の子供やねん」

ナミタロウの説明によると、この卵を産んだ親友が体調不良を起こした為、代わりに預かっているのだそうだ。それにしては扱いが雑だと思ったが、とても頑丈なのでこれくらいは普通なのだとか。むしろ、適度な刺激を与えた方が、卵にいい影響を与えるのだとか。

「オオトリ様、アンジェラ様とアルバート様のお話が終わりましたので、一度顔をお出しいただきたいとのことです」

アンジェラさんの連れてきたメイドが、二人の話が終わったので来てほしいと呼びに来た。

「すぐに行きます。ジャンヌ、アウラ、恒例のあれをやるから、準備よろしく」

二人に魚介類入りのマジックバッグを渡して、俺は一人で応接間へと向かった。

「ほったらかしにしてしまい、申し訳ありません」

「いえ、急な来客は仕方がありません」

その後、アンジェラさんと世間話をしたが、その中でプリメラに関する話は一つも出てこなかった。

「あら？　もうこんな時間なのね。テンマさん、そろそろお暇させていただきますわ。それで……少し、お願いしたいことがあるのですが……」

このまま終わるかと思ったが、最後の最後でアンジェラさんは頼みごとがあると言ってきたのだった。

「姉上！　プリメラの話は」

「アルバート、少し黙りなさい」

アルバートもプリメラの話だと思ったのか、慌ててアンジェラさんの言葉を止めようとしたが、逆にアンジェラさんに睨まれて黙り込んだ。

「アルバート、私はお父様が終わらせた話を蒸し返すつもりはありません。個人的な感情は別ですが、少なくともサンガ公爵家に関わる者として、当主が決めたことに異論を挟むつもりはありません」

その言葉を聞いた俺とアルバートは、だったら何の話なのだろうかといった感じで、思わず首をかしげてしまった。

「頼みたいのは……これにサインを書いてほしいのです」

アンジェラさんがサインを書いてほしいと言って取り出したのは、一冊の絵本だった。

「これは……」

それは俺の子供の頃の話を基にした絵本で、マリア様が監修した第一号の本だ。あの後、同じ作者から三冊ほど絵本が発表され、子供たちに人気のシリーズになっていると聞いている。

「一番下の子にせがまれて、どうにかお父様経由でサインをもらえないか考えていたのですけど、今回のアルバートの件でのお詫びと、今後のことを考えて一度ご挨拶をということになりましたので、直接お願いしようと思いまして」

ということだ。プリメラのことで俺を見るという理由もあっただろうが、それ以上にカリオストロ家としての顔繋ぎや、サインが目的だったようだ。まあ、アルバートの謝罪も目的の一つだっただろうが、それについては手紙やサンガ公爵に頼んでもいいことだったので、アルバートは利用されただけだろう。もっとも、アルバートが怒られるのは決定事項だろうが、うちに宿泊していたのはアンジェラさんにとって一番いい状況だっただろう。もしかするとサンガ公爵も、そのつもりでアルバートを俺に貸し出したのかもしれない。

「ええ、それくらいなら構いません。ですが、あまりうまく書けませんよ？」

何せ、これまで本にサインを書いたことなど、数えるくらいしかないからだ。ちなみに、サイン入りの絵本を持っているのは二人だけで、マリア様とヨシツネがそれぞれ四冊ずつという感じだ。

そのことを話すと、アンジェラさんは他の絵本も持ってくればよかったと言うので、うちに置いてあった残りの三冊にサインをして渡すことにした。

「これはうちの子も喜びます！　それで厚かましい話ですが、おそらくレイチェルお姉さまの子供もサインを欲しがると思いますので、その時はよろしくお願いします」

サインをするのは別にいいが、上のお姉さんの子供の分はサンガ公爵に預けようと決めた。さすがに、もう一度今日のような話し合いの場は設けたくないので、どうしても会う必要ができた時は、サンガ公爵に頼んでパーティー形式にしようと思う。その方が、カインやリオンといった壁……もとい、生贄……ではなく、道連れも用意できるかもしれないので、精神的に楽になるだろう。

話が終わると、ちょうどお昼の準備ができたとのことだったのでアンジェラさんを昼食に誘ったが、この後は予定が詰まっているので、アルバートを連れて色々と回らないといけないとのことだった。そのことを聞いたアルバートは驚いた顔でアンジェラさんを見ていたが、反対できないと思ったのか大人しく頷いていた。

アルバートの荷物は後日取りに来るので、このまま帰るというアンジェラさんとアルバートを見

送りに玄関に向かうと、

「ん？　おお、久しぶりだな」

「ライル様も、お久しぶりです」

途中で廊下を歩いていたライル様と鉢合わせた。二人は年齢が近く、学園では先輩後輩の間柄で顔見知りだったらしい。

その場で簡単な挨拶と世間話をすると、アンジェラさんとアルバートは馬車の所へと向かったが、その見送りにライル様もついてきた。顔見知りと言っていたが、それなりに親しい間柄だったのかもしれない。

「それじゃあ、昼飯にしようぜ！　……それにしても、厄介なことにならなければいいけどな」

ライル様が最後に呟いた言葉に不吉な予感がしたが、それを訊く前に食堂に到着した為、訊くことができなかった。

第八幕

「それじゃあ、皆自分のどんぶりの用意はできたね……では、最初の指名は？」

ナミタロウのお土産による、海鮮丼の具材の指名が始まった。皆が指差した最初の具材は……

「やっぱり、マグロのたたきが一番人気か。じゃあ、じゃんけんだな。あっとその前に……レニさん、単独指名なので、お先にどうぞ」

「それじゃあ、お先に」

レニさんが指名したもの……それは、『生シラス』だった。レニさんは初めてだからという理由で選んだらしいが、初めてで選ぶにはハードルが高いような気がした。

「え～っと……一回一すくいで、どんぶりに移す前に、完全にスプーンを浮かせないといけないのが決まりでしたね……それっ！」

レニさんは、ルールを確認しながら慎重にスプーンを入れ、素早くどんぶりに移そうとしたが、

「やっぱり、そう簡単にうまくはできませんね」

失敗して、あまりどんぶりにのらなかった。まあ、元々生シラスは大量にすくえるというタイプではないので、次からはネタのタイプごとにすくう回数を決めた方がいいのかもしれない。

「それじゃあ、次は私たちの番ね！」

クリスさんの音頭で、マグロのたたきのじゃんけんが始まった。その結果は、

「一番、ゲット！」

「二番、もらった！」

「三番か」

一番を取ったのがアウラで、二番がアムール、三番が俺だった。

「今回こそは……あっ……」

「ぷふっ……あっ……」

アウラとアムールは大量ゲットを目論み、中心部を底の方からすくい上げようとしたが……二人揃って失敗し、ほんの少ししかすくうことができなかった。

「それじゃあ俺は、ここを狙って……まあまあかな？」

二人が失敗してできた隙間からスプーンを入れると、なかなかの量をすくうことができた。それを見ていたクリスさんやジャンヌは、俺の真似をしてスプーンを入れると、アウラとアムールの一〇倍近くどんぶりにのせていた。まあ、一〇倍とはいっても二人の量が少ないだけなので、少し失敗したライル様でも、二人の三〜四倍くらいの量をのせていた。


「それじゃあ、いただきます」

皆のどんぶりが完成したところで、揃って食事開始となったが……

「「お代わり！」」

アムールとライル様がすぐに食べ終わって、二杯目に突入しようとしていた。

「出遅れた！」

「二人とも、取りすぎはいかんぞ！」

クリスさんとじいちゃんも、二人に負けじと食べ終えてお代わりに行った。

「わた……う、うぐ……」

「はい、お水」

アウラは、四人に追いつこうと慌てて頬張ったせいで喉を詰まらせ、ジャンヌに介抱されている。

そんな騒がしい昼食が終わり、それぞれ思い思いにくつろいでいると、ライル様がトイレに行くのが見えたので後を追いかけた。

「ライル様、訊きたいことがあるので、少しいいですか？」

「何か、問題でもあったか？」

トイレから出てくるのを待ち構え、そのまま俺の部屋に向かった。部屋に入ってカギをかけたので、ライル様が一瞬警戒していたが、すぐに警戒を解いて近くにあった椅子に座った。

「それで、鍵をかけてまで俺に何を訊きたいんだ？」

「アンジェラさんを見送った後で、『厄介なことにならなければいい』と呟いていたのが聞こえたので」

俺の直球の問いにライル様は驚いた顔を見せた後で、深くため息をついた。

「口に出したつもりはなかったんだがな……」

「とても小さな声でしたので、俺以外には聞こえていないと思います」

たまたま近くにいた俺にのみ聞こえたのだと言うと、ライル様は少し渋い顔をしたが、すぐに真面目な顔になった。

「まあ、聞かれてしまったのは仕方がないし、今のところは『もしかすると』といった予想でしかないが、簡単に言うと『王族派が割れる可能性があるかもしれない』と、アンジェラを見てそんなことを思ったというわけだ」

「王族派が割れる？　アンジェラさんが、新しい派閥を作るかもしれないということですか？」

そんな感じには見えなかったと言うと、

「いや、アンジェラにそのつもりはないだろう。派閥の長になるとしたら、父親のサンガ公爵だ」

王国の貴族にはいくつかの派閥があり、有名なのが『王族派』、『改革派』、『中立派』の三つで、その他の派閥は残りの全てを合わせても、三つの中で一番小さな『中立派』の半分にも届かないといったものだ。

「そういった派閥の中には、さらにいくつかの派閥が存在しているんだ。たとえば『王族派』なら、父上を中心とした中央の派閥や、北部の王族派の派閥、西部の王族派の派閥……といった具合にな」

ちなみに、王様を中心とした派閥には、ライル様たち王族やサンガ公爵にサモンス侯爵、ハウスト辺境伯といった貴族が所属している。

「だが、ここ最近になって王族派の貴族で、一気に影響力が増した貴族がいるんだ」

「それが、サンガ公爵様ですか？」

「その通りだ。元々の影響力に加え、近年では三人の子供たちが有力貴族と婚姻関係を結んでいる。さらには、次期当主の婚約者の実家の養女は、将来の国王最有力候補の恋人だ。これだけでも、何十年後かには、サンガ公爵家の血を直接引く者が国王になってもおかしくない。それどころか、王家の乗っ取りもあり得る話だ……まあ、今のサンガ公爵やアルバートを見ていると、そんな野心は抱いていないと判断できるが……その次の世代まではわからないし、急に野心を抱かないとも限らない。人の心はわからないからな」

確かに、ライル様の危惧していることは理解できるが、その話は以前から出ていただろうし、それだとアンジェラさんを見て、思わず呟いてしまったことに繋がらない。

そのことを話すと、ライル様は少し考え込んでから、

「テンマ、アンジェラが来ると聞いた時、何の話をする為だと思った？」

「へっ？　それは、その……プリメラとの結婚話だと思いました」

そう答えるとライル様は頷いて、

「アンジェラの行動はテンマが思ったのと同じように、他の貴族にもそう思わせただろう。つまり、サンガ公爵が娘を使って、テンマという『龍殺し』にして最強の冒険者を、自分の陣営に引き込もうとしているのではないかと勘繰る者が出てくるかもしれないということだ。さらに言うと、テンマは王都の住民の人気が高い。そんなテンマがサンガ公爵の作る派閥に入るとなると、サンガ公爵は権力、戦力、人気を手に入れることになる。その気になれば、新たな国を興すことも可能だろう」

すごく考えすぎな気もするが、可能性だけで言うのなら確かにできないこともないだろう。

「サンガ公爵にその気はなかったとしても、他の貴族たちの中には『もしかしたら』という思いで勝手な行動を起こす者や、王族派を混乱させる為に暗躍する者が現れるかもしれない……『改革派』の貴族とかな」

王族派に差をつけられている改革派としては、サンガ公爵と王族を対立させる、それができなくても疑惑を植えつけるだけでも王族派の力を削れるかもしれない。

「まあ、こういった問題は、貴族の結婚なんかが絡むと起こりやすいからな。実際に、アルバートの婚約や、アンジェラの結婚の時にも出たから珍しくない話とも言えるが……起こるたびに対策を取るのが面倒でな」

「もしかして、アンジェラさんが他にも行く所があると言っていたのは……」

「間違いなく、対策の為だろうな」

公爵家ともなると、色々と面倒臭いことが起こるんだな……と思ったところで、上のお姉さんの子供の分のサイン本のことを思い出したので、ライル様にサンガ公爵に預けるかパーティーの席で渡すのではどちらがいいかと訊いてみると、

「パーティーの方がいいかもしれないな。預けて渡してもらったとしても、貴族としては直接会って礼を言った方がいいから、どちらにしろ会わないといけないだろう。ならばパーティーで渡した方が、一度に済ませることができて楽だとは思う。ただ、レイチェルだけに渡すのだから、特別扱いしていると見られるのは避けられないだろうな」

ということらしいが、そこは先にサンガ公爵に渡しておいて、サンガ公爵を経由して渡せば、ある程度問題を回避することは可能だろうとのことだった。

「ついでに、そのパーティーにサンガ公爵の名でティーダに招待状を出せば、王家とサンガ公爵家の仲の良さもアピールできるだろう。幸い、ティーダの恋人であるエイミィはエリザベートの義妹だから、その関係で招待状を出したと言えばおかしくはないからな」

ライル様の助言は、早いうちに王様とサンガ公爵に伝えよう。おそらくは二人とも同じことを考えていると思うが、俺の政治能力は付け焼き刃、もしくは力押しが多いから、二人の考えた通りに

動けるように準備しておかなければならないだろう。

「まあ、テンマは巻き込まれた側なんだから、難しいことは父上や兄上、それにサンガ公爵に丸投げしておけばいいさ。その三人なら、悪いことには……いや、母上も交ぜた方がいいかもしれないな。父上とサンガ公爵は大丈夫だろうが、兄上は思いっきりテンマを利用しそうだ」

シーザー様に関しては、王様たちほど付き合いが多いわけではないのでそれはないと言い切れることができないが、王家の利益の為に使われる可能性はあり得ると思う。まあ利益とはいっても、マリア様に多少小言を言われるくらいの範囲に収まるとは思うが……油断していると、いつの間にか王族の……アーネスト様あたりの養子になってはどうか？　くらいの所まで話が行きそうなので、気をつけなければならない……ような気がする。

「俺の方から母上に報告しよう」

王様たちへの報告はライル様に頼むことにした。王様たちに丸投げして、王家とサンガ公爵家の動きが決まってからの方が口を出しやすいだろう。

「それじゃあ、俺は城に戻るとするか。近いうちに母上が来るか呼び出しがあると思うから、その時は頼むな」

急いでやることもできたし、ここで王城に戻るというライル様に、俺は少し待ってもらうことにしてお土産を用意した。ライル様は気がついていなかったかもしれないが、ナミタロウを送るという理由があったとはいえ、自分だけおいしいものを食べたと知られたら嫌味を言われるだろう。それに、巻き込まれた形とはいえ、俺のことでマリア様に迷惑をかけるので、その分の賄賂……心遣いはしなければならないのだ。

「それじゃあ、これをマリア様に渡してください。調理の方は、クライフさんかアイナができるはずなので」

「すまん、助かる」

ライル様は俺が用意したお土産を見て、このままだとマリア様に嫌味を言われるところだったと気がついたみたいで、深々と頭を下げていた。お土産の内容は、十数人分の海鮮丼ができるくらいの海産物とお米で、ナミタロウとの連名ということにした。これで、ライル様だけ食べてきたからと、ハブられることはないだろう。

ライル様が見えなくなるまで見送ってから、食堂に戻ると……

「ほれほれ、もうちょい頑張りや！」

「ふんむ～～～！」

「がんばれ～！　お・じょ・う・さ・ま～～～！」

ナミタロウを中心にして、皆で集まって何かしていた。

「むふ～……頑張った！　けど、無理！」

「やっぱり無理か～……今んとこできたのは、マーリンとジャンヌだけやな」

アムールが降参すると、ナミタロウは先ほどまでアムールが触れて何かしていた卵を軽く叩いていて、残念そうな声を出していた。

「何をやっているんだ？」

「おっ！　本命が来たで～！　ほなさっそく……テンマ、ここにおいでやす～」

俺が声をかけると、ナミタロウは「待ってました！」とばかりに、何故か京都弁を使いながら手招きした。

「ほらほら、ここや、ここや。この卵に手を添えて、ちょっとばかし魔力を注ぎ込んでほしいねん。ちょっとでええんや！　ほんのちょっとだけ頼んます！」

「わかった」

「ん？　テンマ、触るのはわいの頭やのうて、卵の方やで？　なぁ、テンマ……聞こえとる？　なぁテンマ？　テンマさん？」

完全にふざけているナミタロウに合わせて俺も少し遊ぼうと思い、ナミタロウの顔を両手で挟んだ。そして、

「タケミ……」

「ちょい待った――！　それはあかん！　それはシャレにならんから――！」

一番効きそうな魔法の中で、一番威力のある魔法を口にしようとしたところ、ナミタロウは誰から聞いていたのか、もしくは名前から察したのかはわからないが、素早く俺の手を引きはがすと、ものすごい勢いで後ずさりして俺との距離を取った。

「冗談だって。いくら俺でも、準備なしで『タケミカヅチ』は使えないから……せいぜい、体がビリビリしびれるくらいだって」

「小さな声で言っても、ナミちゃんイヤーにはちゃんと聞こえとるからな！　魚にビリビリはいかんやろ！　ビリ漁は禁止なんやで！」

興奮したナミタロウは、「ビリは魚の敵や！　環境破壊や！　神様が許しても、ナミちゃんは許しまへんで！」と騒ぎ立てていた。

「それで、一体俺に何をさせようっていうんだ？」

「ああ、この卵にテンマの魔力を分けてやってほしいんや」

「あれだけ騒いでおいて、何普通に会話しているのよ……」

ナミタロウの興奮が収まるのを待って、俺を呼んだ理由を訊くと、ナミタロウは何事もなかったかのように用件を話した。

そんな俺たちの様子を見ていたクリスさんが、皆の心の声を代弁するかのようなことを言っていたが、俺とナミタロウはこういう関係だからとしか言いようがないし、いつものことなので聞こえなかったふりをした。

「テンマは昔、ソロモンを孵化《ふか》させる時に魔力を注いだんやろ？　それとおんなじことをやってほしいんや」

そのナミタロウの言葉で、この卵が普通の卵ではないというのを確信した。まあ、『鑑定』が効かない時点で、普通の魔物の卵ではないとわかってはいたが……少し嫌な予感はしている。

「何か警戒しとるみたいやけど、これはこの卵の母親に頼まれたことなんやで。色々な魔力を注がれた方が、強い子が生まれてくるらしいんや」

俺が警戒しているのはそこではないけれど、卵の母親が許可しているならいいだろうと、ソロモンの時のことを思い出しながら、卵に魔力を注いだ。

「おお！　やっぱり経験しとるだけあって、うまいこと魔力が入っていきよるな！」

久々だったが魔力の注入はうまくいったようで……というかうまくいきすぎたようで、『テンペ

スト』を使ったくらいの魔力を持っていかれてしまった。その結果、

「ひびが入った！」

「生まれるんですか！」

「二人とも、危ないから下がりなさい！」

卵にひびが入り、それを見ていたアムールとアウラが身を乗り出して覗き込もうとしたが、警戒したクリスさんに後ろ襟を引っ張られて無理やり距離を取らされた。

「出るで、出るで～……出た――――！」

「ぶひぃ～～～……ぶい？」

バリンっという音を立てて、卵の中から『亀』のような生き物が顔を出した。俺とナミタロウ以外は、亀のような魔物の赤ちゃんを見て、喜びながら、もしくは興味深そうに見ていたが、俺は冷や汗をかいていた。何故なら、

『種族……ベヒモス』

と、『鑑定』に出たからだ。この世界において、ベヒモスとは古代龍の一種であり、翼は持たないが成体は一〇〇メートルを優に超える巨体を持つ龍だ。同一個体の龍種としては目撃例が最多で、比較的穏やかな性格の為、遠くから見ている分には危険はないらしいが、巨体すぎるので不用意に近づくと、移動の衝撃に巻き込まれることがあるのだとか。ちなみに、その姿はリクガメを巨大化させた形をしているが、基本的に海に住んでいるらしい。

「あっ！　殻の中に隠れた！」

囲まれたのが嫌だったのか、ベヒモスの赤ちゃんは殻の中に隠れるように首を引っ込めた。そん

な姿に皆が夢中になっている隙に、俺はナミタロウを廊下に引きずり出して、

「どういうことだ？」

「もしかして、バレた？」

とぼけるナミタロウに、今度こそ『タケミカヅチ』を食らわしてやろうかと思ったが、そんな気配を察したナミタロウの土下座に、殺《や》る気が失せてしまった。

「前にちょろっと言ったかもしれんけど、ひーちゃんっていう友人が、あの赤ん坊の母親なんよ」

確かに聞いた覚えのある名前だった。あの時は非常に嫌な予感がしたので訊かなかったが、その予感は当たっていたようだ。そもそも卵に『鑑定』が効かない時点で、あの卵は並の魔物のものではないとわかってはいたが……

そのことをナミタロウに言うと、「わいが変な物を持ち込むわけないやんか！」と、何故か怒っていたが、あんな大きくていかにも怪しい卵を持ち込んでおいて、そんな言い訳は通用しない。

「そんなことは置いといて……俺が訊きたいのは、勝手に孵化させて親のベヒモスが怒ってやってこないかってことだ」

皆に聞こえないように気にしながら言うと、ナミタロウはニヤリと笑い、

「来るかもしれんな～……嬉しさのあまり、お礼を言いに！　ぐだっ！」

あまりにもムカついたので、ナミタロウの頭部を思いっきり殴りつけた。昔の俺なら通用しなかっただろうがここ数年で力が強くなり、さらに魔力の使い方も上達したので、ナミタロウに素手でダメージを与えることができるようになったようだ。まあ、まだ俺が反動で受けるダメージの方が大きいようで、拳のどこかの骨にひびが入ってしまったみたいだ。

「ま、まあ、そんなことにならんように、わいの方からよく言っておくから、ここに来ることはないと思うわ。もしかしたら、来てくれとは言うかもしれんけど」

王都に来られるくらいなら、俺の方から会いに行った方が色々と楽だ。なのでナミタロウには、ひーちゃんに会った際にはくれぐれもうまく言っておいてくれと、強く念を押した。

ナミタロウとの話し合いが終わったので、赤ちゃんの様子を見に食堂に戻ると、食堂を出る前は卵の周りをじいちゃんたちが囲んでいたのに、今は遠巻きに見ているだけで、代わりにスラリンたちがそばについていた。

「おお、戻ってきたか」

「こんなに離れて、何かあったの？」

俺に気がついたじいちゃんが安心したような顔をしていたので、いない間に何があったのかを訊くと、どうやら皆に囲まれたことで赤ちゃんがストレスを受けたらしく、じいちゃんたちに向けて魔法を使ったそうだ。幸い、使われた魔法は水を出すだけのものだったので、スラリンがすぐに吸収したので被害はなかったのだが、かなりの量の水を出したとのことだった。

「なので、あの子亀から離れたのじゃ。それで、スラリンたちがそばにいる理由じゃが、同じ魔物だからなのか、子亀はあの三匹に対しては警戒しなかったのじゃ」

その為、スラリンたちに赤ちゃんを落ち着かせてもらっているとのことらしい。

「そのことで言っておいた方がいい情報があるんだけど……ちょっとこっちに来て」

「何じゃ？」

じいちゃんを連れて食堂の隅へと移動すると、クリスさんやアムールがついてこようとしたが、

手で制して待っているように指示した。そして、

「何じゃと！」

事情を聞いたじいちゃんの声が、屋敷中に響いたのだった。

「じいちゃん、声がでかい！」

「テンマ君、何を隠しているのかしら？」

慌ててじいちゃんの口を塞いだがさすがに誤魔化しきれるものではなく、真っ先にクリスさんとアムールがやってきて、事情を話せとばかりに俺の目の前で仁王立ちした。

「テンマ、話す前におじいちゃんを放す。おじいちゃん、死んじゃいそう」

「あっ！　ごめん……」

慌てていたせいで力いっぱいに口とついでに鼻を押さえてしまい、じいちゃんは顔を真っ赤にして苦しんでいた。

「ぶほぉあっ！　死ぬかと思った！」

とりあえずじいちゃんの無事？　も確認できたので、改めて赤ちゃんの正体とナミタロウの話をした。すると、

「テンマ君、本当にベヒモスは来ないのよね！　マリア様にまた怒られる！」

「お嬢様、南部に帰りましょう！」

「旅行！　お弁当が必要！」

「アウラ、急いで荷造りしないと！」

「そうね！　スラリン、手伝って！」

皆、大いに混乱した。

「だから、大丈夫やって！　ナミちゃんを信用してや！」

ナミタロウが自信満々に言うが、それでも皆の混乱は収まらなかった。

混乱が収まったのはナミタロウの発言から時間が少し経ってからで、収まったきっかけは、レニさんの荷造りが終わった後の一言だった。

詳しく説明すると、勢いで動いていた女性陣の中でも荷物の一番少ないレニさんが荷造りを終えて、一息入れたところでふと冷静になり、俺が母親のベヒモスに会いに行けば問題はないのではないかと思いついたそうだ。

レニさんの話を聞いた女性陣は、早くそのことを教えてくれればよかったのにと俺を責めたが、俺は女性陣が混乱している最中に、そのことは何度か言ったが聞いてもらえなかったと、証人（スラリン）を立てて反論した。そんな肉体的な疲れと精神的な疲れもあり、女性陣は先ほどから椅子にぐったりと座っている。

ちなみに、荷造りの必要がほぼないクリスさんは、実は一番に自分のことを終えたのに、その後ですぐにメリーたちの荷造りをするなどやっていることが多かったので、レニさんの話を聞いて冷静になるのが一番遅かった。なお、クリスさんが冷静になった時、その手にはメリーやアリーをはじめ、ジュウベエ一家とその生活用品や食料まで詰められたディメンションバッグとマジックバッグが握られていた。

「そんなわけで、ベヒモスの母親が王都に来ることはないし、もし仮に俺に会いたいとなった時は、事前にナミタロウが知らせに来て、俺の方から会いに行くようにするから、問題はない……はずだ」

ベヒモスの成体を知らないので確実とは言えないが、ナミタロウが言うには知能が人以上に高く、常識があるので大丈夫とのことだった。

「まあ、そこのところは、ナミタロウに任せるしかないのう……ところで、テンマ。何故そんなに、ベヒモスの赤ん坊に懐かれているのじゃ？　わしたちには全く近寄らないどころか、近寄らせてもくれぬというのに……」

じいちゃんの言葉に同意するように、俺とスラリンたちを除いた全員が頷いた。

「何故って言われても……人柄じゃない？」

首をかしげながらそんなことを言うと、皆から冷たい視線が向けられた。その間もベヒモスの赤ちゃんは、俺の手に頭をこすりつけて、撫でろと催促していた。

「冗談はさておき、多分だけど大量の魔力を与えたからだと思うよ。ソロモンの時も、魔力を与えていた俺には生まれてすぐになついていたけど、その反対にエイミィには威嚇していたし」

「テンマ君に懐いてエイミィに威嚇していたということは、注いだ魔力の量という説が正解みたいね……人柄だと、逆になるだろうし」

「クリスさんの言い方だと、人柄もよくなくて、魔力も注げない人はどうなるんだろうね？　もしかすると、食われちゃうのかな？」

「ぶひぃ！」

「テンマ！　クリスを食べたら、その子がお腹壊す！　ぐぬっ！」

俺の言葉を肯定するように赤ちゃんが鳴き声を上げたので、アムールも俺に乗っかってクリスさんをからかった。まあ、アムールはクリスさんの近くにいたせいですぐに捕まっていた……が、俺の方はベヒモスの赤ちゃんがすぐそばにいたので、クリスさんは近寄ることができずにいた。

「コントはそこまでにして……ボン、お母ちゃんの所に戻ろ、あいたっ！」

ナミタロウが、母親の所に戻ろうと言いながら赤ちゃんに触ろうとしたところ、赤ちゃんに尻尾ではたかれてしまった。

「いつまでもここにはおれんのやで、お母ちゃんの所にいこ……あうちっ！　ほがっ！」

「びぃいいい――――！」

赤ちゃんは尻尾でナミタロウを往復ビンタした後で、甲高い鳴き声を上げた。その鳴き声は超音波のような攻撃手段でもあったようで、食堂のテーブルや椅子、食器などがいくつか壊れた。

そして、

「ひぎゅ……」

「あ、頭が……」

「ぎゃん！」

当然、俺たちにも被害が出た。中でも獣人の二人とシロウマルは、常人より聴覚がよかったことが災いし、気絶寸前まで追い込まれていた。

「さ、すがに、これは、きつい……ごめん！」

「び？」

このままだと、アムールたちでなくてもひどいことになりそうだったので、赤ちゃんがナミタロウの方を向いている隙をついて、予備のディメンションバッグを取り出してその中に赤ちゃんを強引に入れた。

「おおう……赤ん坊でも、さすがベヒモスやな。頭がくらくらするわ」

赤ちゃんの衝撃波をもろに食らったはずのナミタロウは、軽い脳震盪程度のダメージしか受けておらず、反響でダメージを食らった俺たちの方が被害は大きかった。

「ほなテンマ、ボンが入ったディメンションバッグを貸してや。そのまんま、ひーちゃんの所に連れていくわ」

そう言ってナミタロウは、俺から赤ちゃんの入ったディメンションバッグを持っていこうとしたが、

「……何で届かん所に持ち上げるねん」

「いや、このまま渡したら、俺まで恨まれるじゃん。恨まれるのはナミタロウ一人でいいよ。俺は嫌われたくない」

あんなに懐いてきてくれた赤ちゃんを、ナミタロウに渡して恨まれるのは避けたい。

「だから、話し合いで決めてくれ」

「はい？　あ────！」

ナミタロウが動きを止めた瞬間、俺は『ガーディアン・ギガント』を使って、ナミタロウをディメンションバッグに押し込んだ。

「これで、ナミタロウがうまく説得してくれ」

「無理や！　ボン、話をき……」

「うまく説得してくれれば！」

「テンマ、無理だと思うわ」

「そうね。無理ね」

言葉の途中で顔を出したナミタロウを、もう一度『ギガント』で押し込んで最後まで言い切った
が、すぐにジャンヌとクリスさんに無理だと突っ込まれた。

「テンマ、無理や！　ボンは全く……」

ナミタロウがまたしても顔を出すが、黙ってまた押し込む。

「なあ、テンマ……」

またまた押し込む。

「テンマ……」

またまたまた押し込む。

「あっちょんぶ……」

何かボケが入った気がするが、気にせずに押し……

「いい加減にせえや！」

込めなかった。さすがにおふざけがすぎたようで、ナミタロウはお冠……

「ボケくらいは拾ってや！」

でもなかった。

「それで、説得できたのか？」

「無理や！　帰りたくない、帰りたくないで、全く話にならん！　せやから、あとは任せた！

ちょいや！」

「ちょ、まっ！」

ちゃんと話を聞こうとしたら今度は逆に、俺の方がディメンションバッグに押し込まれてしまった。

「びっ！　……びぃ〜〜〜！」

　赤ちゃんは、最初俺のことをナミタロウと勘違いしたらしく威嚇の声を上げようとしたが、すぐに気がついて嬉しそうに駆け寄ってきた。どうやら、ここに押し込んだことは怒っていないようだ。

「あのな、いくらナミタロウが嫌いでついていきたくないとしても、お前のお母さんが悲しむから、お母さんの所に戻らないとダメなんだぞ」

「びぃ！」

　諭すように赤ちゃんを説得しようとしたが、「嫌だ！」というような鳴き声で拒否される。その後も、何を言っても拒否されて、どうしようかと頭を抱えることになってしまった。赤ちゃんは完全に、うちで暮らす気のようだ。もしかすると、卵の状態でうちに来て、ここで生まれてしまったせいで、会ったことのない母親よりもうちで暮らすのが自然なことだと思ったのかもしれない。

「そうだとすると、完全に俺の落ち度だよな」

　正確に言えばナミタロウの落ち度だが、そんなことを言っている場合ではない。何せ、この赤ちゃんにはちゃんと親がいて、会えるのを楽しみにしているはずなんだから……だから、

「ちゃんと話を聞け」

「びぃ！」

　絶対に母親の所へ帰らせるのだと、覚悟を決めた。

「ここには、お前の居場所はない。いても邪魔なだけだ」

「びぃ……」

かなり強めの殺気を込めて、赤ちゃんを威嚇しながら言葉を続けた。生まれたばかりとはいっても、向けられているものが何なのかを本能的に感じているようで、赤ちゃんは一歩二歩と後ずさりしながら俺から距離を取った。

「俺は親を失った。それはスラリンもシロウマルも一緒で、ソロモンに至っては、親が誰なのかすら知らない」

こんなことを生まれたての赤ちゃんが理解できるとは思えないが、親に関しての思いをぶつけるのなら、これしか俺には思いつかなかった。

「だが、お前には母親がいる。お前の帰りを待ちわびている母親がいるんだ。そんな奴をこの家に置いておくことはできない。だから、ナミタロウと一緒に帰れ！」

「びぃ、びぃ、びぃ……」

意味はわからなくても、強い言葉と殺気で拒否されたことは理解したのだろう。赤ちゃんは明らかに気落ちした様子を見せてから……

「びぃいいい――――！」

何故か俺の足に頭をこすりつけてきた。

失敗したのかと思い、こうなったらディメンションバッグから出られないようにして、無理やりでもナミタロウに連れて帰ってもらうしかないかと思ったら、

「びぃー！」

赤ちゃんは、出入口の方へと自分で向かっていった。

「帰るのか？」

思わずそう訊くと、短い鳴き声を返してきた。

赤ちゃんに悪いことをしたと思ったが、これで大きな問題は解決したと思った……その時、

「テンマ！　説得できたんやな！」

ナミタロウが、話が終わったのを確信していたかのようなセリフと共に、バッグの中に顔を突っ込んできた。そして、

「びぃぃいい――――！」

「ボン、噛むんやない！　そこは……いぎゃあああ――――！」

赤ちゃんに、鼻先を噛まれて暴れだした。ナミタロウの言い方は気になったが、赤ちゃんとじゃれているところを邪魔するのも何なので、そのまま好きにさせておこうと思い外に出たところ……何故か俺を見る皆の目が妙に優しかった。

何か嫌な予感はしたが、その理由を知りたくなかったので、ひとまず逃げるかと考えたが、行動に移す前に、

「テンマ……リカルドやシーリアがいなくとも、わしはいつまでもテンマのそばにおるからの」

「そうよ、テンマ君……寂しくなったら、いつでも呼んでいいんだからね」

じいちゃんとクリスさんが、目に涙を浮かべながらそんなことを言いだした。

「もしかして……聞こえてた？」

じいちゃんとクリスさんの後ろにいる四人に恐る恐る尋ねると、揃って小さく頷いた。

「テンマ、お義父さんとお義母さんの代わりにはなれないけど、私たちは家族！」

「そ、そうよ！　私は奴隷だけど……家族になれるように頑張るわ！」

「ジャンヌ、その意気よ！」

「お嬢様！　その為にも、お料理やお裁縫も頑張りましょう！」

アムールとジャンヌが何かを言うと、続けて他の二人も何か言っていたが、その言葉を聞き取るだけの余裕が俺にはなかった。

「う、あ、え……あ～……あ────！」

何を言っていいのかわからず、とりあえず落ち着こうとしたが……落ち着くことはできず、それどころか大きくなってくる羞恥心に耐え切ることもできずに、勢いで食堂を飛び出した。そして、自分の部屋に飛び込み、鍵をかけてドアの前に物を置き、布団をかき集めてその中に潜り込んだ。

しかし、布団に潜り込んだのはいいが眠気などはないので、追いかけてきたじいちゃんたちがドアを叩く音や叫んでいる声が聞こえてくる。そしてそれが、俺の羞恥心を強くしていく。

ドアを叩いてもらちが明かないと考えたのか、じいちゃんとアムールが窓の方から侵入を試みたみたいだったが、侵入者迎撃用に配置してあったゴーレムに阻まれて悲鳴を上げていた。


「もう朝か……さすがに、これ以上はまずいな……」

一晩どころか半日以上引き籠もっていたので、そろそろ観念して出ていかないといけないのだが、なかなか覚悟が決まらなかった。

「ふぅ～……よし、行こう！」

気合を入れて布団から抜け出し、ドアの前に置いていた物を片付けて廊下に出ると……じいちゃんたちが、何故かドアの前で魚や肉を焼いていた。

「テンマが出てきたで――――！　確保ぉ――――！」

ナミタロウが魚の刺さった串で俺を指しながら叫ぶが、じいちゃんたちは焼き物を担当していたり煙を扇《あお》いだりしていたので咄嗟《とっさ》に動くことができず、俺がドアを閉める方が早かった。

「何がしたいんだ、あの人たちは？」

じいちゃんたちを見て、俺の羞恥心は一時的に消えていた。もしこれが、じいちゃんたちの作戦だったのだとしたら大成功であると言えるが、すごいと思うよりも呆れてものが言えないというか、関わらない方がいいと思ってしまう気持ちが先に来てしまう。

「テンマ！　開けて頂戴！」

じいちゃんたちの奇行に頭を抱えていると、外からじいちゃんたちを怒鳴る声が聞こえ、その後で俺を呼ぶマリア様の声が聞こえてきた。

「思ったより元気そうね？　引き籠もっていると聞いて、心配したのよ」

再びドアを開けると、ドアの前で安堵の表情を浮かべるマリア様と、その後ろで正座させられているじいちゃん、王様、アーネスト様、ライル様がいた。それと、じいちゃんたちから少し離れた位置に、じいちゃんたちを呆れた顔で見ているザイン様もいる。そして窓の外には、スラリンたちに逆さ吊《づ》りにされているナミタロウの姿も見える。

「昨日の夜にクリスが慌てながら、『テンマが引き籠もって出てこない』と報告に来たのよ。それで、あの人が話を聞いてくると言うから任せたのだけど……失敗だったわね」

何でも、昨日の夜遅くまで待っても俺が出てこないので、相当精神的に参っているのかもしれないと、クリスさんが慌ててマリア様に報告に行ったのだそうだが、夜遅かったのと少し時間を置いた方がいいのかもしれないという考えから朝まで待つことにしたらしい。話を聞く相手が女性だと、俺が話しにくいのではないかと言う王様とアーネスト様の考えにライル様が賛同した為、王族の男性（俺より年上）ですぐに動ける人だけでうちに来たのだそうだが……。いくらドア越しに話しかけても俺の反応がなかったので、ナミタロウ提案の『岩戸作戦』を採用した結果、ドアの前でバーベキューを始めたのだそうだ。なお、ザイン様は作戦が採択されそうなのを見て、これは色々とまずいと判断し、マリア様を呼びに行ったらしい。ちなみにうちの女性陣は王様の、「女性がいない方が、話はスムーズにいく！」という判断により、街で時間を潰しているとのことだった。

「いくら出てこないからって、食べ物で釣ろうなんて……それで、何でテンマはあの人たちの声に反応しなかったの？」

その問いの答えは単純明快で、ただ単に寝ていて気がつかなかったというだけのことだ。かなり大きな声を出したそうだが、遅くまで眠れなかったせいで眠りが深くなっていたのと、耳栓をしていたので気がつかなかったのだ。

そう言うとマリア様は、「それだと聞こえないのは仕方がない」と笑い、じいちゃんたちは自分たちのしていたことは無駄だったのだと嘆いていた。

「お腹もすいたし、これらを使って朝ご飯にするか」

「私の分も用意してもらえるかしら？　あと、ザインの分も」

じいちゃんたちが焼いていた魚を見てお腹がすいたので、朝食を作ろうと何げなく呟くと、マリア様たちも朝がまだとのことで、一緒に作ることにした。その間も、じいちゃんたちは正座させられたままで、揃って助けを求めるような目をしていたが……無視して、焼けた魚と肉だけ持っていくことにした。それとついでに、バーベキューセットと食材も。

「おや、テンマ様。引き籠もりは終了ですかな？」

食堂へ行くと、クライフさんがお茶の準備をしていて、俺を見るなりからかうようなことを言ってきた。それに対して文句を言おうにも、言い返せないので無視していると、俺の持っていた焼き魚と焼肉を見て、クライフさんはすぐに食事だと判断して厨房に入っていった。

「さて、何を作るのでしょうか？」

指示を待っているクライフさんに、朝食は和食……南部式の食事にすると言うと、クライフさんはご飯を炊く準備を始めたが、今からだと時間がかかるので、少し冷めているが事前に炊いてバッグに保存していたものを使うことにした。

一番時間がかかるご飯の準備ができたので、あとは味噌《みそ》汁と漬物、じいちゃんたちから没収した焼き魚、根菜の残りを使ったキンピラ、そして納豆を用意した。肉類は心配をかけたお詫びとして、スラリンたちに渡し、俺の部屋で食べさせている。

マリア様もザイン様も、南部式の食事は食べる機会があまりないと言っていたが、納豆以外はおいしそうに食べていた。まあ、納豆は南部でも好き嫌いがあるとのことなので、マリア様とザイン様が食べられないのはおかしいことではないが……納豆はほとんど食べたことがないと言ったくせに、慣れた手つきで一〇〇回以上かき混ぜ、さらには俺の混ぜ方を注意した上、箸を使って綺麗に納豆ご飯を食べきったクライフさんは、どう考えてもほとんど食べたことがないというのは嘘だと思う。なお、マリア様とザイン様は箸をうまく使えなかったので、フォークを使って食べていた。

「マ、マリア様……そろそろわしらも、そちらへ行ってもいいか……いいですかのう？」

俺たちの食事が終わった頃、足のしびれをこらえながら、遠慮がちにじいちゃんがマリア様に許可を求めてきた。

「あら？　何故マーリン様が私に許可を……もしかして、あの人たちに付き合わされて、今まで正座していたのですか？」

マリア様は白々しい感じでそんなことを言い、じいちゃんはじいちゃんで、「そ、そうなのじゃ！　アレックスたちに、無理やり付き合わされてのう！」と言って、そそくさと俺の近くの席に座った。

そんなじいちゃんを、見捨てられた形の三人は裏切者を見るような目で見ていた。しかしじいちゃんは、そんな三人の視線を完全に無視して朝食をねだっていた。

「テンマ……私たちも、お腹がすいているんだが……ひっ！　テンマ、マリアを説得してくれ！　早く！」

クライフさんがじいちゃんの食事を作っていると、その匂いに我慢ができなくなったらしい王様が、マリア様との仲介を頼んできた。自分の奥さんなのに情けないなと思いながらも、マリア様相手だったら仕方がないかとも思い、王様の頼みを聞くべくマリア様の方を見ると……

「王様、諦めてください」

目が合った瞬間、マリア様が意味ありげな笑みを浮かべたので、俺には無理だと判断した。

「マリア様、陛下にも何か食べさせませんと、午後からの仕事をする元気が出ないと思われます」

俺が見捨てた王様たちに、じいちゃんの食事を運んできたクライフさんが助け舟を出したことで流れが変わり、マリア様も仕事ができないくらいならと、食事の許可を出すことになった。しかし、

「申し訳ありません、陛下、アーネスト様、ライル様。朝食の残りがこれしかありませんでした」

そう言ってクライフさんが出したのは、マリア様とザイン様が残した納豆だった。三人は味噌汁などを作ってくれと言っていたが、残ったものを食べないのはもったいないというクライフさんの言葉にマリア様が賛同した為、鼻をつまみながら納豆ご飯を食べていた。もっとも、ライル様だけは途中から匂いに慣れたのかマヒしたのかわからないが、お代わりまでして腹いっぱいに食べていた。

こうして、『岩戸作戦』は終わりを迎えたと思われたが……

「テ～ン～マ～～～！　わいが悪かったから、戻ってきてや～～～！」

ナミタロウのことをすっかり忘れており、女性陣が帰ってくるまで窓の外に吊るしたままにしていたのだった。

第九幕

「それで、これはもらってもいいのか？」

「ぶひぃ！」

赤ちゃんからもらったもの、それは『龍の卵の殻』だ。ナミタロウの話によると、龍の赤ちゃんは生まれてすぐに自分が入っていた卵の殻を食べるとのことだが、このベヒモスの赤ちゃんのように、たまに殻を食べたがらないのがいるのだそうだ。

「何に使えるかわからないけど、ありがたくもらっておくよ」

どんな使い道があるかは思いつかないが、古代龍の卵の殻ともなれば、破格の値段がつくことは間違いないだろう……と思ったところで、ソロモンの卵の殻はどうしたのか思い出せなかったが、ソロモンのことだから残さずに食べたのだろう。

「それじゃあ、ディメンションバッグ借りてくで。ほら、ボンも挨拶、いぎゃあああ――――！」

「びぃいいい――――！」

ナミタロウが赤ちゃんに挨拶させようと頭に胸鰭《むなびれ》を置こうとしたところ、赤ちゃんは嫌いなナミタロウに触られるのが嫌だったみたいで、ナミタロウの胸鰭に思いっきり噛みついた。

「あ、あぁ……ナミちゃんの、ナミちゃんの美しいヒレが、欠けてもうた……まあ、いいか。すぐに生えてくるやろ」

そんなお気楽なことを言いながら、ナミタロウは赤ちゃんをディメンションバッグに入れて、クライフさんが運転する馬車に乗り込んだ。馬車で、王都から近い川まで運んでもらうのだ。一応、旅の間の食料は俺の方で用意したが、赤ちゃんがどれくらい食べるのかわからないので、できる限り現地調達するとナミタロウは張り切っていた。

「ほな、さいなら！　ほれ、ボンも」

「びぃ～～～～！」

ナミタロウに続いて、赤ちゃんも挨拶という名の超音波を発した。そのせいで、見送りで玄関に一緒にいたジャンヌやアムールたちに、ついでだからと残っていたマリア様たちは、一斉に耳を塞いで苦しんでいた。まあ、一番苦しんでいたのはナミタロウで、次いでクライフさんだったが……一番被害を受けたのは、馬車を引く為の二頭の馬だろう。かなりガタイのいい馬たちだったが、赤ちゃんの超音波で立ったまま気絶していた。幸いにも、暴れる間もなく気絶したので馬は怪我をせず、周りにも被害を出さなかった。すぐに俺の指示で、ゴーレムが支えに行ったのもよかったのだろう。だが、そのせいで馬車を引ける馬がいなくなってしまったのも事実だ。なので、

「仕方がない。こうなったら、俺がライデンで連れていくか」

ということになった。最初からそうしておけばよかったのだろうが、俺が連れていくと赤ちゃんがまたぐずる可能性があったので、クライフさんに頼んだのだ。

「一度は引き受けたのにもかかわらず、こうなってしまって申し訳ない」

クライフさんは超音波のせいでふらつくらしく、馬車を運転することができないのを悔やんでいた。

もう少し一緒にいることができるとわかった赤ちゃんは、喜びのあまりさらに超音波を発生さ

せていたが、ナミタロウにバッグの奥に押し込まれて口を閉じられたので、最初ほどの被害は出なかった。

「それじゃあ、ちょっと行ってくる。スラリン、シロウマル、ソロモン、ついでに散歩でもしてこようか？」

そう言うと、三匹は順に馬車に乗り込んだ。それに続いてアムールとジャンヌも乗り込もうとしたが、バッグに閉じ込められた赤ちゃんが無理やり首を出して威嚇する構えを見せたので断念していた。その代わり、

「タマちゃん、一緒に行きたいのか？　メリーにアリーも？　ジュウベエにヒロも？」

珍しく、タマちゃんたちが外に行きたがった。たまにはいいかと思い連れていこうとしたが、ジュウベエ一家は馬車に乗り込むことができなかったので、ディメンションバッグでの移動となった。

「ここからなら、海まで泳いでいけるわ。ほな、また来るで！」

「びぃ～～～！」

ナミタロウは赤ちゃんの挨拶が終わると、すぐに水に潜って川下へ泳いでいった。

「毎度毎度、ナミタロウが来ると騒がしくなるな。さてと、まずは魚の回収だな」

ナミタロウたちが去った後、赤ちゃんの最後の超音波により、川一面に魚が浮かんできたのだ。

「ソロモンは空から周辺の警戒、シロウマルは鼻と脚を使ってジュウベエたちの護衛、スラリンは俺と一緒に魚の回収」

それぞれに指示を出して、ジュウベエ一家とメリー・アリーを外に出した。ジュウベエがいるか

ら王都周辺の魔物や動物に負けることはないと思うが、正直言ってそんなものよりも危ないのは冒険者だ。傍《はた》から見ると、白毛野牛という極上の獲物が三頭もいるのだ。いくら王都周辺に狩りの制限が設けられたとしても、悪意のある人間からすればバレなければいいというだけの話だろう。

念の為、ジュウベエたちには飼い主がいるとわかるように首輪をさせているが、首輪に気がついても無視するだろうし、他にも『外来種』だと思ったとか、首輪に気がつかなかったとか言って攻撃してくることも考えられる。

「一応シロウマルたちに警戒させるし俺の方でも気をつけるけど、あまり遠くには行かずに、何か異変を感じたらすぐに声を上げて、俺のいる方かジュウベエのそばに逃げるんだぞ」

タマちゃんとメリー・アリーに言い聞かせると、理解したのかはわからないが、三匹揃って鳴き声を返してきた。そして、そのまま草むらに突進していった。そんな三匹を見て、俺はゴーレムを数体出して警戒をさらに強めることにした。

「それじゃあ、ジュウベエも頼むな。まあ、警戒しすぎてストレスがたまっても意味がないから、ほどほどにな」

「ブモッ!」

ジュウベエが、「任せろ!」という感じで力強く返事をしたので、俺は魚の回収に向かうことにした。

「回復して逃げたのがいるみたいだな。スラリン、泥臭そうなのは無視して、おいしそうな奴から捕獲していくぞ!」

そう言って俺は『飛空』で宙に浮き、スラリンは近くにあった大きな岩の上に陣取った。

「これはマスの仲間みたいだな。これはハヤかな？　フナは逃がして、鯉《こい》は……一応確保しておこう」

ディメンションバッグの中に魔法で水を入れ、そこに魚を入れていく。

「ナマズは確保っと。次は……おっ！　ウナギ、ゲット！　スラリン、この細長いのがいたら、優先的に捕まえてくれ」

スラリンに向かって叫ぶと、触手で丸を作っていた。そんなスラリンは、岩の上から触手を伸ばして水面の魚を捕まえている。そんなスラリンの姿に、俺は某考古学者が重なって見えたのだった。

しばらく頑張って、粗方めぼしい魚を捕まえた俺とスラリンは、改めて魚の種類を確認し、泥抜きの必要なものとそうでないものに選別を始めた。鯉やナマズ、ウナギといった泥抜きの必要な魚は水を入れたディメンションバッグへ入れ、ハヤやマスといったものは軽く洗い、氷水で絞めてからマジックバッグに入れた。

「これで終わりだな。あとは、周辺を警戒しながらのんびりするか……ん？」

魚関係が終わったので馬車の屋根にでも上って、タマちゃんたちの様子でも見るかと思った時、遠くの方からこちらに向かって走ってくる馬の足音が聞こえた。俺よりもシロウマルの方が早く気がついて警戒態勢に入っているので、万が一襲われても迎撃することは可能だが、ただ単に近くを走っているだけということもあり得るので、『鑑定』を使ってその正体を見極めることにした。すると、

「知り合いの関係者……といったところかな？　まあ、一応警戒だけはしておくか。ジュウベエ、皆を連れてこっちに来い！」

「ブモゥ！」

ないとは思うが、何かのはずみでジュウベエたちに剣を向けることがあるかもしれないので、念の為ディメンションバッグに入っておくように指示を出した。そして、

「そこの者、何をして……失礼しました！」

「すぐに、隊長を呼んできます！」

強い口調で問い質そうとしてきた騎士たちは俺の正体に気がつくと、急いで責任者を呼びに行った。そして、しばらくしてやってきた責任者とは……

「プリメラ、久しぶり」

「ええ、お久しぶりです。ところで、テンマさんはこんな所で何をしていたのですか？」

「いや、俺は王都やセイゲンを中心に活動しているから、それはどちらかというと、俺のセリフだと思うぞ？」

別に隠したりごまかしたりするつもりはないが、王都に屋敷がある俺が王都近くの草原にいることよりも、グンジョー市騎士団所属のプリメラが、部下を率いて王都の近くまで来ている方がどう考えても珍しいだろう。

「いえ、まあ、そうなんですけど……一応私は騎士なので、守秘義務というものがありまして……」

「確かにそうだな。俺はナミタロウの見送りのついでに、ジュウベエたちを散歩させていた」

プリメラたちなら危害を加える心配がないのでジュウベエたちを外に放したが、バッグから飛び出して遊び回っているタマちゃんやメリー・アリーを守るように、ジュウベエとヒロはプリメラの

後ろにいる騎士団とタマちゃんたちの間に陣取っていた。

「え～っと……私たちは任務で王都に行く途中なので、ここで失礼させていただきます」

軽く話をした後で、プリメラはジュウベエとヒロを見て苦笑いして、ゆっくりと後ろに下がりながら距離を取り、タマちゃんたちからなるべく離れるような進路で王都へと馬を走らせた。

「ほら、見ての通りプリメラたちは行ったから、ジュウベエたちものんびりしてこい」

プリメラたちが見えなくなったところでジュウベエたちはようやく警戒を解いて、タマちゃんたちを見ながら草を食《は》み始めた。

「周辺を見回りながら、何か面白いものでもないか探してみるか」

そんな軽い気持ちで周辺を歩き回ってみたところ……

「本当に、何にもないな！」

予想していたこととはいえ、何も見つからなかった。

「まあ、魚を捕獲した時点で、得るものはなくなったんだろう」

そういうことにして、そろそろ屋敷に戻ることにした。だが、

「メリーとタマちゃんは、元気がありすぎだな」

二匹が帰るのを嫌がって逃げ回った為、少し時間がかかってしまった。最終的に、メリーはスラリンの触手に絡めとられ、タマちゃんはジュウベエとヒロに怒られてバッグの中に戻ったのだ。ちなみに、アリーは呼んだらすぐに俺の所にやってきた。二匹が逃げ回っている最中ずっと、アリーはバッグの中で大人しく寝ていたのだが、メリーが捕まった腹いせに頭突きをくらわして無理やり起こしていた。

「ようやく帰ってきたか。遅いから、何かあったのかと心配したぞ」

屋敷に戻るとマリア様たちはすでに帰った後で、心配したと言っているじいちゃんは食堂でくつろいでいた。

「そういえば、草原でプリメラに会ったよ。守秘義務とかで詳しく教えてくれなかったけど、騎士団の任務で王都に来たみたい」

「ほう……だとすると、近いうちに公爵かアルバートと一緒に来るかもしれんな。ところで、テンマは何をしておるんじゃ」

厨房で小さめの魚を出して洗っていると、じいちゃんが興味深そうに覗き込んできた。

「ナミタロウたちとの別れ際に、またベヒモスの赤ちゃんが超音波を出してね。その影響で魚が気絶して水面に浮いて、楽して大漁だったんだよ。マジックバッグで保存すれば、鮮度の問題は解決できるけど、それ以外にもひと手間加えたのを作ってみようかと思って」

その下準備を今からするのだが、説明してもじいちゃんは手伝う気はないようだ。むしろ、洗った魚を数匹摑み、酒の肴《さかな》にするべく焼き魚の準備を始めていた。

「いい匂い……」

「本当……あっ！　テンマ、戻ってきていたの？」

外に出かけていたらしい女性陣（クリスさん除く）が、食堂に入ってくるなりじいちゃんの焼いている魚の匂いに反応していた。ジャンヌはすぐに俺に気がついていたが、アムールはじいちゃんの匂《にお》いの近くまで歩いてから、ジャンヌの声で俺に気がついていた。

「テンマ様、何を作っているんですか？」

「手伝うことはありますか？」

遅れて入ってきたアウラとレニさんは、俺の作業を手伝おうと近づいてきたが……俺の手元を見ているレニさんとは違い、アウラは焼き魚の方に気を取られているのがバレバレだった。

アウラとレニさんが作業を手伝おうとするのに気がついたジャンヌとアムールも、自分たちの仕事はないのかと訊いてきたが急ぎの作業はもうなかったので、夕食用の焼き魚を適当に焼いてもらうことにした。ジャンヌたちの仕事の説明をしている間に、アウラとレニさんはエプロンを着け、手洗いを終えた状態で待っていた。

「アウラはこっちの小魚の鱗と内臓とえらを取り除いて、この塩水に漬けておいて。レニさんは、このマスを三枚に下ろしてください」

アウラに指示を出してレニさんにお願いすると、二人は頷いて作業を始めた。ただ、アウラは自分とレニさんの作業内容を聞いて、「私の仕事だけ、生臭くならないですか？」と言っていたが、「一番きつい仕事をレニさんにやらせたと聞いたら、アイナが何て言うかな？」と俺が呟くと、「さあ、張り切っていきましょうか！」と、わかりやすく誤魔化していた。ちなみに、レニさんの仕事をジャンヌにやらせなかったのは、単純に魚をさばく技量の差からだ。

「レニさんがさばき終わる前に、燻製《くんせい》の調味液を作らないと」

初めての魚で燻製を作るので、調味液（ソミュール液）はハーブなどを使わずに、簡単なもので試してみることにした。

「酒と水と塩と砂糖、あとは胡椒でやってみるか」

これだと失敗したとしても、食べられないくらいまずいものができるということはないだろう。

「テンマさん、こっちは終わったので、小魚の方を手伝いますね」

調味液が冷める前にレニさんはマスをさばき終え、アウラの手伝いに移った。レニさんの手際のよさは小魚になっても変わることはなく、処理前の小魚の山は瞬く間に減っていった。そして、

「これで終わりですね」

結局、途中から手伝いに入ったレニさんが小魚の山の半分以上を処理してしまった。調味液を魔法で冷まし、マスの切り身を漬け込んだ後で俺も手伝いに入ったが、山の五分の一も処理できなかった。

「干物の方はしばらく塩水に漬け込んで、乾燥させれば完成だな。燻製の方は、順調に行けば明後日くらいかな。ジャンヌ、アムール、焼けた魚を持ってきてくれ」

二人に焼き魚を持ってきてもらうと、その全てをマジックバッグに保存した。ただ、じいちゃんが自分のつまみ用に手放そうとしなかったものがあったので、その代わりに干物と燻製はなしにしようとすると、そう言った次の瞬間には、今食べている分以外の焼き魚を差し出してきたので、発言は撤回した。

「これで、今日の晩のおかずはできたな。あとはご飯と味噌汁と漬物があればいいか」

あとは一人で十分なので、皆にはそれぞれやりたいことをやってもらうことにした……が、

「テンマ、そろそろ食べられる？」

「さすがにまだでしょ……それでテンマ様、あと一時間くらいですかね？」

「いや、一時間でも無理だと思うわ」

「そうですね。元々干物は保存を目的として作られていましたから、ある程度は乾燥させないと駄目でしょうね」

ザルにのせられた干物が気になるのか、誰も食堂から出ていこうとはしなかった。それはじいちゃんも同じで、アムールが食べられるのかと訊いてきた時、しっかりと聞き耳を立てていたのが見えた。

「おいしいかどうかはわからないけど、夕食に出す分だけ魔法を使って乾燥させてみるか」

アムールとアウラ（とじいちゃん）の視線に負けた俺は、風と火の魔法で干物を作ってみることにした。

「さすがに屋敷の中で火の魔法を使うのは危ないから、庭に出ようか」

万が一のことがあってはいけないので、庭で干物を作ってみようと提案して食堂を出たが、庭に着く頃には四人プラスじいちゃんだけでなく、スラリンとシロウマルとソロモンまで加わっていた。そして、スラリンたちがいるからかタマちゃんが来て、タマちゃんがいるからジュウベエとヒロも様子を見に来て、皆いなくなったからか、メリーが眠そうなアリーを引き連れてやってきた。そして、

「ごふっ！　ゴホッゴホッ……」

メリーが挨拶代わりに、アウラのお腹に頭突きを食らわせた。

「メリー、タマちゃん、今から干物を作るから、砂埃を立てないようにね」

「テ、テンマ、様……私、の、心配、は……」

アウラが何か言っていたが、いつものことなので無視しておくことにした。そんなことよりも、メリーとタマちゃんが干物を台無しにしないことの方が大切なのだ。

「ここでいいか、風よけになる岩と土台を出して、干し網……はないから、投網を土台に張って……これでよし」

土台の準備ができたので、最後に周辺に水を撒いて埃を流し、風と火の魔法を使い始めた。

「これでできるといいけど」

労力を考えたら自然乾燥の方がいいけど、今日は鍛錬や実験だと思うことにしよう。風と火の魔法を使って温かい風を送る方法……『温風魔法』とでも言える魔法だが、やってみると意外と難しい。風が強いと温かくならないし、何より干物が飛んでいってしまう。逆に、火が強いと蒸し焼きのようになってしまい、干物ができないだろう。バランスを間違えれば、『温風』ではなくただの『強風』、もしくは『熱風』、最悪の場合は『火炎放射』になりかねない。

「今度、この鍛錬方法をエイミィやティーダに教えるか」

『火炎放射』になりさえしなければ、ただの強い風か熱い風にしかならないので、割といい練習方法なのかもしれない。

その練習法にはじいちゃんも賛成していたので、近々二人を呼ぶことに決めた。

「それにしても、テンマは器用じゃのう。話しながらちょうどいい温度の風を維持するなど、わしはできん……ことはないが、普通は集中力が続かんぞ」

『温風』を起こし始めて一時間ほどが経過した頃、じいちゃんがそんなことを言いだした。

「慣れてきたら、あとは同じことを続けるだけだからね。魔力の消費も大きいわけじゃないし、感覚的には話しながらランニングする感じかな？」

複雑なコースなら難しいだろうが、同じコースをおしゃべりしながら走り続けることができる人は珍しくないと思う。

「確かにそう言われると、難しくないように聞こえるのう。むしろ、一人で集中してやっている方が、できないかもしれん」

「だとしても、できない人には絶対にできない。仮にアウラが魔法の達人だったとしても、絶対にどこかでポカする」

「そうね。アウラならおしゃべりに気を取られて魔法が止まるか、干物を吹き飛ばすか、一面を焼け野原にするかもしれないわね」

「ぐぬぬぬぬ……否定したいけど、否定できない！」

アムールとジャンヌの毒舌に、アウラは悔しそうにしながらも自分で認めていた。確かに、三人の中で考えた場合、アウラは一番適性がなさそうだ。

「そろそろ、いいんじゃないかな？」

笑いが一段落したところで、魔法を止めて干物の様子を見ることにした。見た感じでは問題はなさそうだったので、一つその場で火魔法を使ってあぶり味見してみたが、味の方も特に問題はなかった。

「こんなもんだと思う」

味見したものを皆にも回すと、一瞬で魚の身がなくなった。残った骨はシロウマルとソロモンが取り合い、頭をシロウマル、それ以外はソロモンがゲットしていた。

「スラリン、小さいやつ食べとけ」

食べ損ねたスラリンに小さい干物を渡すと、シロウマルとソロモンが自分たちももらおうとスラリンの後ろに並んだが、俺たちが食べる分が減るので我慢させた。

「まずまず」

「南部のお土産でもらったのと比べると、ちょっと味が薄いかな？」

「魚の違いもあるのかも？」

「素材や作り方を考えると、悪くはないとは思いますけど、南部で売れているものと比べると味は落ちますね」

アムールたち三人は遠慮がちだったが、レニさんははっきりと評価をしていた。まあ、自分たちで食べる分には問題ないので、今日の晩に出すことに誰も反対しなかった。

「ん？　お客さんみたいだな」

干物を回収して屋敷に戻ろうとした時、門の所でゴーレムが動きだしたので誰かが来たのがわかった。ちなみに、知り合いだとゴーレムは素通りさせるので、少なくともゴーレムが他人と判断した人物だということもわかった。

「ちょっと行ってきますね」

アウラが対応に行き、すぐに客を待たせて戻ってきた。

「テンマ様、サンガ公爵家からの手紙だそうです。できれば早めに返事をもらいたいとのことだったので、執事の方には少し待ってもらっています」

「わかった」

手紙を受け取ってさっそく読んでみると、『近々訪問したいので、都合のいい日を教えてくれ』というものだった。いつもはそんなこと気にしないのに何かあったのかと思ったが、とりあえず明後日の午後なら大丈夫だと執事に伝えた。

「こんなことはこれまでなかったから、もしかすると何か問題が起こったのかもしれぬな……ところで、何故明日でなく、明後日の午後なのじゃ？」

じいちゃんも、サンガ公爵がわざわざ執事を使って手紙を寄越したことが気になったみたいだが、そんなこともあるのだろうといった感じだった。それよりも、俺が指定した日の方が気になったようなので、

「いや、明日だと急すぎるし、何よりも明日は、燻製を作らないといけないからね」

と言うと、じいちゃんは呆れたような顔をしていたが最後には、「それも大事じゃな」と言って笑っていた。

第一一〇幕

「本日は時間を作っていただき、誠にありがとうございます」

「え～っと……とりあえず、上がってください」

　訪問日のお昼を過ぎた頃、サンガ公爵とアルバートとプリメラがやってきたのだが、いつもとは違い固い雰囲気の挨拶から始まり、手土産まで持参していた。サンガ公爵とプリメラの礼儀正しい姿は違和感がないが、いつも気軽な感じでやってくるアルバートには強い違和感を覚えた。そのせいで、一瞬だけ偽者なのかと疑ったくらいだ。

「とりあえず、今日の目的を教えてください。あと、口調はいつもみたいにしてもらえると……正直、アルバートがそこまでかしこまっているのは、とても違和感があります」

「ぷっ！」

　応接間に通し、早々にいつも通りにしてもらおうとアルバートをだしに使うと、プリメラが真っ先に吹き出し、アルバートは何か言いたそうな顔をしていたが、公爵の手前我慢しているようだった。そしてサンガ公爵自身はそんな二人を見て、ため息をつきながらもいつもの雰囲気になった。

「お願い……というか、依頼を出したいと思ったのでかしこまってみたのですが、アルバートがいる時点で無理だったようですね」

「父上、私のせいにするのは、さすがに失礼ではないですか？」

「いや、アルバートはカインとリオンでセットという印象が強いからな。黙って大人しくしていると、偽者か、もしくは良からぬことでも企んでいるのかと思ってしまうぞ。それか、何か後ろめたいことでもあるのか？　とかな」

三人の態度から何か後ろめたいこと、もしくはそれに近いことがあるのではないかと考えたのだが、それは当たっていたらしく、三人揃って苦笑いをしていた。

「確かに、良からぬことだと言われても仕方がない依頼なのですが……実はグンジョー市騎士団第四部隊……つまり、プリメラとその部下たちの実力を見てもらいたいのですよ」

確かにその内容だと、良からぬ企みと言われても仕方がないだろう。

これまでサンガ公爵は俺に何度か依頼を出しているが、そのほとんどが納品系の依頼だ。食べ物のようなものならば、俺が自分で選んで受けた依頼をこなしている最中に、もしあったら確保してくれ程度の依頼だとか、知り合いだけに卸しているゴルとジルの糸を、便宜上依頼として俺に出したといった感じの、言い方は悪いがなれ合いのようなものばかりだったのだ。

だというのに今回は、自分の持つ戦力の向上が目的としか言えない依頼で、この依頼の内容が広まれば他の貴族が、「自分も同じ依頼を出すから受けてくれ」と言いだしてくるだろうと予測できるものであり、さらには俺の後ろ盾である（と思われている）王家の機嫌を損ねそうな依頼とも言える。

「テンマ君の疑問はわかります。ただ、これは事前に陛下に話を通してあり、テンマ君次第だというお言葉をいただいています」

王様とマリア様が、そのことを俺に知らせないというのも珍しいなと思っていると、

「実は、これはサンガ公爵家の一部と陛下たちしか知らない情報なのですが、我が領内にケイオス

と同じような化け物が現れました」

「なっ！」

危うく大声を出しそうになったが、屋敷には南部自治区の諜報員であるレニさんがいるのを思い出したので、すぐに口を塞いで周囲を『探索』で探った。『探索』によるとレニさんは厨房の方で何かしているらしく、応接間を探っている様子は見られなかった。

「聞きたいこともあるでしょうが、まずは最後まで私の話を聞いてください。その化け物ですが、結果から言えば、被害が出ることなく終わりました」

前例がケイオスだけなので、強さにおいてそれぞれにどのくらいの差があるのかわからないが、それでも無傷で倒すのはすごいと思った。だが、

「被害が出ることなく終わりましたが、残念ながら倒したというわけではないのです。相対した者の話によると、追い詰められて薬を服用したまではケイオスと同じなのですが、ケイオスと違って、異形化してすぐに血を吐いて倒れたそうです。そのまましばらく様子を見ても、全く動く気配がしなかったそうで、触って確かめたところ死亡していたとのことでした」

二例目であまり情報を得られなかったのは残念だが、もしもその化け物がケイオス並みの強さを持っていたとしたら、並の部隊ではいたずらに死者を出すだけとなっていただろう……と、いうことは、

「俺に、第四部隊の強さを測れ……ということですか？」

仮にケイオスと同程度の強さを持つ化け物が現れた場合、第四部隊はどこまで通用するのか見てほしいということなのだろう。

「そういうことになります。ただ、そのままですと他の貴族が同じような依頼を出してくると思われるので、依頼を受けてもらえる場合は、テンマ君が、たまたま近衛兵と訓練をしている日に、私が私兵として王都に置くことにしたグンジョー市騎士団第四部隊を偶然連れていき、陛下とライル様が、昔第四部隊がテンマ君に迷惑をかけた話を思い出して悪乗りし、訓練という名目で模擬戦を行わせるという流れになります」

依頼を頼みに来たと言う割には、俺が受ける前提で話が進んでいるようだ。最初の挨拶の時に、三人の態度がおかしかった理由はそのせいだろう。

「まあ、近衛兵や王城の騎士団とはたまに訓練を一緒にやっているので、そこに王様とライル様のわがままで加わるというのなら無理のない流れとは思いますけど……同じことを他の貴族がやりませんかね？　その条件だと、少なくともサモンス侯爵やハウスト辺境伯が同じことをした場合、俺の方に断る理由がありませんし、数が増えると俺の知らない貴族……王家に影響力を持つ他の公爵家などが来た場合、断りづらくなりませんか？」

サモンス侯爵やハウスト辺境伯の所だったら、騎士団とも面識があるしそれなりに付き合いもあるので構わないが、それ以外だとやりたくはないし、数が増えると王様も断りきれなくなるかもしれない。そう思っていると、

「これは、王家の命令でも依頼《おねがい》でもなく、陛下とライル様の暴走です。よって、模擬戦がちょうど終わるタイミングで、マリア様とシーザー様が騒動に気がついてやってきます。そして、陛下とライル様は、どこかへと連れていかれます」

「つまり、二人がいつも俺にやっている、『いたずら』だったということにしようというわけです

か……通用しますか？」

「通用させます。その為に、陛下とライル様が犠牲になるのです」

「いや、言い方が悪いですけど、全てやらせでやるんですから、犠牲というのは違うんじゃないですか？」

公爵の言い間違いかなと思ったのだが、公爵だけでなく、アルバートとプリメラまでも悲痛そうな顔をして、

「いえ、あの……これはマリア様とシーザー様から口止めされているのですが、普段の行いが悪いということらしく、今回の計画はちょうどいいタイミングなので、お二人にはいろいろと反省してもらうとのことでした」

俺にそんなことを話していいのかと訊くと、王様とライル様に漏らす心配のない相手ならば、公爵の裁量で話してもいいと許可を得ているそうだ。

「そういうことなら構いませんが、今回の報酬はどうなるんですか？」

「それは、王家から迷惑料として支払われることになっています。まあ、実際は王家とサンガ公爵家の折半ですが、表立って公爵家が支払うとやらせだとバレてしまうので、このような方法を取ります」

俺としては、たまに行う訓練の相手が代わるくらいなので、面倒臭いことを王家と公爵家が引き受けてくれるのならば構わない。それに、考えようによっては、少し違う訓練をして報酬がもらえるので儲《もう》けものである。

「それで、いつやるんですか？」

「受けていただけるということですね。ありがとうございます！　第四部隊……王都の騎士団と紛らわしいので、グンジョー市騎士団と呼びますが、こちらの準備は整っていても、近衛隊や王城の騎士団の準備が必要ですので、早ければ明後日、遅くても一〇日もかからないでしょう。予定日の前日には、テンマさんに知らせが行くように手配します」

依頼とはいえ書類や契約書を残すわけにはいかないので、報酬や条件などは口約束しかないのだが、王様や公爵たちが約束を破るとは思っていないので、これくらいの約束で十分だ。

「それで気になったことがあるのですが……私兵として王都に置くと言いましたが、今後プリメラは王都に住むのですか？」

私兵として王都に置くということは、部隊長であるプリメラは王都に移住するということになる。

「完全にではないですが、王都にいる時間の方が多くなります。グンジョー市騎士団ですが、ここ数年入隊者が増えていて、団員が余りかねない状態になっているのですよ。そこで、プリメラの拠点を王都に移し、公爵領の各地の街や村と王都を行き来する、連絡専門の隊を創設することになりました。幸い、プリメラの隊は貴族の血縁者が多いので身分がはっきりしており、緊急性の高い情報を運ぶ際、関所などの通過が容易になりますからね」

「ああ、それで実力を知っておきたいのですか」

二体目の化け物が出た以上、三体目もいると考える方が自然だし、その為の連絡員が必要なのも当然だ。ただ、その連絡員が化け物に出会ってしまった場合、倒せなくとも逃げ切るか、時間を稼ぐだけの実力が必要となる。隊員にそれができるか知りたいのだろう。そしてそれは、王家にとっても知りたいことで、あわよくば公爵家の情報も狙っているかもしれない。

「まあ、王家とは情報を交換することで合意していますから、ギスギスすることはないですよ」

と、俺の心配に気づいた公爵が、王家と問題が起こることはないと断言した。

「とりあえず、依頼に関してはこれくらいですかね？　あとは……普段のアルバートの話でも聞かせていただきましょうか？」

「父上！」

「それなら、じいちゃんやアムールたちも呼んだ方がいいかもしれませんね」

「テンマ！」

「テンマさん、兄様がいつもいつもご迷惑をおかけして、申し訳ありません」

「プリメラ！」

俺たち三人からいじられたアルバートは、抗議の声を上げていたが……

「違うのかい？」

「違うのか？」

「違うんですか？」

意図したわけではないが、三人に揃って言われるのはダメージが大きかったのか、アルバートはわかりやすく不貞腐《ふてくさ》れた。

その後で、本当にじいちゃんとアムールを呼んでアルバートの恥ずかしい話が暴露されると、アルバートは応接間を逃げ出して、どこかへと逃げていった。まあ、逃げた先はジュウベエたちの小屋の中で、屋敷の外で待機していたステイルにバッチリ見られていたので、探しに行ったプリメラにすぐに連れ戻されていた。

「いやぁ、今日はいい日だった。依頼は受けてもらえるし、料理はおいしかったし……アルバートの面白い話は聞けたし」

「そうですね。前々から兄様……カイン兄様にリオン兄様もですが、テンマさんに世話になりすぎなのではと思っていましたが……世話になりすぎどころか、甘えすぎのようですね」

依頼の話が終わった後で、三人は夕食を食べていくことになった。夕食は自然乾燥で多少味が向上した干物と午前中に完成した燻製を使ったものを中心に出したので、公爵家で食べるものに比べると貧相なものだったかもしれないが、公爵もプリメラもおいしそうに食べていた。

帰り際の公爵は、酒が入っていたのもあって上機嫌だった。そして同じく酒の入っていた（二杯目は公爵に止められていた）プリメラは、色々な話を聞いているうちにアルバートに対する評価が暴落したようだ。まあ、王都にいることが多くなるということは、アルバートと一緒にうちに来ることが多くなるということで、うちに来ればアルバート（プラス、カインとリオン）の三馬鹿と呼ばれる所以《ゆえん》を見る機会が増えるということだ。評価はさらに落ちる可能性がある。

「今度、カインとリオンも連れてこよう……」

妹の評価が下がり続けているアルバートは、カインとリオンも道連れにすることに決めたようだ。その瞳は、暗く濁っている……ように見えた。

「それでは、模擬戦の時は遠慮なくやってくださいい。では、これで」

「テンマさん、失礼します」

「次来る時は……三人だ」

アルバートの「三人だ」と言うのは、次はカインとリオンも連れてくるというだけなのか、プリメラに評価を落とされて軽蔑されるのは三人になるという意味なのか、いまいち判断がつかなかったが……多分後者だろう。


三人が去ってやることもなくなり、その日はいつもより早い時間帯から酒盛りに突入した。

「それにしても、クリスさんの嗅覚はすごいね。お酒のつまみが多い日に、なおかつ公爵が帰った後を狙いすましたかのように来るなんて」

レニさんにお酌してもらっているクリスさんは、どや顔をしながら干物に手を伸ばしていた。

「今日の私は、自分でも勘が冴《さ》えていたと思うわ。何せ、何となく気まぐれでジャンさんの仕事を手伝ったら、公爵様と鉢合わせなくて済んだんだからね。いや、まあ、顔を合わせたからって、何か不都合があるわけじゃないけど、やっぱり余計な気を使っちゃうからね、アルバートのことで色々と……それに何よりも、ジャンさんに恩を売れたのは最高だわ！」

などと言っているが、要は猫を被るのが面倒臭いということなのだろう。しかし、ジャンさんに恩を売れたと言うが、ジャンさんは恩とは思っていないと思う。むしろ「それくらいは手伝って当然」、「今後も手伝わせよう」……とか思っていそうだ。まあ、面白そうなので、今クリスさんには言わず、後でアイナあたりに確かめてみよう。

「それにしても、テンマ君たちは贅沢《ぜいたく》ね。この干物が可もなく不可もなくなら、一般の兵士が食べているものなんて、いまいち以下よ。近衛兵が食べているものは、いまいちよりちょっと上くらいになるかしらね？」

王都では干物があまり売られていないせいか、兵士が食べるものとしてはおいしい部類に入るのだそうだ。

「兵士は有事に備えて、日持ちする食料に慣れる必要があるからね。たまに出される食事が、干し肉や干物、干し野菜といったものばかりになることがあるのよ。有事に備えてのものだから、これみたいに少し生っぽいものじゃなくて、カチンカチンに干して固くなったやつね」

そんな特殊なやつと比べられても……と思ったが、兵士にとって乾物とはそれが普通らしいし、一般家庭でも保存食として備蓄しているものは、兵士のものとそんなに変わらないらしい。

「生や半生のものを食べられるのは、貴族の中でも高位の人か、マジックバッグに余裕がある人だけよ」

クリスさんはそう言うと新しい干物を嚙みながら、「この、贅沢者め！」と言ってお酒を飲んでいた。

「それで、テンマ君。サンガ公爵様は、何の用事で来たの？」

クリスさんは、何となく思ったことを口にしたみたいで、言った後で「機密情報とかだったら、言わなくていいけど」と付け足していた。だが、この場合はぐらかしたようなことを言えば、それは「機密情報です」と言ってしまうのと一緒だろう。クリスさんが今回の件でどこまで知っているのかわからないが、全く知らないと思った方が安全で、互いに安心できるだろう。

「ああ、大したことじゃないよ。何でも、プリメラの部隊を王都のサンガ公爵家付きになるからってことで、挨拶に来たみたい。まあ、アルバートがいつも迷惑をかけているからってこともあって、ちょっとかしこまった挨拶になっていたけどそれは最初だけで、あとはいつも通りだったよ」

と、本当のことだけど大事な所だけ言わずに教えると、クリスさんは「まあ、アルバートだから仕方がないわね。そんなことよりも、プリメラが王都に配属とはね……何だか、面白くなりそう」

と言っていた。

そして次の日の早朝、

「それじゃあ、明日の午後に向かえばいいんですね？」

さっそく王城からの使者がやってきた。サンガ公爵が『早ければ明後日』と言っていたが、王様とライル様の性格を考えれば当然のような気がしてきた。

手紙を持ってきた使者に確認すると、「そのように聞いております」との返事があり、一礼をして去っていった。

「テンマ様、何か依頼ですか？」

最初に使者の応対をしたアウラが、興味深そうに手紙の内容を訊いてきたが、詳しく教えることはできないので、

「明日、騎士団の訓練に参加しないかっていうお誘い」

と、半分だけ教えた。ついでにアウラも参加するかと訊くと、慌てて「お洗濯が」とか、「お掃除が」とか言いながら離れていった。

「こういう時、アウラは扱いやすくていいな」

逃げるアウラを見ながら、俺は受け取った手紙をマジックバッグに放り込んだ。後でこの手紙は

燃やした方がいいかもしれない。

「それじゃあ、じいちゃんたちの様子でも見ておくか」

昨日、いつもより早い時間から飲み始めたのと、おつまみとなる干物の数が多かったので、じいちゃんとクリスさんは二日酔いで寝込んでいる。まあ、珍しくない状況だ。レニさんは抑え気味に飲んでいたので無事だし、調子に乗って飲みそうなアムールは、レニさんに止められたので二日酔いにはなっていない。

今日のご飯は胃に優しいものだなと思いながら、二日酔いに効く薬を思い出しながら屋敷に戻ったのだった。


「それで、テンマ君。感想は？」

予定された訓練日。予想よりも早く模擬戦を終えた俺に、サンガ公爵は念の為訊いておこうかといった感じで模擬戦の感想を求めてきた。

「そうですね……状況にもよりますが、戦おうとは思わない方がいいと思います。少なくとも、ケイオスクラスの相手に一人二人の人数で勝ちを狙いに行けば、間違いなく死にます。三人なら、うまく戦えば時間を稼げるかもしれないといった感じですね」

ケイオスのケースで考えれば、時間を稼げば相手が自滅する可能性がある。それを狙うしかないというのが、俺の出した結論だ。

「プリメラはどうでしたか？」

「プリメラと副官、そしてその二人を魔法に長けた騎士が支援すれば、ケイオス相手でもいい勝負になるかもしれません。まあ、なるかもしれないというだけで、殺される可能性の方が高いと思いますが」

プリメラと副官は、近衛隊に入ってもギリギリ通用すると思うが、その他は一般の兵士よりましといった感じの者が多かった。まあ、昔よりは連携の精度も個々の強さも上がっているようだが、ケイオスに対抗できるレベルではなかった。

「それは、連絡隊を結成しない方がいいということですか？」

「いえ、これからの訓練次第では、生き延びる可能性はかなり上がると思います。ただ、戦うのは最後の手段ということを徹底し、逃げるもしくは生き延びるという戦い方を優先させる必要があると思います」

自分で言っておいて何だが、第四部隊の多くはその戦い方はできないと思っている。何故なら、第四部隊は貴族出身の者が多い為、実力は他の部隊に劣っていても、プライドだけは他より高いという印象があるからだ。

「なるほど……テンマ君が思う、第四部隊に必要な訓練というのはどんなものですか？」

サンガ公爵の質問に、俺は間髪入れず、

「体力をつけることですね。次に筋力をつけることです」

と答えた。理想としては、化け物相手に走って逃げ切るだけのスタミナとスピードを身に付けることだがそれは無理だと思うので、せめてバラバラに逃げた時に最小限の犠牲で逃げ切るようにするべきだろう。

「非情かもしれませんが、誰かを犠牲にすることを前提とした戦法も組み込むべきだと思います」

「確かに、必要なことでしょうね……ところで、戦って勝てるようにするには、どうすればいいと思いますか？」

公爵は、囮《おとり》を使わないで勝つにはどうすればいいかと訊きたいようだが、もっと単純な方法がある。それは、

「隊の単位を三人と考えた場合、アムール、近衛兵、エリザの技量を超える三人で組ませることができれば、勝ち目はぐんと上がります」

と、いうものだ。実際に途中まではあの三人でケイオスを追い詰めたし、負けた最大の理由が油断と情報不足にあったと思うので、総合力であの三人を超えることができれば、勝つ確率は高いだろう。まあ、前衛としてはこの国でもトップクラスのアムールに、強さにおいて騎士の中で上位に入る近衛兵、魔法使いとしてかなりの実力を持つエリザを超える三人組は、近衛隊や他の王都の騎士団を合わせてもいくつ作れるのか？　というくらいのレベルなので、第四部隊だけではどう考えても無理な話だ。

「それは……無理ですね。サンガ公爵領の騎士団をかき集めて、その中の上から選んでいけば何組かはできるでしょうが、隊を作るほど集まるかは不明ですし、何より各地の戦力が大幅にダウンすることになります」

「他の案としては、単純に戦う数を増やすくらいですね。ただ、数が多くなればなるほど連携は取りにくくなりますし、連絡隊に必要な速度も失われると思います。なのでできるとすれば、三人一組を二つか三つで一つの隊として動かすくらいでしょうか？」

「そうですね。九人くらいなら、訓練次第で連携も十分とれるでしょうが……それでも、人数不足には違いませんね」

九人で行動させると、今度は連絡隊の数が足りなくなってしまう。

「これは、ゴーレムで数を補うのも手ですね……あっ！　実は数年前から、我が家ではゴーレムを製作できる魔法使いたちの確保に動いてまして、最近数が揃い始めたんですよ」

俺のゴーレムを当てにしていると勘違いされると思ったのか、すぐに自前で用意できると付け足した。

「捨て駒としてはコストがかかりますが、人命を損なうよりはましです」

できればゴーレムを捨て駒にはしたくないだろうが、貴族出身者に死なれるとその実家がうるさいし、下手をすると離反ということも考えられるので、そんなことならゴーレムを犠牲にした方がましなのだと、サンガ公爵はため息をつきながら言っていた。

「ゴーレムの費用がかさばらないように、プリメラたちには訓練を頑張ってもらうしかありませんか……プリメラ！　そろそろ隊員たちを起き上がらせなさい！　近衛隊や王都の騎士団の前で、いつまでも無様な姿をさらさせないように！」

公爵は、いまだに地面に倒れ込んだり座り込んだりしている騎士たちに檄《げき》を飛ばした。だが、すぐにその声に反応できたのは半数以下で、人数にすれば二〇人に届かないくらいだ。

「し、失礼しました、公爵様。第四部隊、整列！」

プリメラが慌てて号令をかけると、先に立ち上がっていた騎士がまだへばっている騎士に肩を貸して、歪《いびつ》ではあるものの整列をした。

「陛下に敬礼！」

俺と公爵から離れた所にいる王様に向けて、プリメラたちが敬礼をした。それに対し、王様は軽く手を挙げて答える。

「なおれ！　サンガ公爵様、テンマ・オオトリ殿に敬礼！」

続いて、公爵と俺に向けて敬礼をし、公爵は王様と同じように軽く手を挙げて答えたが、俺はどうしていいのかわからなかったので軽く頭を下げた。

俺が頭を下げたのを見て、プリメラは部隊を端の方に移動させて休憩に入った。

「サンガ公爵、無理を言ったようで申し訳なかった」

「いえ、あの者たちもいい経験になったことでしょう。公爵家の騎士とはいえ、地方都市の騎士団に所属していると、王城に来ることなどそうはないことですから。それなのに、陛下の前で剣を振るうことができたのです。あの者たちの自慢となるでしょう」

サンガ公爵がそう言うと、王様は鷹揚《おうよう》に頷いた。ここまでは王様も知っている流れだ。

「陛下、少しよろしいですか？」

そして、ここからが王様の知らない話となる。

王様に声をかけたシーザー様の後ろには、マリア様とライル様が立っている。ライル様はまだこれからのことを聞かされていないようで、普段と変わらない様子だった。

シーザー様に呼ばれた王様は、事前に知っていた話にはないことではあったが、特に気にした様子を見せずにシーザー様とマリア様に近づいた。そして、俺の見えない所まで連れていかれ……そのまま戻ってくることはなかった。

「サンガ公爵、テンマ、ほったらかしにして申し訳なかった。陛下と軍務卿《きょう》は、急な用事ができたので席を外すことになった」

一人だけ戻ってきたシーザー様は、俺と公爵に謝罪の言葉を口にした。まあ、周囲に見せる為の芝居ではあるけれど。

「それにしても、この様子だと何かあった時に、連絡隊の被害が大きくなりそうだな」

「ええ、そのことをテンマ君と話していたのですが、今の状況だと隊の人数を増やして対応するか、捨て駒覚悟でゴーレムを使うかといった感じになりそうです」

「そうか、それは大変だな……まあ、たまには王城での訓練に参加させるといい。互いにいい刺激となるだろう」

シーザー様は、「これを機に、他の貴族たちの騎士も参加できるようにしてもいいな」と言って、ここにはいないライル様に今度提案してみようと呟きながら、王様たちが消えていった方へと歩いていった。

「まあ、実現は難しいでしょうね。特に改革派は自分たちの戦力を知られたくはないでしょうし、参加させたとしても、中堅の騎士が来ればいい方でしょう」

実際にサンガ公爵も、ここに連れてきたのはグンジョー市騎士団の第四部隊……少し前まではお荷物のような扱いも受けることのあった騎士たちだ。別に実力を知られても、痛くもかゆくもない連中ばかりである。

「もっとも、うちとしてはありがたいですけどね。これでうちの騎士たちを参加させやすくなりますから。できれば、他の貴族が参加する前に、それなりの実力をつけてほしいところですが……難しいでしょうね」

難しいというのは、第四部隊では力をつけるのに時間がかかりそうというのと、このことを知れば、サモンス侯爵はすぐに参加させると思われるからだそうだ。

「サモンス侯爵も連絡隊の話を聞けば、おそらく同じような部隊を作るでしょう」

この世界には伝令などを行う部隊はないのかと思ったら、あるにはあるそうなのだが、基本的に空いている一般の騎士が兼任するので効率が悪いのだそうだ。

「昔はあったそうですが、戦力としてあてにできない上に、馬がかなりの数必要になるので、経費削減という名目などで、今はほとんどないようです。それに、ちょっとした連絡なら、冒険者が請け負いますからね。そちらの方が安上がりですし」

そう言われて、真っ先にテッドが思い浮かんだ。テッドのような魔物を使役して情報を運ぶ冒険者は、一度にかかる金銭は高く感じるかもしれないが移動手段は基本的に自前なので、馬などの飼育や管理に使われる費用がかからず、冒険者によっては馬で移動する騎士よりも早く届き、道中で事故や事件に巻き込まれた場合、新たな騎士の補充や遺族への補償をしなくていいというメリットがある。まあ、情報が盗まれる可能性があるといったデメリットも存在するが、重要な情報には冒険者を使わなければ済むだけの話なので、メリットの方が大きいように思える。

「ハウスト辺境伯領でのワイバーン騒動や帝国の侵略騒動のようなこともありますし、今回のような化け物騒動もあります。自前の連絡専門の部隊が必要な場面が、必ず訪れるでしょう。そのことを考えれば、多少の出費は仕方がありません」

そうだろうなと思った時、先ほどまで第四部隊と訓練していた広場に近衛隊が現れた。

「テンマ！　せっかくだから、俺たちともやるぞ！」

大声で俺を誘ったのはジャンさんだ。今日は珍しく近衛隊の主力が勢揃いで、全員やる気に満ちているように見えるので、もし断っても逃がしてくれそうにはない。現に、クリスさんやエドガーさんが、俺を逃がさないように、背後に回ろうとしている。

「グンジョー市騎士団も、参加したい奴はいつでも入ってくるといい！」

ディンさんがそう叫ぶと、まずプリメラが反応し、続いて副官、その後に十数人が立ち上がったが、貴族出身の騎士は最初の二人以外立ち上がれていなかった。

「それじゃあ、プリメラの相手は私がしましょうか」

「お願いします！」

クリスさんは、真っ先にプリメラを捕まえて俺から離れていった。そんなクリスさんに続いて、近衛隊の女性騎士が第四部隊の女性騎士を同じように捕まえて、クリスさんの近くへと連れていった。

第四部隊の女性騎士がいなくなったのを見て、他の近衛隊の騎士も次々と立っていた第四部隊の騎士を捕まえ始めた。

「それじゃあ、テンマ君はいつも通り私たちとやろうか？」

エドガーさんは爽やかな笑みを浮かべながら、ディンさん、ジャンさん、シグルドさんが待機している所に連れていくという、鬼畜の所業としか思えない行いをしようとしていた。

「いつも通りって言ってますけど、この組み合わせでやったことはないですよね？　魔法ありでならいいですけど、どうしますか？」

「仕方がない。エドガー、お前は後で相手してもらえ！」

「いや、エドガーさんじゃなくて、ディンさんが抜けてくださいよ！」

「それじゃあ、シグルドも抜けろ！　テンマ、それでいいな！」

それならと頷いたが開始直前になって、

（このコンビとはやったことがないけど……普通に考えてきつくね？）

と思ったが、後の祭りだった。魔法なしの場合、ディンさんとは五分五分に行くか行かないかくらいの成績なのに、そこにジャンさんが加わるとなると、勝ち目はゼロだった。これがディンさんとクリスさんみたいに、組むのがジャンさん以外だったら、その人を盾にするなり武器にするなりとまだやりようがあるかもしれないが、ジャンさんがそんな隙を見せることはなく、ディンさんに徹底的にまとわりつかれ、その背後からジャンさんの一撃が襲いかかってくるという、どう考えてもいじめとしか思えないような訓練をやらされた。

年長者によるいじめが終わったら終わったで、今度はエドガーさんとシグルドさん、それにクリスさんにプリメラの四人が向かってきた。それも、一息つく間もなく、奇襲をかけるかの如く襲いかかってきたのだ。さすがにあのいじめの後だったので体力が持たず、防御するだけで精いっぱいだった。まあ、四人には押され気味ではあったものの、決定打は与えなかったので引き分けといったところだろう。

だが、ジャンさんから終了が告げられた後でクリスさんが、「形勢有利ってことで、私たちの勝ちね」とか言っていたので、「四人でかかってきて倒せなかった以上、クリスさんの負けでしょ」と言ってしまった為、クリスさんと距離を取りながらの睨み合いになった。だが、「文句があるなら、ディンさんとジャンさんに相手をしてもらってから言ってください」と言うと、クリスさんはディンさんとジャンさんに引っ張っていかれた。そして、俺と同じようにいじめられていた。

「クリスが悪いとはいえ、テンマ君もえげつないね」

「まあ、武闘大会で優勝してからというもの、クリスは少し調子に乗っている所があったから、いい気味だけどな」

エドガーさんとシグルドさんはクリスさんを庇《かば》うことなどせず、静かにクリスさんがやられているのを見ていた。

「テンマさん、大丈夫ですか？」

「疲れはしたけど、大した怪我はないし……まあ、大丈夫かな？」

訓練で多少の怪我は日常茶飯事なので、疲労以外は大丈夫といった感じだ。そう返したがプリメラは申し訳なさそうな顔をしていたので、「クリスさんに無理やり付き合わされたんだろ？」と訊くと、迷いながらも小さく頷いた。

それなら全てクリスさんのせいだから、プリメラが気にすることはないと言うと、エドガーさんとシグルドさんも同じように言って励まし、それを見ていた近衛隊の女性騎士たちも、同じようなことを言いだした。その結果、

「何で鬼と鬼のしごきから生還したら、私の評価が下がっているのよ！」

といった具合に、クリスさんの部隊内の評価が激下がりした。まあ、半分はクリスさんをからかう為に、皆でそういった演技をしているわけなのだが……何割かは本当に下がってしまった気がするのは、俺の気のせいではないだろう。

「よし！　そこまで！」

ディンさんの号令で、本日の訓練が終了した。今日は第四部隊がいるからなのか、近衛隊の騎士たちの気合の入り方がいつもと違ったように見えた。そのせいか、近衛隊の騎士たちは、この後の予定を話し合ったり、笑い話をしていたりと笑顔や余裕が見えるのに対し、第四部隊の騎士たちは死屍《しし》累々といった様子で、立っていられたのは副官と数名のベテランだけだった。

「だ、第四部隊……起立……礼」

プリメラは、近衛隊の騎士たちが整列を始めたのを見て、慌てて皆を立たせて礼をさせていた。

それを見た近衛隊の騎士たちは、声をかけたり手を振ったりと思い思いに返事をして、ディンさんの解散の言葉で、それぞれ柔軟をしたり城の中に戻っていったりした。

「明日、何人が元気でいられますかね？」

「半数……よりちょっと少ないくらいかもしれないね。もちろん、私は大丈夫だけど」

「もっと少ないと思いますけどね。むろん、俺も大丈夫に決まってますが」

俺の疑問に、エドガーさんは笑いながら半数以下と言い、シグルドさんはそれよりも少ないと言った。二人の言う通り、俺もそれくらいだと思っている。何せ、いくら近衛隊の騎士たちが普通の騎士を体力・技術ともに大きく上回っているとはいえ、いつもより気合の入った訓練を、いつもより多い人数で行い、しかもかなりの数の近衛騎士が、第四部隊にいい格好を見せようと気を張っていたのだ。普通なら第四部隊の騎士と同じようにへばっていてもおかしくない。

「まあ、やせ我慢ができるのも、近衛としては必要な技能なんだけどね」

「さすがに、他の部隊の前で弱い所を見せるわけにはいかないからな」

「そんなこと言って、二人ともやせ我慢がすぎるんじゃないですか～？」

エドガーさんたちに茶々を入れてきたのは、人のことを言えないくらいやせ我慢していそうなクリスさんだった。

「最近、エドガーさんは筋肉痛が二日後に来て困るとか言ってますし、シグルドさんは抜け毛を気にしてますよね？　それって、年なんじゃないですか？　若手に席を譲る日も近いですかね？」

クリスさんはそう言って二人をおじさん扱いしているが……二人はクリスさんと、言うほど年の差があるわけではない。むしろ、同年代と言っていいくらい近い。

そんなクリスさんにおじさん扱いされた二人は、静かに怒っていた。それはもう、血が滲《にじ》むんじゃないかというくらいに拳を握りしめて、血が噴き出るんじゃないかというくらい額に血管を浮かび上がらせていた。そしてクリスさんは、そんな二人の怒りにまだ気がついていない。

「ん？」

どうなるのかと半分楽しみながら三人の様子を見ていると、遠くの方からジャンさんがクリスさんをどうにかしろというジェスチャーをしていた……笑顔で。無理だと返すと、今度はディンさんも面白がって同じジェスチャーを始めた。

「仕方がない……え～っと、確か今日は……おっ！　いたいた！　ほれ、出てこい！」

俺はジャンさんとディンさんの期待に応える為、隅の方に置いていたディメンションバッグを覗き込んだ。そして、悪魔を解き放った。

「め？　……めっ！」

「待て、ターゲットはクリスさんだ……日頃の恨みを晴らすチャンスは今だ！」

そして俺は、黒い悪魔こと『メリー』を唆した。

メリーは一瞬、俺に体当たりしようと身構えていたが、飛びかかる寸前に待ったをかけてクリスさんに視線を向けさせると、メリーは俺の言っている意味をすぐに理解したようだ。いつも無理やりモフられてストレスをためているメリーにとって、今は千載一遇のチャンスだということに。

「め……めっ！」

メリーが尊敬するような目で俺を見つめた後で、敬礼するかのようにひと鳴きして、

「め～……めぇええええ――――！」

一瞬ためを作り、クリスさんめがけて突進していった。

「え？　な、何でここにメリーが……って、今は来ないで――――！　今はダメ――――！　今は許し、いぎゃぁああああ――――！」

案の定クリスさんは、エドガーさんたちを馬鹿にできるほどの余力を残していたわけではなく（むしろ、二人より残していないと思われる）、メリーの突進に気がついても逃げることができずに、体当たりを背中に食らって吹き飛ばされ、転がったところに追い打ちをかけられて地獄の苦しみを味わっていた。そしてそんなクリスさんは、残っていた近衛隊の騎士たちに笑われていた。中でもジャンさんとディンさんは遠慮なく大笑いし、エドガーさんとシグルドさんは馬鹿にするような笑みを浮かべていた。さらにはクリスさんの叫び声を聞いて、王城の中に戻っていった騎士が様子を見に来たので、クリスさんがメリーにやられている姿は近衛隊の全員に見られることになった。

「メリー、そろそろ戻ってこい」

「めっ！」

メリーは這《は》いつくばって逃げようとするクリスさんに、何度も何度も体当たりや踏み付けを食らわせて、最後は屍《しかばね》のように動かなくなったクリスさんの上で満足そうな顔を見せていた。

そんなメリーを呼ぶのは忍びなかったが、そろそろ帰らないといけないので戻ってくるように声をかけたところ、意外にも素直に戻ってきて、自分からディメンションバッグの中へ入っていった。

「テンマ……俺はそこまでやれとは言ってないからな」

「俺もだぞ……というか、何で連れてきているんだ？」

ディンさんとジャンさんはメリーの行動に引き気味だったが、メリーの行動はクリスさんの自業自得という面もあるので仕方がないと言うと、それもそうかと納得し、近くにいた女性騎士にクリスさんを隅に移動させるように命令していた。

「メリーを連れてきた理由ですけど……メリーの奴、うちで暴れすぎて洗濯物を汚したもんで、ジャンヌたちに追い出されました」

まあ、追い出されたというのは言いすぎだが、ディメンションバッグに押し込まれ、王城に行く俺に預けられたのだ。ジャンヌたちは洗濯物のやり直しやその他の掃除を終わらせる為に、邪魔になるメリーを俺に預けて屋敷から離れさせようというつもりだったのだろう。

そのことを二人に言うと、「連れてきていたのを黙っていたのは問題だが、クリス以外に被害が出ていないから、見なかったことにする」とディンさんに言われた。さすがに、連れてきていることを黙っていたのはまずかったようだが、魔物ではないことと、大した被害が出なかったことで見

逃された形だ。

「しかし、条件がある」

しかし、クリスさんを運び終えた騎士から何か耳打ちされていたジャンさんが、交換条件を持ちかけてきた。それは、

「シロウマルのモフり会ですか？　シロウマルのおやつを用意してくれるなら、大丈夫だと思いますよ」

そう言うと、近衛隊の女性騎士と一部の男性騎士から歓声が上がった。何でも、マリア様たちの護衛として家についてくる騎士は近衛の中でも限られており、基本的にディンさん、ジャンさん、クリスさんみたいに、昔ククリ村に来た時に会った騎士が中心で、たまに他の騎士が担当になったとしても、外で待たされるか一度王城に戻ることが多いそうだ。

その為、クリスさんと同じく動物好きの騎士たちは、いつでもシロウマルやメリーと触れ合えるクリスさんを羨ましく見ていて、それを知っているクリスさんは、シロウマルの毛並みやアリーの抱き心地を自慢するのだそうだ。

「ん？　……ああ、それも伝えよう」

ディンさんとモフり会の予定日を話し合っていると、またも女性騎士がジャンさんに耳打ちしていた。

「テンマ、そのモフり会だが、クリスは出禁にしてほしいそうだ。別に構わんよな？」

ということらしいので、即座に頷いた。ただし、クリスさんを押さえることと、モフり会の進行と警備を負担してもらうことを条件にすると、すぐに了解との声が聞こえてきた。

訓練から数日後、シロウマルとメリー・アリーのモフり会に、正体不明の覆面をした人物（警備の騎士の言）が会場に忍び込もうとし、騎士たちに発見され追いかけ回されたが逃げ切り、その後の行方はわかっていない……という報告書が、近衛隊の控室で一人残され、書類整理をやらされていたはずのクリスさんの机の上に、山のように置かれたという話をエドガーさんが教えてくれた。


「試作品はこんなもんかな？」

ようやく形になった試作品……改良型車椅子の座り心地を確かめながら、軽く動かしてみた。

「前世のものと比べるとまだまだだけど、それでも以前使ったやつとは雲泥の差だな」

前世のものを思い出しながら形を作り、椅子に板バネを入れてタイヤにカエルの皮を使ったので、衝撃はかなり抑えられている。ただ、ブレーキがないので坂道は危険だし、自分で動かせるようにハンドリムをつけたのはいいが、本体が重いので力の弱い人には動かしづらいと思う。

「まあ、試作品だからこんなもんだということにして、次は軽量化かな？」

最終的にはゴーレムを組み込んで自動操縦できるようにしてみたいが……今は前世のものと同じようなものを目指すことを目標にしよう。

「何やら、おかしなことを企んでいるようじゃのう」

「ノックくらいしてよ、じいちゃん」

いきなりドアが開いたと思ったら、じいちゃんが入ってくるなり呆れたような顔で声をかけてきた。ノックに関しては、何度かやったが俺が気がつかなかっただけとのことだった。

「それでこれは……車椅子じゃな。市販のものと大きくは変わっておらんが、所々手が加えられておるのう」

じいちゃんは勝手に試作品に座り、適当に動かし始めた。

「何年かしたらじいちゃんは世話になるかもしれないから、今のうちから慣れておくのもいいかもね」

「わしは死ぬまで自分の足で歩いてやるわい！　……まあ、それはそれとして、乗り心地は悪くはないのう。じゃが、少し重いみたいじゃな。本来使う必要のある病人・怪我人には、ちとつらいかもしれんのう」

じいちゃんも重さが気になったようで、問題点として挙げていたが……全く重さを感じさせない、力強い動きで車椅子を操っていた。

「次の課題は、やっぱり軽量化だね。それから、耐久性かな？」

「それがいいじゃろうな……ところで、何ゆえ車椅子を作っているのじゃ？」

「いや、まあ……最近、色々と忙しかったから、自分の時間が少なかったもんで、一日二日はゆっくりしようかと思ってたんだけど……ぼーっとしてたら、ラッセル市のことを思い出して……」

「それで、時間があったら改良しようと思っていたのを思い出したというわけなのじゃな。そして、実行した……と」

「暇だったし……ね」

忙しかったから休息日にしたのに、その休息日で作業をするというのは矛盾している気がするが、気になった時点で放っておくと精神的に休まらないに決まっているので、試作品に没頭したことはストレス発散の意味で正解なのだ！

「まあ、リフレッシュできたのなら、休息日の意味はあったんじゃろう。それでこの試作品は、誰・・・・・・に見せるつもりなのじゃ？」

「ああ、これはザイン様の所に持っていこうかと思っているよ。何でも、医療系の学校を作りたいって言っていたし、何よりミザリア様の為になるからね。喜んで協力してくれるだろうし、その後のこともやってくれると思うから」

「『王族を利用するのは不敬だ！』とか騒ぎだす輩もおるじゃろうが、ザインは喜んで協力しそうじゃし、何より利益的にも王族にうまみのある話になりそうじゃからな。たとえそれが、テンマにとっては遊びのようなものだとしてものう」

じいちゃんは茶化すような言い方をしているが、俺個人のお遊びとして作り、完成させた後で技術を死蔵させたままにするよりは、少しでも社会の役に立てることができる人に技術を渡した方がいいだろう！　……ということにしておこう。

「テンマ、お客様……って、何これ？」

俺を呼びに来たジャンヌが、部屋の中を車椅子で縦横無尽に移動しているじいちゃんを見て固まった。お客がどうとか言っている途中だったが、いきなり目の前に車椅子で遊びまくっている老人が現れたら、仕事を忘れてしまうのも仕方がないのかもしれない。

「ジャンヌ、お客って誰だ？」

「あっ！　ごめんなさい。アルバート様たちとプリメラさんが遊びに来たから、食堂にお通ししているわ」

「わかった」と返事して食堂に行こうとすると、じいちゃんは車椅子が気に入ったのか、座ったまま移動しようとしていた。さすがにそれはどうかと思うので、強引に取り上げたが……完成品ができたら、絶対に自分の分を作らせようという感じの目をしていた。

「待たせたな……って、三人とも、いつもより大人しいな？」

食堂に行くと、いつもはだらだらしていたり、勝手に飲み食いしていたりする三人が、大人しく椅子に座って待っていた……というか、怒られていた。

「お〜っす。遊びに来た……ぞ？」

「いいですか、兄様。いくら親しい間柄だと言っても、案内される前に勝手に屋敷に入って歩き回るのは、次期公爵として相応《ふさわ》しい行動とは思えません。親しい間柄だからこそ細かな所に気を配り、周囲からつけ込まれるようなことは慎むべきです。サンガ公爵家に取って代わって、テンマさんと親しくなりたいという貴族はかなりの数存在するのです。友人だと思っているのなら、テンマさんに迷惑をかけないように気をつけるべきです。カイン兄様もリオン兄様も、よろしいですね！」

三人のいつもの行動が、プリメラからすれば信じられないことだったようだ。アルバートたちも、俺やじいちゃんから許されているからとはいえ、プリメラの指摘することの方が正しいので反論できずにいた。

プリメラは三人を叱ることに集中していて気がついていないが、食堂のドアをやや乱暴に開けて、身分が高く大柄な男性が話の直前に入ってきていた。

「ライル様、入口で立ち止まらずに、中に入ってください。今日の私は、一日中シロウマルをモフると決めているんですか……ら？」

「それに、休みだからと連れてこられましたが、騎士の休日は体を休めることに使い、いざという時に十分に働くことができるようにする為のものです。ましてや、私は隊長として責任のある立場なのですから、休日といってもそれなりにやることがあるのです！　……それに、先に行き先を教えてくれていれば、もっとちゃんとした服を着たのに……それに、髪だって最近手入れがおろそかになっていて、荒れていますし……」

　身なりのいい男性の後ろから、一般の騎士よりもはるかに責任のある立場の女性騎士も入ってきた。プリメラは、新たな登場者にも気がついていない。

「二人とも、邪魔！　そんなところで立ち止まってないで、早く中に入ってよ！」

「うぉ！」

「うきゃっ！」

　そして、三番目に現れた小柄な人物に押され、身分の高い男性と責任のある立場の女性は、つんのめりながら食堂の中へと入ってきた。

「「「あ……」」」

　プリメラは、二人が押されてたたらを踏んだ足音を聞いて後ろを振り向き、初めて三人の存在に気づいた。そして、目が合った三人はどこか抜けたような声を出して、揃って数秒間固まっていた。

「え～っと……何ていうか、一応（ずいぶん前に）許可は取っているし声はかけたし、こういう気の置けない仲だと、周囲にアピールする意味もあってだな……」

「その～……テンマ君とは昔からの仲だし、ここでシロウマルたちと遊ぶことで、英気を養っているというわけで……それに、やることやってから来ているわけだから……」

「えっ？　え～っと……違います！　お二人に言っているわけではなく、兄たちに言っているわけで！　関係をよく理解していない人からすると、兄たちの行動はテンマさんを軽く見ている、もしくはそういう風に扱ってもいいと思っていると勘違いされかねないですから！」

二人はしどろもどろになりながらプリメラに言い訳をしているが、当のプリメラは二人に言ったつもりがなかった為、何を言っているのかわからないといった感じだった。二人の言おうとしていることを理解した時、必死になって二人のことを言っているのではないと説明したが、

「プリメラ！　その答え方だと、あの二人の方が当てはまることが多い！」

「はうっ！」

と、アムールに突っ込まれて言葉を詰まらせていた。

「まあ、うちは割とそういう感じだから、プリメラもあまり気にしないでいいぞ」

そう言うと、ライル様やクリスさんだけでなく、アルバートたちも頷いてプリメラを落ち着かせようとしていたが、

「うむ。じゃが、親しき仲にも礼儀ありというのは賛成じゃ。ぜひとも、アレックスの奴にも言ってやってくれ！」

「無理です！　死んじゃいます！」

と、じいちゃんが茶化した為、プリメラが半泣き状態になってしまった。ちなみに、『死んじゃう』とは不敬罪などで死刑になるという意味ではなく、驚きと緊張などで心臓が破裂するという意味らしい。

「ところで、ルナはどこに行ったんだ？　二人が食堂に入ってきた時までは、確かにいたはずだけど？」

ルナのことだから、食堂の異変に気がついて退散したのだろうけど……年々隠密行動に磨きがかかってきている気がする。まあ、『探索』を使えば、屋敷内なら一発で見つかるけど、この様子だとシーザー様やティーダたちは苦労しているだろうな……とか思いながら『探索』を展開させると、

（いた。あんな所に隠れている）

すぐに見つかった。そこはルナのことを知っていると、最後の方にしか探しに行かないような所だった。

「とりあえず、ルナのことだから呼んでも出てこないだろうし、探しに……は面倒臭いから、呼び寄せるか。ルナ！　早く戻ってこないと、今後おやつはなしだからな！」

廊下に出てそう叫び食堂に戻ろうとすると、ルナのいる方角からバタバタと足音が聞こえてきた。

「お兄ちゃん！　それはずるいと思う！」

叫んで一分もしないうちに、ルナは食堂に飛び込んできた。

「いや、ずるくはない。いない人間に出すおやつは、うちには存在しない。そんなものがあったとしても、シロウマルとソロモンと、アムールとアウラが処理してしまう！」

「「ないとは言い切れない！」」

胸を張って言う二人に、よだれを垂らして決め顔をする二匹。

「おやつが食べたいのなら、うちに来たらまずは誰かに挨拶すること。わかったな」

「はい！　……なので、おやつをください！」

ルナは元気よく返事をし、おやつを請求しながら席に着いた。そんなルナをプリメラは唖然《あぜん》とした表情で見ているが、

「いつもの光景じゃな」

「平常運転ですね」

じいちゃんとジャンヌの言葉を聞いて、プリメラはさらに驚いていた。

「驚くのはわかるけど、これがうちのいつもの光景だ。その光景には、アルバートたちも含まれている。ちなみにうちに遊びに来る客の中で、ルナと同じかそれ以上に変わった行動をするのがこの国の王様だ。すぐに慣れるのは難しいかもしれないけど、そんなもんだと思って諦めてくれ。あと、この国で一番こわ……権力を持っている人も来るけど、気をつけてくれ」

「おに〜ちゃ〜ん、は〜や〜く〜お〜や〜つ〜」

プリメラはもう一度ルナを見て、諦めたように頷いた。それを見たアルバートたちは、ようやく解放されると喜んでいたが……

「でも、それとこれとは別です。王家には王家の、サンガ公爵家にはサンガ公爵家のやり方があります。ですので兄様たちには、今後は心を入れ替えて、公爵家、侯爵家、辺境伯家の次期当主として、相応しい行動を心がけてもらいます！」

ただ単に、諦めたのではなく、割り切っただけのようだった。その為、三人は王様たちの分まで風当たりがきつくなるのではないかと恐れていた……が、

「ちょっと待って！　よくよく考えてみたら、プリメラが注意するのはアルバートだけでいいんじゃない？　ほら、僕これでも、他家の次期当主なんだし！」

「そ、それもそうだな！　俺たちのことでプリメラに苦労させるわけにはいかないからな！　俺たちは自分で気をつければいいんだし！」

「できないから言われてるのに」

アムールがボソッと呟くと、一瞬だけ二人の動きが止まったが、すぐに聞こえなかったふりをして無視することにしたようだ。アルバートは二人に対し、「俺を見捨てる気か！」と叫んでいたが、プリメラと目が合うと静かになった。

「カイン兄様、リオン兄様。お二人は兄様と三人で一組なのですよ？　兄様だけというのは、不公平でしょう」

いつもとは違うプリメラに違和感を覚えたが、少し考えるとあの雰囲気に見覚えがあった。それは、アルバートに似ているのだ。詳しく言うと、アルバートがカインやリオンを道連れにする時の雰囲気に似ているのだ。多分、行き先も教えられずに無理に連れてこられ、先ほどのような目に遭わされた仕返しをするつもりだと思う。

プリメラがどこまで本気で言っているのかはわからないが、多分そこまでひどいことにはならないだろう。何せ、ライル様やルナ……王家と同じことをやっている三人を批判するということは、遠回しに王家批判と取られてもおかしくないからだ。まあ、ライル様が笑いながら四人を見ているので、問題にはならないだろう。

ストレス発散中のプリメラはそっとしておくことにして、俺はルナのリクエストに答える為、おやつを作りに厨房へと向かった。俺の後に続いておやつ作りを手伝う為なのか、ジャンヌ、アウラ、レニさんに加え、戦力になりそうにないアムールとクリスさんまでついてきた……いや、最後の二人は逃げてきたと言うべきだろう。

足を引っ張りそうなのがいるとはいえ、それを補って余りある戦力を保有している為、作ろうと思えば二〜三〇分ほどで皆がお代わりしても余るほどのパンケーキを焼くことができる……が、俺たちはわざと時間をかけて、パンケーキを作っていた。出来上がりに一時間近くかかり、しびれを切らしたルナ（途中寝ていた）が厨房に突撃をかけてきたが、「皆が量を食べられるように、大量に生産していた」と言うと、コロッと機嫌を直していた。

大皿の上に大量に重ねられたパンケーキを数皿分食堂に運び込むと、ちょうどライル様がプリメラと何か話しているところだった。プリメラは恐縮した様子だったが、ライル様はご機嫌な様子だったので、十分楽しんだ後で止めに入ったというところだろう。

プリメラがライル様に止められたことで解放されたアルバートたちだが、その後のおやつタイムでは、うちで見せたことのないくらいの綺麗な食べ方をしていた。まあ、リオンは苦手なようで苦労していて、何とか二枚目をお代わりできたところで、アルバートとカインは三枚目の途中まで食べたところで品切れとなった。三人と違い、いつも通りの食べ方をした俺たちは、各々四〜五枚ほど（ただし、ジャンヌとプリメラは二枚）食べており、満足顔で食後のお茶を楽しんでいた。

「本日はご迷惑をおかけして、申し訳ございませんでした」

アルバートたちでストレスを発散し、いつもよりちょっと気合を入れた夕飯を食べて、お風呂で疲れを癒したプリメラは、帰る時には上機嫌になっていた。その反対に、アルバートたち三人は疲れをためてしまったようで、つらそうな顔をしていた。まあ、実の妹と妹分的な存在に監視され、一挙手一投足まで気を配らなければならなかったみたいなので当然だろうが、自業自得の面が大きいので同情はできない。

三人は、プリメラの付き人のように帰っていったが……四人一緒の馬車に乗っていたので、もしかするとこの後で説教されるのかもしれない。


後日。

「テンマさん、最近ルナの逃げ足と隠れる技術が上がって、なかなか捕まらないんですよ……」

遊びに来たティーダが、そんな愚痴をこぼしていた。

「それなら、まずは書庫や勉強部屋みたいな所を探すといいぞ。多分、ティーダたちはそういった所にルナは近づかないとか無意識のうちに考えて、最初に探していないんじゃないか？　しばらくして、ルナにティーダたちがすでに探した所に移動されでもしたら、ルナを見つけるのは容易じゃないだろう」

ルナをおやつを使って呼び寄せた時、ルナが隠れていたのは書庫だった。あそこだったら、ルナを知っている人ほど後回しにしてしまう。なのでそのことを指摘すると、ティーダは思い当たる所があったようで、悔しそうにしていた。

「正直言って、僕はルナを馬鹿にしていました。勘だけで動いているルナの行動に、僕たちが空回りしているのだろうと……」

かなりひどい言い方だけど、普段のルナを見ているとそこまで考えて行動する（今回のことも、本能で動いた可能性は残っているが）とは思えないことの方が圧倒的に多いので、兄としては妥当な判断だったのかもしれない。

この日以降、ルナの捕獲率が格段に上がったのだが……しばらくするとルナの方もティーダたちの想像を超える隠れ方をするようになったので、徐々に五分五分になっていくのだった。

それと、車椅子の試作品をザイン様に見せたところ、ぜひとも協力させてほしいと言われ、改良型第一号が出来上がるまで毎日顔を合わせることになり、ザイン様は財務卿に就任してから、新記録となる量の仕事を滞らせることになるのだった。なお、改良型一号はミザリア様に送られることとなり、以前よりも王城でミザリア様を見かけることが多くなるのだった。

特別書き下ろし

1 よくある光景

「それじゃあ、まずは片手で風を起こして、反対の手で火を出してみて」

思いつきで『温風魔法』を作ってから数日後。エイミィとティーダを呼んで新しい練習方法として教えることにした。

予定していたよりも少し遅くなってしまったが、それにはちょっとした理由がある。実は二人に教える前にじいちゃんに試してもらい、どういった感じで教えるかを話し合ったのだが、その方法の生贄……もとい、実験台に選ばれたアウラがちょっとやらかしてしまったのだ。

実験台にはアウラだけでなく、ジャンヌとアムールにも参加してもらったのだが、一番で試したアムールはそもそも魔法が苦手なので発動できず、二番目のジャンヌはアムールの失敗を見てしまったせいで緊張してしまい、二種類の魔法を発動させることに失敗した。

そんなアムールとジャンヌの失敗を見て、自分が成功させてやると張り切ったアウラは……魔力を込めすぎて、『温風』ではなく心配していた『火炎放射』を発動させてしまったのだ。しかも、一気に魔力を使いすぎたせいで貧血のような症状を起こして倒れてしまった。

そういった失敗の可能性も考えて、実験場所をナミタロウたちと別れた川のそばにしたので被害自体はほとんどなかった。そしてその失敗のおかげで、俺とじいちゃんが気づかなかった問題点が見つかり、その解決方法を考える時間とアウラが回復するまでの時間、ついでに王様たちに説明と謝罪する為の時間が必要だったので予定より少し遅くなったのだ。

「もしうまくできなかったとしても、ここなら周りに被害が出にくいし、今日は騎士団の方に事前に報告しているから、火柱が上がったとしても怒られることはないよ」

あの日、運悪く近くを王都の騎士団が通りかかっており、アウラの火炎放射を目撃してちょっとした騒ぎとなってしまったのだ。まあ、すぐに俺たちの所に確認に来たので魔法の失敗だと理解してもらえたのだが、騎士団としては任務の帰りでの出来事だったのでライル様に報告しなければならず、そこから謝罪へと繋がったのだった。もっとも、魔法の失敗は珍しいことではないし被害もなかったので、からかわれはしたが怒られることはなかった。

そういった事情から、まずは二種類の魔法を同時に発動させることに慣れさせることを第一段階として、その次に別々に発動させた状態で出力の調整、それができてから『温風魔法』を実践することにしたのだ。

俺とじいちゃんは魔法が得意なので、ぶっつけ本番でも想像通りの魔法として発動させることができたが、そうでないジャンヌとアウラは力加減に失敗し、片や魔力が足りずに発動せず、片や魔法の比率を間違えて『火炎放射』という結果になってしまったのだ。

「はい、頑張ります！」

「えっと、万が一のことを考えたら、いつもより距離をとった方がいいですね」

「それじゃあ、エイミィちゃんはこっちで、私がその横、さらにその横がアムールで、お兄様はあっちね」

「リベンジ！」

張り切るエイミィに、何かあってはいけないと心配しているティーダ。本来の予定ではこの二人だけに教えるつもりだったのだが、二人がやるなら自分もと言いだして無理やり参加することになったルナが、練習の立ち位置を勝手に割り振ろうとしていた。ちなみに、アムールは今のところ自分が一番駄目だと思っているそうで（せめてルナよりは先に温風を出したいと言っていた）、自主的に参加している。

「それだと俺がエイミィとティーダに教えにくいから、ルナとアムールはあっちの方でじいちゃんに教えてもらってくれ。じいちゃん、二人を頼むね」

「うむ、任せるのじゃ。二人とも、こっちに来なさい」

正直言って、ルナとアムールではエイミィとティーダの邪魔にしかならないと思うので、参加すると言いだしたすぐ後でじいちゃんと相談し、二組に分けて教えることに決めたのだ。じいちゃんが相手なら、ルナもアムールもそう無茶なことは言わないだろう。まあ、一緒になって悪乗りすることは十分に考えられるが……そこは分けて練習させると決めた時にしっかりと言い含めてあるので、今日に限ってはエイミィとティーダの邪魔になるようなことはしないし、させないはずだ。

ルナとアムール……というかルナは、ティーダにいたずらでもしようと思っていたのか不満そうな顔をしていたが、大人しくじいちゃんについていった。

「それじゃあ、まずは言った通りに二種類の魔法を使うところからね。魔法を発動させる時は、川の方を向くように。もし維持が難しいと思ったら、無理をせずに川に放つように」

「「はい！」」

二人の実力を考えればこれくらいで苦戦することはないと思うけれど、失敗した時の対処法も教えておいた方がより被害は少なくなるはずだ。まあ、魔法を住処《すみか》に放たれる魚には申し訳ないが、もしものことがあって被害が出た場合は、高い確率で我が家の食卓に招待することになるだろう。

「先生、できました！」

「僕もです！」

そんな馬鹿なことを考えている間に、二人は一回で成功して報告してきた。

「そのまま、合図を出すまで魔法をその状態で維持するんだ。俺が合図を出したら、ゆっくりと魔法を消すこと」

最初の予定では、魔法が発動できたらすぐに消して、また魔法を発動させて消すというのを連続で行わせるつもりだったが、あまりにも簡単に成功させていたので少し難易度を上げて、維持した後でゆっくりと消すという条件をつけたのだ。これは、第二段階の出力の調整に近いものだ。第一段階の練習ついでに第二段階に近いことをやらせて、少しでもコツを覚えてもらおうというものだ。

「はい、消して」

最初は一分ほどで消すように合図を出したが、二人とも合図を意識しすぎたようで、魔法を徐々にではなく一気に消してしまった。

「あっ！」

「あれ？」

「まあ、初めだから仕方がない。じゃあ、次いくぞ……はい、始めて！」

一気に消えた魔法に驚くエイミィと、こんなはずではないといった感じのティーダに、間髪入れずに二回目を開始させた。

二人は慌てながらも、一回目と同じように二種類の魔法を発動させて維持しようとした。しかし、

「はい、消して」

今度は維持してから数秒で合図を出したので、二人は消すどころか逆に強くしてしまった。

「慌てなくていいから、そこから小さくしていくんだ」

強くなったといっても暴走したというわけではないので、落ち着いて小さくするように指示を出した。

最初こそ俺の意地悪でまた失敗しかけたが、落ち着いた二人は徐々に魔法を小さくすることができ始めていた。まあ、ある程度小さくなったところで一気に消えてしまったが、ほぼ成功と言っていいだろう。

「最初に魔法が強くなってしまった以外は、おおむね成功って感じだな。じゃあ、次だ」

そのまま三回、四回、五回……と続けていくと、二人は慣れてきたようでどんどん精度が上がっていき、俺がたまに仕掛ける意地悪にも動じなくなってきた。ただ、

「先生……そろそろお腹がすいてきました……」

「少し休憩させてください……」

一時間を過ぎたあたりから細かな失敗も出始め、二時間を超えると失敗が目立つようになった。

そんなそろそろ休憩させた方がいいかと思ったタイミングで、二人が休憩を求めてきたのだった。

「ちょうど昼くらいだし、食事にするか。ジャンヌ、アウラ、始めてくれ！」

少し離れた所にいるジャンヌとアウラに声をかけると、二人は返事をしてテーブルと椅子を並べ

始めた。エイミィとティーダの練習を開始する前に、ジャンヌとアウラには食事の準備をしておくように言っておいたので、皆が揃えばすぐにでも昼食を始めることができるだろう。

俺やエイミィたちがいた場所からさらに離れた場所に行ったじいちゃんたちを探してみると、俺たちが移動したのが見えたのか、じいちゃんたちもこちらに向かってきているところだった。ただ、三人はバケツと釣り竿《ざお》を持ちながら向かってきているので、途中からは練習ではなく遊んでいたのだろう。

「お兄ちゃん！　小さいナミタロウが釣れた！」

「ナミタロウが大漁！」

バケツの中に入っていたのは、一〇～二〇センチメートルくらいの鯉だった。それが十数匹ほど。

「食べられないこともないけど、数日かけて泥を吐かせた方がいいし、何よりこの大きさだとあまりおいしくないと思うぞ。だから、元気なうちに逃がしてきなさい」

「は～い」

「それなら仕方がない」

二人は、特に反論もせずに魚を逃がしに行った。もしかすると、楽しむ為に釣ったのを見せに来ただけで、食べるつもりはなかったのかもしれない。

「少し前にテンマが漁をしたせいか、大きな魚は見当たらんかったのう」

それはベヒモスの赤ちゃんのせいだと言いそうになったが、よく考えてみれば気絶して浮かんできた魚を回収したのは俺なので、大物がいなかったのは俺のせいかもしれない。

「大きな魚は、じいちゃんたちのお腹に入ったから仕方がないよ。それよりも、ルナとアムールの練習はどうなったの？」

「まあ、釣りに夢中になっておったことからわかると思うが、全然じゃったな。アムールはそもそも魔法の適性が低いから、何度か確かめて無理だと改めて理解したようで、早々に釣りの準備をしておったな。ルナの方はもう少し真面目にやれば、温風の一歩手前までは今日中に行けそうなんじゃが……集中力が続かんのが問題じゃ」

ルナも、初めこそ頑張ろうとしていたそうだが、アムールが諦めて釣り竿を抱えて川に向かうのを見て、すぐに自分も釣りをすると言いだしたそうだ。

「それはどうかと思うけど、元々アムールとルナはおまけのようなものだったしね。途中でやめるのは別に構わないと思うけど……マリア様たちは頭が痛いだろうね」

ルナはわがままを言ってついてきたという感じなので、出発する前にマリア様とイザベラ様から、ついていく以上は迷惑をかけないでちゃんと練習するようにと言われていた。

「そこら辺の教育は、わしたちがするものじゃないからのう。それにわしたちが黙っていたとしても、ティーダが絶対に報告するじゃろうから、ルナに協力しても意味がないしの」

ルナにやる気があるのなら、ティーダたちの午後の練習に交ぜてもいいとは思うけど、あの様子だと真面目にやるとは思えないし、それどころかティーダにいたずらしそうなので、午前中と同じくアムールと遊ばせていた方がいいかもしれない。

そんなことを話しているうちに、魚を逃がしに行ったアムールとルナが戻ってきて、そのすぐ後にジャンヌとアウラが昼食の準備が整ったと知らせてきた。

その食事の途中で、

「先生、温風魔法の失敗で火炎放射になるって言っていましたけど、それはそれで攻撃魔法として成立しているんじゃないですか？」

アウラが温風魔法を失敗して火炎放射を起こしてしまったという話の流れから、エイミィが攻撃魔法として十分使えるんじゃないかという話になった。

「まあ、攻撃魔法として使えるのは当然だけど、使い勝手は悪いと思うよ？　火炎放射を攻撃魔法として使うよりも、『ファイヤーストーム』を覚えた方がいいと思うね」

「わしもじゃな。火炎放射も使いようによっては使えると思うが、『ファイヤーストーム』の方が使い勝手はいいじゃろうな」

『ファイヤーストーム』は中級以上の魔法と言われているので、その分魔力の消費も多く習得も難しいと言われている。それに対して、温風魔法は初級魔法の組み合わせなので、習得は『ファイヤーストーム』よりも難易度は低い。ただ、二種類の魔法を使うので、魔力の消費量に関しては初級魔法を使うにしては多い部類になる。

「だけど、火炎放射になると話は別だ。あれは魔力を垂れ流しにするようなものだから、使いすぎるとすぐに魔力が底をつくぞ」

アウラが火炎放射の後で貧血のような状態になったのは、魔力の使いすぎが原因だ。『温風魔法』に限らず、魔法を出し続けるとその分魔力を消費し続けるので注意が必要なのだ。その点、『ファイヤーストーム』のような放つタイプの魔法は発動させる為の魔力が多かったとしても、一度放ってしまえばそれ以上魔力を消費することがない。

「火炎放射も、わしやテンマのように魔力量に自信のある者が使えば十分な威力が出るじゃろうが、

『ファイヤーストーム』や『ファイヤーボール』などを使い分けた方が効率的じゃろう」

『ファイヤーストーム』が使えなくても、それよりも難易度の低い『ブリット』や『アロー』といった系統の魔法の方が使いやすいと言うと、エイミィとティーダは納得していた。だが、

「でも、火炎放射の方がかっこよくない？　ほら、手のひらからこう、ババババババッ……て感じで」

ルナは、火炎放射の方がかっこいいと思っているようだ。まあ、言いたいことは何となくわかるが、ルナは効率的と言った意味がわかっていないのかもしれない。

このままだと、ルナは勝手に火炎放射を覚えて安易に使いそうなので、使う際の危険性を理解させないといけないだろう。もっとも、勉強嫌いのルナが、教えられもせずに火炎放射を使えるのかという疑問はあるが、ルナは自分の興味があるものに対しては予想外の成果を上げてしまうことがあるので、念を入れた方がいいだろう。

「いいか、ルナ。火炎放射は、一歩間違えると魔力を使い果たして昏倒《こんとう》する可能性もあるんだ。使い果たすほど火炎放射を放ってしまい、もしもその火が周囲に被害を出している状況で動けなくなってしまうとすると、ルナ自身がその火に焼かれてしまう可能性があるんだぞ」

「それは怖いけど……気をつければ大丈夫じゃないの？」

ルナは、自分が制御できているという仮定で話しているらしく、いまいち俺の忠告を理解していない……というか、しようとしていなかった。

「ふむ、確かに気をつけていれば大丈夫じゃろうな」

ここで叱りつけて覚えさせるのも手だとは思うが、他に何か方法はないのかと思っていると、じ

いちゃんが話に加わってきた。

「しかしな、魔法の制御というものは、どんな魔法の達人でも失敗することがあるのじゃ」

と言って、ルナに自分が知っている話を始めた。まあ、その話はじいちゃんの失敗談も入っていたが、半分以上は俺の話だった。

「とまあ、昔のテンマは、色々なことを試そうとしては失敗し、シーリアとリカルドに叱られておったのう。そして話は少し変わるが、テンマが『テンペスト』でドラゴンゾンビを倒した時も、テンマは魔力を使い果たしてしまって気を失ったそうじゃ」

「まあ、確かに……」

俺の失敗談ばかりが続いていたので、じいちゃんに文句でも言ってやろうかと思っていると、突然真面目な雰囲気で話を変えてきたのでタイミングを逃してしまった。

「幸い、スラリンとシロウマルが気絶したテンマを連れて逃げたが、二匹がいなかったらテンマは魔物に食われておったかもしれん」

じいちゃんの言う通り、俺はあのまま死んでいてもおかしくはなかった。ルナは、俺が同意しているのを見て何も言えなくなったようだ。

「それにの、火炎放射は下手をすると一発放っただけで打ち止めになるのじゃ。失敗して一発しか打てませんでしたなどというよりも、少し威力が弱くとも何発も放つ方がカッコいいじゃろう」

「確かにそうだね！」

ルナは、少し考えてから元気よくじいちゃんに返事をした。その様子に、ティーダは呆れたような顔をしていたが、アムールとアウラはよくわかるとでも言いたそうに頷いていた。

「それじゃあ、そろそろ練習に戻るぞ」

食事も終わり、練習を再開しようとエイミィとティーダ、ついでにルナに声をかけると、

「寝ておるのう」

ルナは午前中にはしゃいだからか、アムールと一緒に寝ていた。

「え～っと……なんかすみません」

「ジャンヌ、アウラ、二人を馬車の中で寝かせてやってくれ」

ティーダは、無理を言ってついてきたのに何をしているんだという顔でルナを見ていたが、すぐに俺やじいちゃんに謝罪した。正直言って、ルナのこういった行動はいつものことなので俺もじいちゃんも気にしていないが、マリア様とイザベラ様のこともあるのでティーダとしては謝罪しなければならないのだろう。

「まあ、ルナは寝かせておいて、あとは帰った時にマリア様とイザベラ様に任せよう。それよりも、午後は実際に『温風』を出すことを目標にするから気を抜かないようにな。失敗すると火炎放射になってしまうから、午前よりも厳しくいくからな」

午後の訓練では、時間ギリギリまで二人は頑張ったが『温風魔法』を完全に習得することはできなかった。だが、生暖かい風までは起こすことができたのであと少しで習得することができるとは思う。

それに対しルナは、昼寝から起きた後もアムールと釣りをして遊び、完全に訓練のことを忘れていた。そして、そんな様子を心配して見に来たマリア様とイザベラ様に見つかり、帰るまで説教されていた。

「あれは、帰ってからも怒られる……間違いない！」

と、アムールが一足先にルナを連れて帰ったマリア様とイザベラ様を見送った後で、胸を張って断言していた。

②悪だくみ？

「ステイル、今日のテンマ君と第四騎士団の戦い方を見てどう感じた？」

「レギルの時に間近で見ましたが、その時とは比べものにならないほど強くなっていると感じました。もし仮に、公爵家と敵対したとすると……ほぼ確実に負けます。もちろん、全力を尽くします尽くさせますが、相手の力は公爵家騎士団と暗部を合わせたものに匹敵すると思われます。そんな相手が公爵様とアルバート様のみを狙った場合、どうあがいても守り切ることはできません。早々に降伏し、傘下に入るのが一番かと」

サンガ公爵家を残すと考えれば、それが一番かもしれないな。まあ今のテンマ君を見ていると、急に敵対するようなことにはならないだろうし、アルバートやプリメラと仲がいいというのはかなり安心できる材料だろう。

「公爵様、アルバート様が来られたようです」

「そうか……ステイル、仕事に戻りなさい」

「はっ！」

ステイルと入れ替わりに入ってきたアルバートは、どこか落ち着きがなさそうな様子だった。

「何をビクビクしているんだい？　とりあえず、叱る為に呼んだのではないから座りなさい」

「はい……」

叱る為ではないとは言ったが、この感じだと説教の時間になってしまうかもしれない。そんなこ

とを考えながら、落ち着きがない理由を問い質すと、

「はぁ～……テンマ君と仲がいいのを喜ぶべきなのか、調子に乗りすぎだと叱るべきなのか……」

テンマ君のことで話があると言われたことで、迷惑をかけるなと言われるかもと心配していたそうだ。まあ、テンマ君が文句を言ってこない以上、私からは注意くらいしかできないし、アルバートも本気でテンマ君が嫌がったらわかるくらいの経験は積んでいるだろう。

「知っているとは思うが、今日テンマ君に第四騎士団の実力を測ってもらったが……」

「相手にならなかったのでしょう？」

「まあ、そういうことだ。ケイオスのような化け物と渡り合おうとすれば、プリメラに第四騎士団の副官クラス、あとは魔法に長けた騎士がいれば、少しではあるが勝ち目が出てくるそうだ」

プリメラも第四騎士団の副官も、公爵家騎士団の中でも腕の立つ方ではあるが、まだ上の実力者はいるのであの化け物が現れても対抗できるとは思う。だが、それは対抗できる者たちが配置されている近くに化け物が現れた時の話だ。違う所に出現されれば、どれだけの被害が出てしまうか想像できない。

「そこでだが、連絡隊にゴーレムを携帯させようかと考えている。そして、各地の騎士団の配属先を見直すつもりだ」

被害を防ぐことができないのなら、少しでも抑えるようにするしかないというのが私の出した答えだ。できることならば、各地の騎士団にもゴーレムを配備したいところだが現状では数が足りないので、遭遇する可能性が高いと思われるグンジョー市の第四騎士団に持たせるしかないだろう。

そして最悪の場合は、各地に第四騎士団を援軍に向かわせようか？　その結果戦死したとしても、

それは殉職であり名誉の戦死なのだから、遺族に補償金を出せば文句は出ないだろう。

「これが一般の騎士なら、ここまで配慮しなくてもいいんだけどね……」

「何か言いましたか？」

つい呟いてしまった言葉にアルバートが反応したが、何でもないと言うとそれ以上は訊いてこなかった。

「ところで、アルバートはテンマ君のゴーレムを見たことはあるはずだね？」

「ええ、テンマは普段のちょっとした仕事などでもゴーレムを使いますし、ハウスト辺境伯領に行った時は見張りに立っていたゴーレムが戦うところも間近で見ています」

「どんな感じだった？」

私がアルバートに訊きたかったのはゴーレムのことだ。直接テンマ君に話を聞けば、もしかするとコツなどを教えてくれるかもしれないが……それをやると何も訊かずにいる王家が黙っていないだろうし、他の貴族も自分の所にも教えろと言いだして迷惑をかけてしまうかもしれない。

しかし、アルバートが見聞きしたものを参考にするくらいならば、文句は出ないだろう。そして、それは我が家の……我が家と王家、そしてサモンス侯爵家とハウスト辺境伯家の強みでもある。

「アルバート、何でもいい。例えば、その姿形や動き方、アルバートが感じたことなど、思いつくものを言いなさい」

アルバートは、テンマ君に黙って情報を漏らすようなことをしてもいいのかと悩んでいるようだが、それくらいで怒るような器なら、陛下やマリア様があそこまで可愛がることはない。もっとも、この情報を他の家臣たちに聞かせるわけにはいかないから、現時点で私とアルバート以外に知られないようにするくらいの配慮は必要だろうけどね。

「つまり、テンマ君のゴーレムは大まかに分けて二種類。ライデンのように核と体が一体化しているものと、その場その場で周辺にある素材を使って体を作るタイプというわけか……その二つの違いは他にあるのかい？」

「ライデンのような規格外のゴーレムを除けば、基本的な性能に差はないそうです。ただ、一体化させている方が作りやすく、メンテナンスや強化がしやすいとのことらしいです。反対に、その場で体を作るタイプのゴーレムは製作の難易度が上がり、メンテナンスや強化も難しくなるそうですが持ち運びがしやすく、核が無事で周囲に素材がある状況ならば、壊されてもその場で復活するそうです。それと、辺境伯領で砦を作った時のように、簡易的な陣地を構築することも可能だそうです」

それはなかなか有用な情報かもしれない。ゴーレムの素材が土だった場合、その場に穴と壁（となるゴーレム）ができるということだ。

「ゴーレムをそんな風に使うなんて、これまで誰も考えたことがないだろうね。まあ、そんな使い方ができるほどの数を所有する者がいないというのが一番の理由だろうけど」

アルバートからは、テンマ君のゴーレムの見た目や感想、考察といったものを聞くことができたが、さすがに技術的なものは聞けなかった。知ることができたのは、ゴーレムの核に細かな文字のようなものが刻まれていたということくらいだ。

「何が刻まれているかまではわからないけど、基本的な構造は公爵家のものと変わらないということなのかな？」

「だと思われます。ただ、隠されている所にテンマ独自の技術が施されており、それが性能の差となって表れていると考えています」

形だけ真似ても意味がないとは思ってはいるが、形を真似るだけでも技術の向上に繋がるだろうし、真似ることでテンマ君のゴーレムの強さの秘密に迫ることができるかもしれない。まあ、それは期待薄だろうけれど。

「戦力増強という意味ではゴーレムの開発を急がなければならないのだろうけど、急《せ》いては事を仕損じるとも言うからね。今のゴーレムの生産量を増やしつつ、少しでも性能を上げる努力をさせるしかないか……その分、技術者たちの報酬を引き上げるかな」

飴《あめ》と鞭《むち》の比率を間違えると、その技術をもって他家へと逃げ出す者が出てしまうかもしれない。

「そういうわけでアルバート。君もコスト削減に付き合ってもらうからね。差し当たって最初にすることは……交際費の削減からかな？」

「……はい」

我が家に限らず、貴族の交際費とは小遣いのような側面もあり、一番削りやすい費用でもある。

「ちなみに……母様たちの交際費は……」

「私に言えると思うのかい？　それとも、君が代わりに言ってくれると？」

ちゃんと説明すれば、あの三人も納得してくれるだろうが……その前に削れるものを削ってからでないと、何を言われるかわからない。

「わかったら、今後は無駄遣いを控えるように。それと、テンマ君のゴーレムを見る機会があったら、これまで以上に注意して見ること。ただし、テンマ君に直接訊くのはやめなさい。マリア様に怒られるからね」

スパイを送り込むようで気が引けるけど、これくらいは許してほしい……けれど、一応テンマ君に話はしておいた方がいいかもしれないね。ゴーレムの生産に目途が立てば交際費は元に戻すと言うと、一瞬だけアルバートの目が怪しく光ったような気がするから。

それにしてもアルバートは無駄遣いする方ではないし、付き合いといっても基本的にテンマ君やカインにリオンといった、いつもの面々で遊ぶくらいだろう。そこまでお金の心配があるとは思えないけれど……まさか、愛人でも囲っているのでは！　……は、ないか。どう考えても、アルバートはエリザの尻に敷かれるタイプだ。いいとこ、エリザのご機嫌取りでお金が必要なのだろう。本人の不注意もあるけど、カインとリオンの巻き添えなんかでも、よくエリザを怒らせているしね。

「アルバート……もし急な出費があった時は、相談に来なさい。内容次第では、追加で資金を渡すからね」

「は、はあ……ありがとうございます」

突然の提案にアルバートは困惑しているみたいだけど、女性の機嫌はなるべく早く直すに越したことはない。かくいう私も、若い頃は幾度も失敗したものだ……何せ、一人の機嫌を損ねると、連鎖的に他の二人の機嫌が悪くなることも珍しくはないからね。

その点アルバートは、今のところエリザ一人だけだから私のような苦労はないだろう。まあ、エリザは気が強いから、私とは違う苦労を背負うことになるかもしれないけれどね。

3 スパイ

「テンマ、ゴーレムを貸してもらえないか？」

いつものように三人で遊びに来たアルバートが、唐突にそんなことを言いだした。

「別に構わないが、何に使うつもりなんだ？」

ゴーレム自体はアルバートたちの前でも出して使っているし、一緒に旅に出た時には護衛代わりに貸していたので構わないのだが、王都で何に使うのか気になった。

「いや、最近書類整理などで机に座っている時間が長くてな。体がなまり気味なので、少し実戦形式で動きたくてな」

まあ、そういうことならと、どのゴーレムにするか考えていると、

「そんなことなら、俺が相手をしてやるって！」

リオンがゴーレムを出すまでもないと張り切りだした。しかし、

「リオンでは駄目なんだ！」

アルバートが、被り気味に強い口調で断った。

「何ムキになってるんだよ」

「あっ！　いや……リオンだと、途中から調子に乗って手加減しないことがあるだろ？　その点、ゴーレムなら指示した通りの動きをするから、なまった体にはちょうどいいと思ってな」

慌てて言い訳するアルバートにカインはいぶかしみながらも、それ以上の追及はしなかった……

が、俺はアルバートがゴーレムにこだわる理由を知っていた。何故なら、サンガ公爵から話を聞いているからだ。

公爵家ではゴーレムの開発に力を入れるということで、近々アルバートがスパイに行くだろうと、昨日サンガ公爵から聞いたからだ。昨日の今日で来るとは思わなかったが、面白そうなので知らないふりをして公爵に協力しようと決めたのだ。俺が知らないと思っているアルバートがどんな行動をするのか興味があったし、騙《だま》されていたと知った時の反応を楽しみたいしな。

サンガ公爵がゴーレムの開発に力を入れるとアルバートに伝えたのは一昨日らしく、次の日はアルバートに外せない予定（エリザのお供）があるということだったので、知らせるなら昨日しかないとサンガ公爵は急いでやってきたのだった。ちなみに、知り合いのよしみで俺が作っているゴーレムの基本的な情報を提供しようかと提案したが、サンガ公爵からは、王家との約束もあるし何よりアルバートの滑稽……慌てる姿を楽しみたいとのことで断られた。

「運動目的だったら、木製のゴーレムがいいだろうな。土や石のゴーレムだと、下手をすると大怪我をすることになるからな」

そう言って雑用に使っている木製のゴーレムを取りに行こうとすると、

「いや、戦闘にも使うタイプの方がいいのだが……駄目か？」

「駄目ではないけど……なまった体で戦闘型は危ないだろ？　ここは木製のゴーレムで我慢しておけって」

木製のものも参考にならないということはないのだろうが、アルバートの本命は俺が主に戦闘で使っているタイプのゴーレムみたいだ。

アルバートは、何とか戦闘用のゴーレムを相手にしようと、木製だと壊してしまいそうで精神的に疲れそうだとか、適度な緊張感が欲しいので戦闘用のゴーレムにしてほしいなどと言いだした。そこまで来ると、カインもアルバートに何か別の思惑があるのだろうと気がついたようで、何度か俺の方に視線を向けていた。ちなみに、リオンはそういったことに気がついていないようで、

「アルバートがいいのなら、別に戦闘用でもいいんじゃないか？　怪我をしても俺やカインが証人になるし、ちゃんと説明すればサンガ公爵様も文句は言わないだろうしな！　それと、アルバートの後で俺にもやらせてくれ！」

などと、本人に自覚はないだろうが、アルバートを助けるような発言をしていた。

「そこまで言うなら戦闘用のゴーレムを出すけど、あまり大きくないやつだからな。それでも一撃の威力は大きいから、十分気をつけろよ」

そう注意して、二人がちゃんと頷いたのを見てからリオンくらいの大きさ（高さ）のゴーレムを出した。あとはゴーレムに手加減（力を抑え、緩慢な動きになるようにした）することと、アルバートの命令に従うように設定したらゴーレム側の準備は完了だ。

「ちなみにテンマ……今のように命令する時はどうやっているんだ？」

「詳しくは秘密だが、ゴーレムの核に『口頭での命令を聞く』という命令を刻んでおくんだ」

それとは別に、『誰々の命令だけを聞く』という命令を一緒に刻んでおかないといけないが、今はそこまで教えなくてもいいだろう。

「魔核に命令を刻む時はどうやって」

「いい加減始めようぜ。アルバートがやらないなら、俺が先にやるからな」

更なる情報を引き出そうとしたアルバートに、リオンが不機嫌そうな顔で練習用の武器を構え始めた。すると、

「なら先にやってくれ！　私は準備運動をしながら待っていよう」

「お、おう。それなら、遠慮なく先にやらせてもらうぜ」

簡単にリオンに先を譲った。アルバートのこの行動に、リオンは自分が言いだしたことなのに驚いた様子だったが、すぐに肩を回しながらゴーレムの前に移動して武器を構えた。そして肝心のアルバートはというと、

「やはり動きが滑らかだな……」

懐からメモ用紙とペンを取り出した。

「ねぇ、テンマ……もしかしなくてもアルバートは、テンマのゴーレムの秘密を探ろうとしているよね？」

さすがにここまで来ると、カインもアルバートの目的が何なのかわかったようで、呆れながら小声で尋ねてきた。

「まあな。一応サンガ公爵からは、アルバートがスパイになるかもしれないと相談は受けている。あと、やりすぎない程度にならお仕置きしていいとも。そして、その話を聞かせてくれとも言われたな」

「ぷっ！　テンマも公爵様も、かなりひどいことしているね。それじゃあ、アルバートはピエロだよ！」

カインは声を抑えようとしていたがこらえきることができずに、最後はかなり大きな声になって

笑っていた。しかしアルバートは、そんなカインの声に気がついていないようで、リオンに指示を出しながらゴーレムの様子をメモしていた。

最初ピエロは言いすぎではないかとも思ったが、俺やカインを忘れてメモに夢中になっているアルバートを見て、カインの言ったこともあながち間違いではないのかもしれないとも思ってしまった。何せ、あのアルバートの行動は、いずれサンガ公爵に面白おかしく伝わるわけだし。

「それでテンマ。ゴーレムの情報は、僕の所ももらえるのかな？」

カインが、期待するような顔と声でそんなことを訊いてくるが、

「マリア様に許可を取るか、アルバートのようにピエロになるのなら構わないぞ」

と言うと、「ピエロか……」と呟きながら悩んでいた。ちなみに、別にマリア様に許可を取らなくても構わないとは思うが……マリア様自身が、俺からそういった情報を得ることを気にしているので、一言話しておいた方がいいだろう。でないと……今後会った時に、ちょっと当たりが強くなってしまうかもしれないからな……俺に対しても。

〈アルバートＳＩＤＥ〉

「リオン！　もう少し足を動かして、ゴーレムを動かすんだ！」

「おう！」

ふむ、あれくらいの大きさになると、小回りは苦手なようだな。もっとも、力を抑えさせている

とのことだから、十全な状態だったら強引にでも差を詰めることができるのかもしれないな。こんなことだったら、まずは木製のゴーレムを見せてもらうんだったな。

「リオン、今度は全力で攻撃してみてくれ！　連撃で頼む！　ゴーレムは防御に徹するんだ！」

「えっ！　あ、ああ、わかった！」

　こういう時のリオンは扱いやすくて助かる。何か疑問に思うことがあったとしても、体を動かせば忘れることが多いからな。リオンの扱いやすさは置いておくとして、ゴーレムは素材が石だからか、リオンの攻撃で体の至る所が欠け始めた。もしリオンの武器が愛用のものだったら、数回の攻撃で崩れ落ちていたかもしれないな。

「テンマのゴーレムもケイオスに数発でやられてしまったと言っていたから、ゴーレムの体は鉄で作った方がいいのかもしれないな。まあ、まずは木や石で成功させてからだな」

　思ったことや気になったことは、全てそのままメモに残しておいた方がいいだろう。そのせいでメモ用紙の半分近くを消費しているが、忘れてしまうよりはましだ。それに、たとえ最後まで使ってしまったとしても、今度は書いたメモの裏を使えばいい。読みにくくなるかもしれないが、帰ってから時間をかけてでも解読すればいいだろう。そんなことよりも、リオンが動けなくなる前にメモ用紙の表裏を全て使い切ってしまいそうなことの方が問題だが……その時は一度休憩を挟んで、その間にメモできる紙を確保すればいいだろう。

「リオン、今度はゴーレムに攻撃させる。反撃せずに、頑張って避《よ》けるんだ！」

「へっ？　おい、ちょっとま……うおっとぉ――――！」

　ガードの状態から攻撃がスムーズだったな。公爵家のゴーレムなら、あれより一、二テンポ遅いだろう。あれで力を抑えている上にダメージを負っているというのだから、どれだけ差が開いているか考えたくはないな。

「もしかすると、技術の差というよりも、基本的な所が違うのかもしれないな」

そんなことを考えていると、

「あっ……書く所がなくなってしまった。リオン、一度……」

「げふっ……」

メモ用紙を使い切ってしまった。なので、予定通り休憩にしようと顔を上げると……ちょうどゴーレムの攻撃を避けるのに失敗したリオンが、腹部に攻撃を受けて倒れるところだった。

「テンマ――！　リオンがやられた――！」

テンマに助けを求めながら周囲を見回すと……すぐにテンマは見つかったのだがそれと同時に、私に多数の冷たい視線が向けられていることにも気がついてしまったのだった。

〈アルバートSIDE　了〉

カインがピエロになるかどうかで悩んでいる時、門の前に一台の馬車が停まるのが見えた。

「客……っていうか、見慣れた光景だな」

門の前に停まった馬車は、よくうちに遊びに来る馬車なので間違えようがない……というか、御者席に座っているのはアイナなので、たとえ馬車が違っても乗っている人物は限られるのだ。

「テンマ様、お邪魔します」

アイナは俺のすぐ近くまで馬車を進ませると御者席から降りて挨拶をし、馬車のドアを開けようとしたが……それよりも早く、ドアは内側から開けられた。

「テンマ君、お邪魔するわね。ルナ様、どうぞ」

「お兄ちゃん、お邪魔します！」

「テンマさん、お邪魔します。エイミィ、どうぞ」

「ありがとう、ティーダ君。先生、お邪魔します」

ドアから真っ先に降りてきたのはクリスさんで、続いて降りようとしたルナに手を差し出した。その次に出てきたティーダは、さっと降りて続いて顔を出したエイミィをエスコートした。

エイミィで最後かと思い声をかけようとすると、クリスさんがドアの向こう側に手を差し出していたので、マリア様が来たのかと思った。先ほどマリア様の話でカインをからかったので、面白いことになるかなと少し期待をしていたら、

「いえ、自分で降りられますから」

と、明らかにマリア様とは違う声と反応が返ってきた。

「テンマさん、突然の訪問申し訳ありません」

最後に現れたのはプリメラだ。プリメラは招待もされずに遊びに来るということに慣れていないのか、謝罪の言葉を口にした。だが、それを聞いたクリスさんが、

「プリメラ。その言い方だと、ティーダ様とルナ様が礼儀知らずのように聞こえるから、今後は気をつけなさい」

と注意していた。

注意されたプリメラは、すぐにティーダとルナに謝罪していたが、二人は気にしていないと言って笑っていた。それどころかティーダは、確かにその通りだと言って俺に不作法を謝罪したくらいだった。まあ、場を和ませる為の冗談だったけど。

そこでこの話は終わるかと思われたのだが、その後でクリスさんがアイナに離れた所に連れていかれ、小声で叱られていた。ティーダたちは離れていったアイナとクリスさんを不思議そうに見ていたが、話している内容までは聞こえなかったようだ。まあ、俺には聞こえていたし、アイナの言うことはもっともだと思ったけれど。ちなみに、アイナがクリスさんに言ったのは、簡単に言うとクリスさんの方が失礼だということだ。注意の内容はもっともだが、ティーダとルナが気にしたそぶりを見せていない以上、二人のいる所でプリメラの発言を注意するということは、周りにティーダとルナの不作法を知らせるのと同じことだという話だった。

「そんなことよりテンマさん。リオンはゴーレム相手に訓練しているというのはわかるのですが、アルバートは何をしているのですか？」

「ああ、え～っと……何というか、俺のゴーレムのことを知りたいみたいなんだ」

「アルバートは単純なリオンを乗せて、ゴーレムの情報を引き出そうとしているみたいなのです」

カインは真っ先にティーダにアルバートの企みを暴露し、自分は無関係だとさりげなくアピールしている。

「テンマさん……まずくないですかね？」

ティーダは、心配そうな顔でアルバートを見ているが、アルバートの心配というよりはマリア様の機嫌が悪くならないかという方の心配だろう。

「まあ、多少悪くはなるだろうけど、表立って言うことはないとは思う。何せ、アルバートを非難すれば、王家にも同じ言葉が返ってくる可能性が高いしな」

王族用に作ったゴーレムを、マリア様やライル様が調べていないはずはない。ティーダは驚いた様子だったが、カインやクリスさんは当然だというような顔をしていた。

「ティーダたちのゴーレムも、たまに動かして調子を見たりメンテナンスをしたりするだろ？　それと同じように、アルバートは自分の身……リオンを犠牲にして、間近で動きを確認しているんだ。俺が認めていれば、問題はないと言えるな」

そう言ってアルバートを擁護したが、

「でもそれは、お兄様がテンマさんの許可を取っていた場合の話ですよね？　現状では、お兄様はテンマさんに許可どころか話すらしていないのですから、泥棒と一緒なのでは？」

まあ、そう言われるとそうなんだが……と思いながら、きつい言い方をしたプリメラに視線を向けたが、

「テンマ、プリメラは向こうだよ？」

気がつくと隣にいたカインと目が合った。そういうカインも、先ほどまでまっすぐ前を向いていたはずだが、今は俺の方へ顔を向けていたのだ。何故なら、

「殺気！　違った、プリメ……ラ」

殺気にも似た迫力に反応して出てきたアムールが、とっさに顔をそむけてしまうくらいに今のプリメラは怖かった。正直、あの怒りが俺に向けられたものじゃなくてよかったと思う。俺の中でプ

リメラは、怒ると怖い女性第二位にランクインした。

「それでテンマさん……このことをお父様はご存じなのですか？」

「はい、サンガ公爵様はご存じです……というより、アルバートのあの行動を予見しており、よろしく頼むと言われています」

自然と敬語になってしまったが、それを指摘する者はここにはおらず、誰もが余計なことを言わないようにと口を閉ざしていた。

「お父様も同罪ですか……主犯ですので、お母様にも報告した方がいいかもしれませんね」

「一応、やりすぎない程度なら、アルバートにお仕置きをしてもいいと言われていますが……どうしましょうか？」

「もしよろしければ、私がテンマさんの代わりにお仕置きしたいと思います。出しゃばった真似と思われるかもしれませんが……」

「お任せします！　私の代理として、お好きなようにおやりください！」

被せ気味にアルバートを犠牲にすることに決めたが、そのおかげかプリメラの迫力が少し収まった。それに合わせるように、

「テンマ――――！　リオンがやられた――――！」

アルバートの叫び声が聞こえてきた。

この場の雰囲気を悪くしたアルバートに思う所はあるが、リオンに罪はないので助けに向かったが……走りだしてすぐ後に、プリメラの殺気……怒気が膨れ上がった気がするのは気のせいではないだろう。

4 四分の一の刑

「それで、ティーダたちが揃って来た理由は何なんだ？」

「え～っと……アルバートの後で言うのは躊躇われるんですけど……ちょっとゴーレムのことで訊きたいことがあって……」

ティーダたちの来訪の理由も、アルバートと同じくゴーレムに関してだそうだ。

言い出しにくそうにしていたティーダは、離れた所でプリメラに土下座させられて怒られているアルバートを見て躊躇っていたが、ルナに背中を突かれながら今日の目的を話し始めた。

「去年まではやっていなかったのですが、テンマさんがゴーレムを使っているところを見た学園長が、今年からゴーレムに関することを授業に取り入れると決めたらしくて」

今年から始まったので学園には参考になるような資料や先輩の話がなく、俺の所に直接やってきたそうだ。

エイミィとティーダは純粋に勉強目的で来たみたいだが、勉強嫌いのルナはというと、

「お兄ちゃんに教えてもらえれば……目立てるからね！　テストでいい順位も取れそうだし！」

……まあ、勉強をする気があるのはいいことだ。目的はどうあれな。

「それじゃあ、ゴーレムの基本的なことを教えようか？　ただ、俺のやり方はほぼ独学で覚えたものだから、もしかしたらテストでは減点されるかもしれないからな」

そう言って釘は刺したがティーダ曰《いわ》く、「テンマさんのゴーレムの基礎なら学園も知りたいはず

なので、加点はあったとしても減点はあり得ないです」とのことだった。

「それじゃあ、移動するか」

そう言って食堂に向かおうとしたら、

「先生、アルバートさんとプリメラさんは……」

とエイミィが二人のことを気にしたが、カインが兄妹のコミュニケーションを邪魔するのはよくないと言うと、アムールが背中を押して強引に移動させた。俺たちの移動と同時に、リオンはゴーレムによって客間へと運ばれていく。ゴーレムの攻撃をもろに受けてしまったリオンだったが、ゴーレムに手加減させていたことと、リオンの頑丈さのおかげで大事には至っていない。

そして、食堂に着いて勉強の準備をしようとすると、

「カインはわかるんだが……アイナもすごいやる気だな」

真っ先に準備を終えたのがカインとアイナだった。二人はメモ用紙を取り出して、俺がゴーレムの話をするのを真剣な顔で待っている。

その次くらいにやる気がありそうなのがティーダとエイミィで、先ほどまで張り切っていたルナは、食堂に漂う甘い香りのせいで早くも集中力を欠いていた。

「それじゃあ、始めるぞ」

教師としての経験はないしゴーレムの製作に関しては独学なので、実際に俺が作っている手順を話していき、途中途中で質問を受け付けるという形で進めていったのだが……一番質問が多かったのはアイナで、その次がカインだった。

質問が少なかったティーダとエイミィだが、それはやる気がないというわけではなく、ただ単に

アイナとカインが連続で質問していたせいで、質問する暇がなかったのだ。

そして、珍しくやる気を見せていたルナはというと、

「アウラ、お茶お代わり！　あと、お菓子も！」

「アウラ！　次のお菓子は、流しの上の棚の奥から二番目の引き出しの二重底に隠してある羊羹《ようかん》でよろしく！」

早々に勉強に飽きて、アムールと二人でティータイムを楽しんでいた。アムールは、お茶の準備をしているアウラにお菓子を指定して取りに行かせているが……そんな所に羊羹など隠していないので、取りに行ったアウラが混乱していた。その様子を見て、ルナとアムールは笑っている。

いつもならそんなルナをアイナやティーダが叱るところだが、二人はゴーレムの話に集中しているので気がついていない（もしくは無視している）。

「先生、ゴーレムが一般的に普及していないのは何故ですか？」

一通りの説明が終わった頃、エイミィがそんなことを訊いてきた。その質問が出た瞬間、アイナとカインの目が光った気がした。

「まあ、ゴーレムを作るのに、専門的な技術と数種類の魔法が使えないといけないからな。一人だと必要な技術と魔法を習得している人は少ないし、数人でやると技術の差や魔法の実力差が出て、組み立てる時に苦労する。結果、ゴーレムを使う人が少ないというわけだ」

そういう意味では、学園でゴーレムの授業を始めたことは王国の発展に繋がるだろう。まあ、成果が出始めるのが何年後になるかはわからないが。

「テンマ様、その必要な技術や魔法というのはどういったものなのでしょうか？」

「アイナ！　それ以上は！」

アイナの少し突っ込んだ質問に、ティーダが慌てて止めに入った。アイナはティーダに止められて正気に戻ったようで、すぐに謝罪して大人しくなったが、

「いやまあ、それは少し調べればわかることだしな。鍛冶や石工のような金属や魔核を加工する技術に魔力を操作する技術。加工を補助する火、水、風、土の魔法に、錬金術だな」

「錬金術……ですか」

ゴーレムの製作には、難易度の高い魔法や技術は特に必要ない……錬金術を除いては。

錬金術は使い手の感覚によるところが多い上に、高レベルの使い手は多くない。そして、性能の高いゴーレムの製作には錬金術が必要なので、サンガ公爵家のような大貴族がゴーレムの製作に苦労している理由はそこにある。

「まあ、錬金術がなくてもゴーレムは作れるけど、難易度は跳ね上がるな」

「錬金術を覚えるのも高難度なら、なしで作るのも高難度というわけですか……」

アイナはそう呟きながらも、しっかりとメモを取り続けていた。さすがはマリア様直属のスパイ……ということろか。

そしてサモンス侯爵家のスパイも、アイナに負けじとメモを取り続けている。正直、誰と誰の為に教えているのかわからない光景だ。

「それで、エイミィとティーダは理解できたか？」

基本的なことは大体教え終わったので、二人のスパイは放っておいて本来の生徒である二人に声をかけた。

「自分で作るのが難しいことがわかりました」

「流れは理解しましたけど、実際にやるとなると無理です。少なくとも、ゴーレムの核の加工ができなければ、製作に取りかかれないと思いました」

エイミィとティーダは、現状ではゴーレムの製作はできないと思ったようだ。もっとも、諦めてはいないようで、錬金術を覚えてチャレンジすると張り切っていた。ゴーレムの核については、少しずつでも進めていくそうだ。練習用の魔核にはゴブリンのものでも使えるので、魔法の練習として冒険者活動をして、その時に集めるとのことだった。

その後、二人のスパイは自分たちのメモに書き漏らしがないか確かめ合い、二人の生徒は問題を出し合ったり各々の考えを話し合ったりして復習していた。そんな中、

「ふぃ～……ひどい目に遭ったぜ」

「申し訳ありません、リオン兄様」

リオンとプリメラが食堂に入ってきた。

「さすがはリオン！　頭は弱いけど、体は頑丈だね！」

「おう！　……って、褒めてねぇだろ、それ！」

入ってきて早々の漫才で食堂は笑いに包まれたが、プリメラは申し訳なさそうな顔をしていた。

「テンマさん、本当に申し訳ありませんでした。兄と父がテンマさんの信頼を裏切るような真似をして」

「いや、大前提として、俺は裏切られたと思っていないし、気にもしていない。公爵様は事前に相談していたし、俺が許可も出した。アルバートに関しては……まあ、黙認することで許可したよう

なものだし、被害に遭ったのはリオンだけだから、リオンが許せば問題はない」

そう言ってリオンを見ると、リオンは「元から気にしていない」と答えたのでこの話はこれで終わった……はずだったが、

「そう言ってもらえるのは嬉しいのですが、それでもお父様と兄様は簡単に許されるべきではないと思います。ですので、許してくださったテンマさんとリオン兄様にも申し訳ありませんが、公爵家としては二人に何らかの罰を与えないといけませんし、公爵家も二人とは別に罰を受けなければならないと思います」

そう言うとプリメラは、アルバートを回収して帰ると言って食堂を出ていった。

「公爵様とアルバートは、どんな罰を受けるのかな？」

「さぁ……ところで、クリスさんは？」

誰もクリスさんの行方を知らないと言ったが、こういう時のクリスさんがいる場所は基本的に二か所に絞られるので、特に心配する必要はなかった。ちなみに、その二か所とはシロウマルの所かメリーとアリーの所で、今回はシロウマルの所でメリーとアリーを抱きしめてご満悦の様子だった。

そして、後日知った公爵家とサンガ公爵とアルバートの罰は……

「公爵家の罰が、『俺がティーダたちに教えたゴーレムの情報の共有禁止』で、サンガ公爵とアルバートへの罰が『交際費《おこづかい》四分の一の刑』か……なかなかきついな」

あの日、公爵家に戻ったプリメラはすぐに公爵の奥さんたちに手紙を出し、数日後には公爵とアルバートは領地に呼び出されたそうで、奥さんたちにより有無を言わせず罰が決定したそうだ。

「お小遣いを減らされた上に、欲しかったゴーレムの情報ももらえないなんて……悲惨だな」
この結果には、さすがのマリア様も同情したそうだ。まあ、ほんの少しだけといった感じだったらしいけど。

異世界転生の冒険者⑪／完

あとがき

ページの関係でいつもよりあとがきのスペースが少なくなるので重要なことから先に……。コメントで桜の開花が早いと書きましたが、発売される頃には散っていそうです。書いていたころはまだ蕾だったので、そこら辺のツッコミはなしでお願いします！（半分冗談です）

今回、書籍としてまとめた原稿を時間に余裕をもって担当さんに送ったところ、何と三〇ページほど足りないというメールが返ってまいりました！　困った自分は、次巻の最初の方に入る話を回そうかと考え実行しようとしたのですが……。さすがに手を抜きすぎだろうと心の片隅に残っていた良心が痛み、およそ三〇ページの書き下ろし作業に入ったのでした……。が、ネタが出てこずに何度も後悔しました。w

まあ苦労した分だけ、少しは楽しんでいただける話ができたかなと思っています。

最後になりますが、コロナで増えたおうち時間の一部でもいいのでこの作品に割いて満足していただけたらと、作者として願っています。

それでは、また次回お会いしましょう！

ケンイチ

MAG Garden NOVELS

異世界転生の冒険者 ⑪

発行日　2021年5月25日 初版発行

著者 ケンイチ　イラスト ネム

発行人 保坂嘉弘
発行所 株式会社マッグガーデン
〒102-8019 東京都千代田区五番町 6-2
ホーマットホライゾンビル 5F
編集 TEL：03-3515-3872　FAX：03-3262-5557
営業 TEL：03-3515-3871　FAX：03-3262-3436
印刷所 株式会社廣済堂
装　幀 ガオーワークス

ISBN978-4-8000-1080-3 C0093

著者へのファンレター・感想等は弊社編集部書籍課「ケンイチ先生」係、「ネム先生」係までお送りください。

本作品はフィクションです。実在の人物・団体・事件等には一切関係ありません。